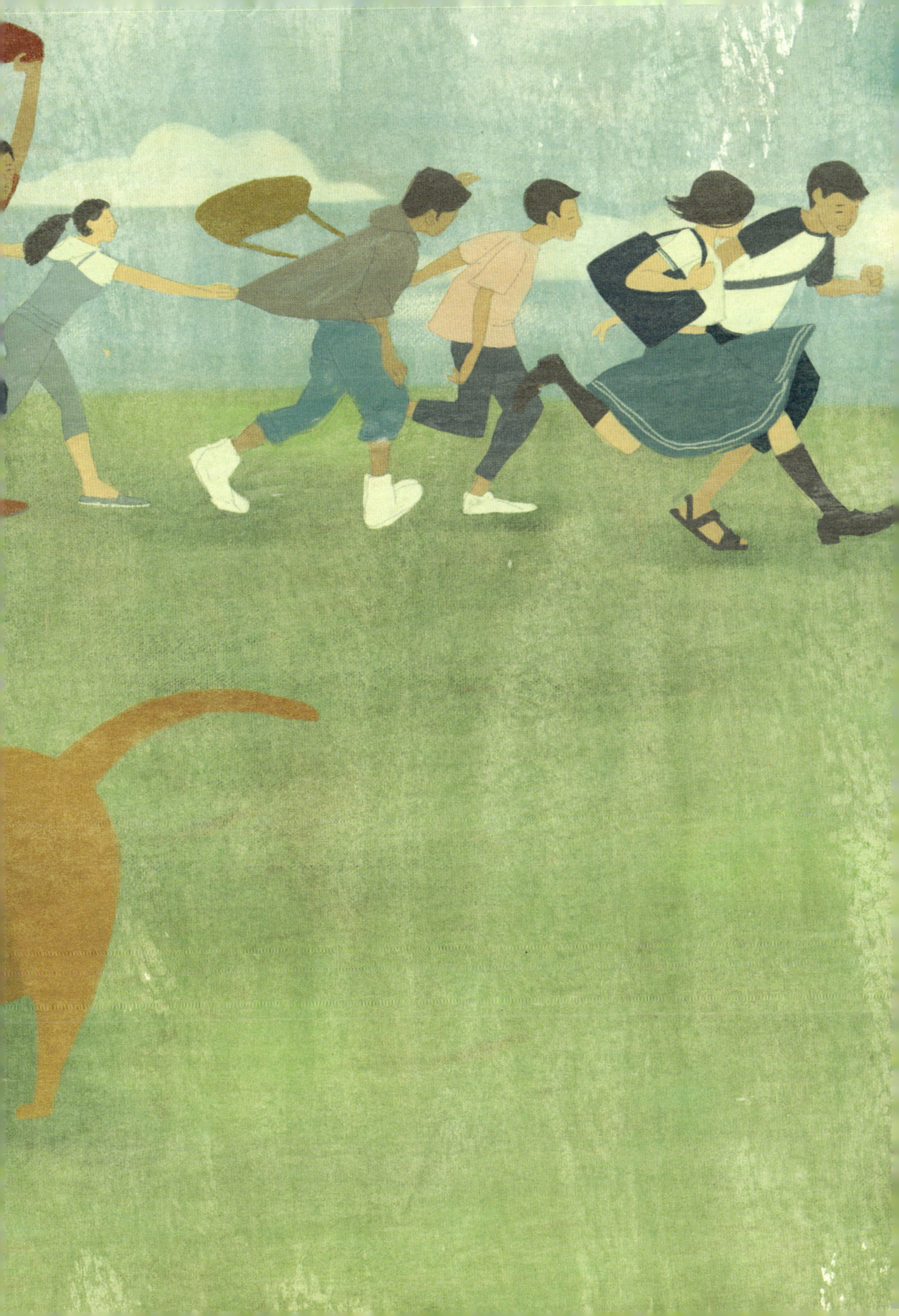

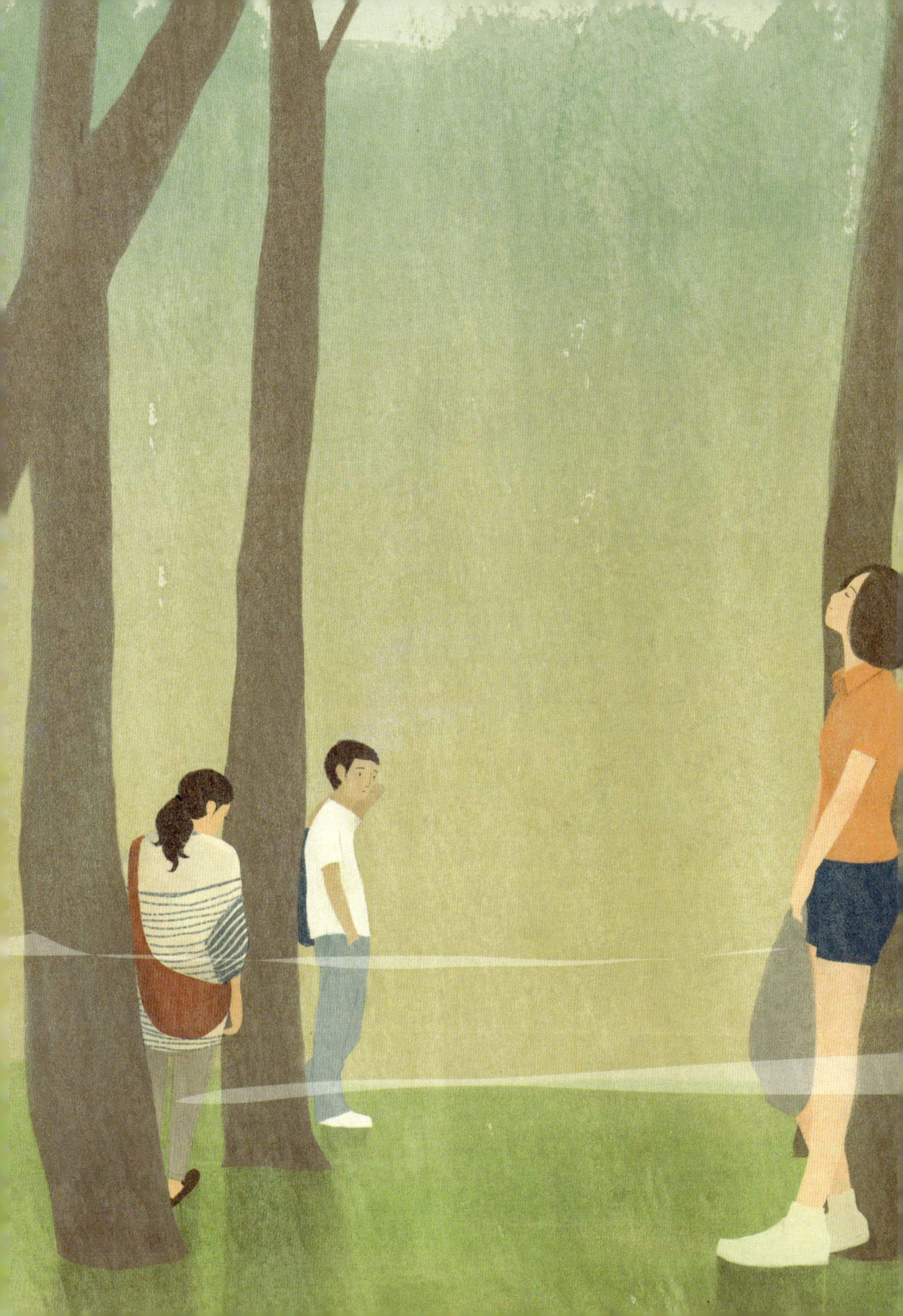

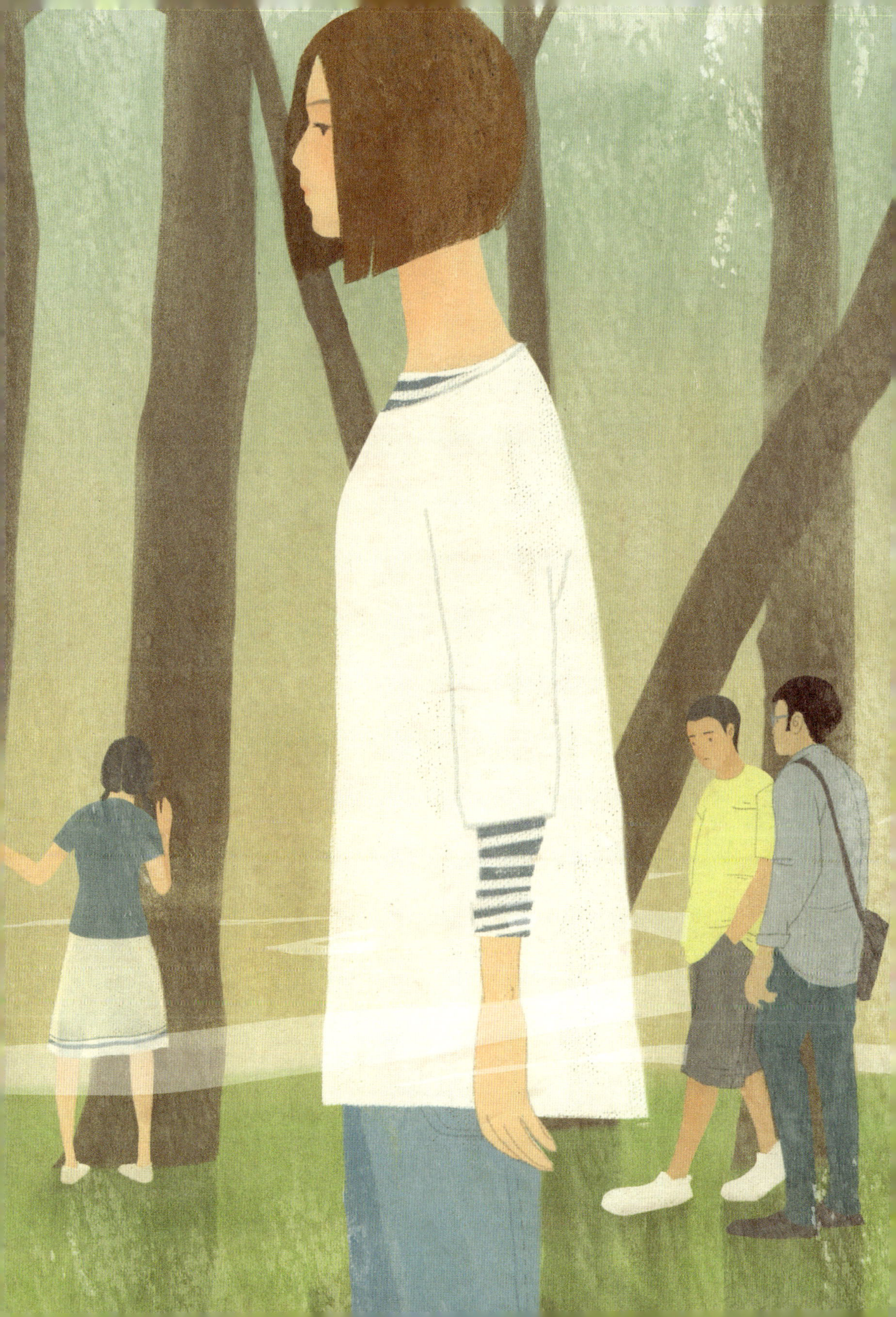

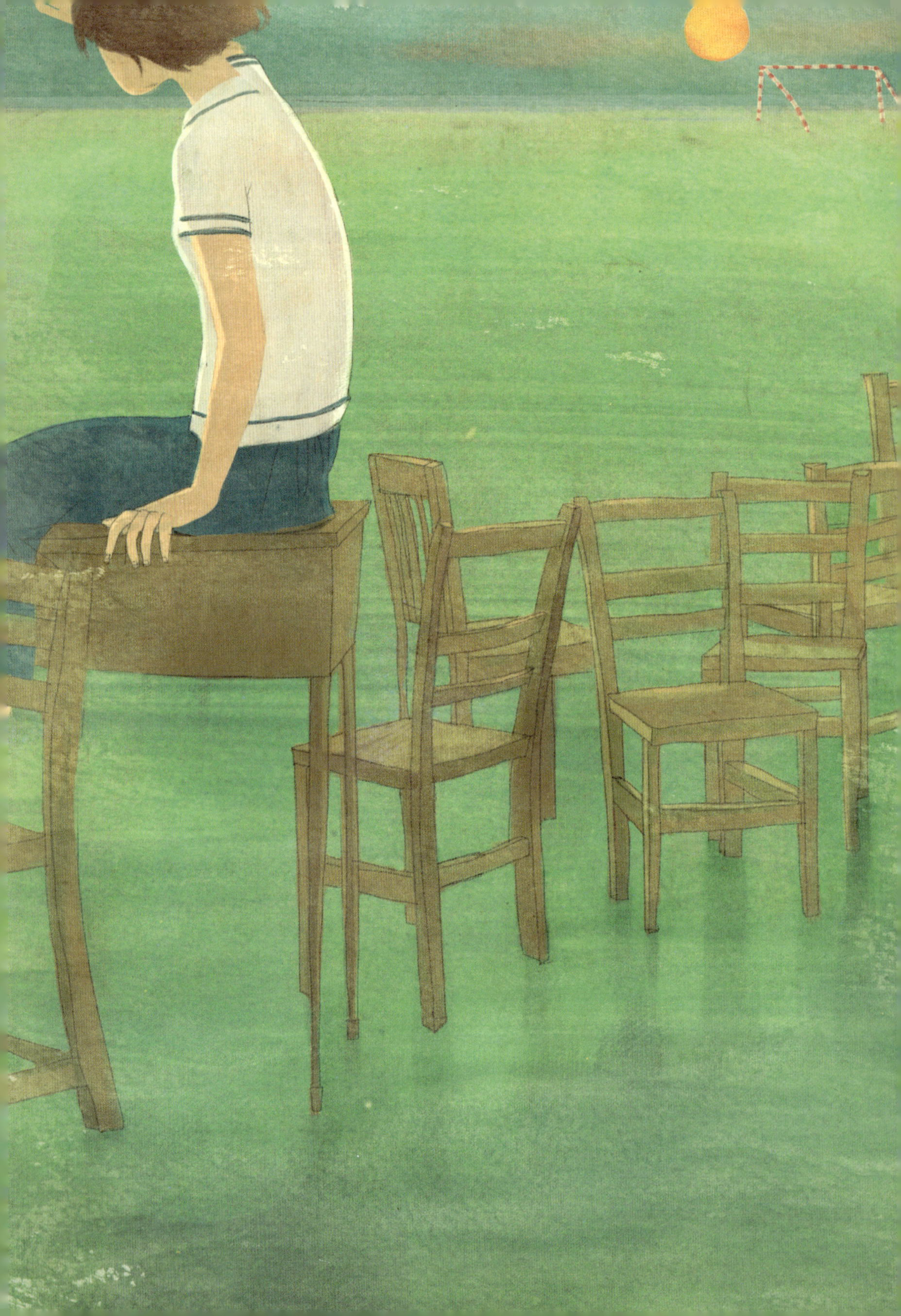

迟歌

苏小城 著

上海动画大王文化传媒有限公司
上海人民美术出版社

contents 目录

序 女孩

楔子

Chapter 01
那一年天空很高风很清澈，从头到脚趾都快乐。 006

Chapter 02
不说出的温柔。 022

Chapter 03 如果有一件事是重要的。 039

Chapter 04
小尘埃。 058

Chapter 05 成长是一扇树叶的门。 082

" 我一生中做过最重要的两件事：

一是遇见你， 二是离开你。"

Chapter 06　能成为密友大概总带着爱。 104

Chapter 07
雌雄同体。 130

Chapter 08
双对的快乐，折成两人的寂寞。 156

Chapter 09
听见关心的你开灯，听见开心的你关灯，我天生不会用眼睛赏人。 174

Chapter 10
如果还可以，爱你到世界末日，我都不犹豫。 192

后记　只因当时太紧张

序 女孩

我记忆中的女孩，个子小小的，很瘦，有好看的鼻子，涂大红色的甲油，T恤仔裤，脏球鞋，走路很快像带着一阵风。

她们和各种人谈着恋爱，大笑，或者躲起来一个人哭。

我心疼她们。

女孩是上帝恩赐给我的礼物，她们带给我的感受远比一朵花开来得更为生动。她们都是童话大王，嗯，在我心里，她们比写出《小王子》的圣·埃克苏佩里还要伟大。

这个春天下了很长时间的雨，天空像是被人捅了一个窟窿，那些寂寞的雨，落在每一个人心底的城池。

想起在微博上看到的一句话：躲了一辈子的雨，雨会不会很伤心？

我也伤心。不光是因为这雨，也不光是因为天光暗淡，或者有人离去有人回来。

在很多个睡不着的夜里，我什么事儿也不干，坐在电脑前，发呆。想那些再也回不来的日子，17岁时那一晚发毛的月亮，四人间的笑话，臭豆腐上裹着的辣椒面，楼道的风，烟头忽明忽暗，谁无意间说起过的一个承诺。

那时候向往蓝天，以为可以长出翅膀飞起来。

后来发现，翅膀还没长出来，早就跌得头破血流。

我是一个非常容易后悔的人，总是假设出当时如果怎样，结局就不会怎样。这么多年过去，这个坏毛病还是没有改掉。想想觉得有点可悲。但其实，这也许是自己对过错的一种逃避，内心不愿意承认现实所带来的残酷，于是给了足够充分的理由，去后悔。

后悔错过一场演唱会，后悔倒掉一份快餐，后悔上了午夜那辆公车，后悔让脂肪越来越多，后悔遇见了你。

但我也知道，人生因为这些才会完整。像是独自上路的旅行，途中所经历的遭遇种种，让这段路显得不那么孤单，或者说是有了新的际遇。

所以遇到了生命中的女孩们。

睡觉喜欢穿袜子的女孩，吃火锅只吃鱿鱼的女孩，会做飞天大饼的女孩，在KTV唱孙燕姿的女孩，笑点低泪点也低的女孩，总是失恋却又总相信爱情的女孩。

这本书献给所有内心不肯长大的女孩。

它并不是要告诉你们贪图玩乐，或者过早地恋爱，

只是想让你们学会勇敢、热爱以及珍惜。

愿你们都执着明朗，永远年轻。

　　我有时候在想，如果将她们都聚集到一起开一个派对，那一定非常有趣。但很遗憾，女孩们如今都散落在天涯，陪在她们身边的也不再是我。

　　她们有新的人生，但她们曾经的确出现在我的生活里，然后留给我一些形同夏天暴雨来临前的泥土的气味。

　　你有没有发现气味是一种非常奇特的东西？一本书，一张唱片，一杯咖啡，一朵花，一封信，都有属于自己的气味。

　　每个人也如此。

　　如若那个身边人，离开之后，被时光洗涤磨损，到最后留下的大抵也只能是一种气味。想起来，便觉得往事历历在目。

　　你还记不记得你初恋的气味？前男友的气味？闺蜜的气味？仔细想一想，他们在你的世界遗留的气味，那是让你打开回忆之门的钥匙。

　　而故事里的蔚迟歌，她留给丁未远的是一种怎样的气味？

　　萤火虫？木屑？雨后花园？覆盆子？肥皂水？抑或是蚯蚓的味道？

　　我不得而知，只能留给故事里的人去感受和记得。

　　近期在听的歌里，有一个很小众的乐队叫棉花糖，他们有一首歌叫《女孩》，旋律很干净，歌词也很清新。

　　我走在傍晚的马路上，耳机里传来女孩的声音，像是夏天的风，透着湿润的气息。

　　最喜欢的是那一句：为什么那男孩要离开，女孩不明白。

　　女孩想要明白的事情，其实她们知道并没有那么重要，但还是会忍不住地一遍遍问自己，希望内心有个声音来否定自己所想。

　　但是请记住，真相永远只有一个。

　　真爱，也是。

苏小城

2012 年 3 月 25，武汉

楔子

窗外是东京的三月，樱花落了一地。

房东尤美太太昨天刚从夏威夷旅游回来，皮肤被晒得黝黑发亮，完全看不出是一个快 70 岁的人。她隔着老远就喊我的名字，"迟歌，其实我觉得你应该也去夏威夷玩一玩，那里挺适合你们年轻人的！"

彼时，我正在阳台上收昨天洗的床单，看到尤美拖着行李箱已经带上了房门，便没有接过她的话。

电脑音响里里放着陈奕迅的粤语歌——《富士山下》。

陈奕迅是我从初中开始就喜欢的歌手，这样说，好像把 Eason 说得有点老了，但事实如此，以前为了学好粤语歌还偷偷练了好久。

"凭爱意怎能让富士山私有。"Eason 唱到这里的时候，房间的门被敲响了。不用猜，也知道是尤美太太，因为她在家总是喜欢哼一些老歌，大老远都听得见。

"迟歌呐，我给你带的礼物，喜欢吗？"她递给我一串贝壳项链。

"谢谢，很喜欢呢！"收下礼物之后，尤美便去了天台看她养的植物。

电视机开着，正在播报当地的新闻，"由日本飞往中国的 XXX 航班在降落之前坠毁，死伤人员数十名。"然后是一长串遇难者的名单。对于这样的新闻，我从来没过多留意，但这一次，好像有一点什么不同。

没错，我听到了一个耳熟的名字——麦子文。

不会这么巧吧？绝对不会！

叫麦子文的人全中国又不止我认识的那一个，只是心还是不由得紧了紧。手里抱着的床单像是变成了一块巨石，沉沉的，压得我快喘不过气。

那天，我整个人都有些坐立不安，像是被人抽空了灵魂，只余一具躯壳在做着事情。最终还是拨了长途电话，时隔三年，丁未远的声音没怎么变，好像从小到大他都这副样子，说话有些吊儿郎当。听到我的声音后，他的声调起码加高了八度，一个劲地说："你终于想起我来了啊！"

"麦子文还好吗？"

"他？好久没联系过了，怎么？想他了？"

"是这样的……"我把早上听到的新闻大致跟丁未远讲了一遍，他在电话那头也被吓到了，说赶紧去联系麦子文。

不容多想，我决定当即回国。

是晚上八点多的夜机，起飞的一瞬间，只觉头晕目眩，看着脚下越来越远的灯火通明，城市不过是掌心的一粒尘埃，一转眼，便消失殆尽。

把头靠在舷窗上，记忆似暗夜潮水袭来，猝不及防。

那些本以为不会再想起的时光，伴着轻柔的音乐，缓缓而来。

Chapter 01

那一年天空很高风很清澈，从头到脚趾都快乐。

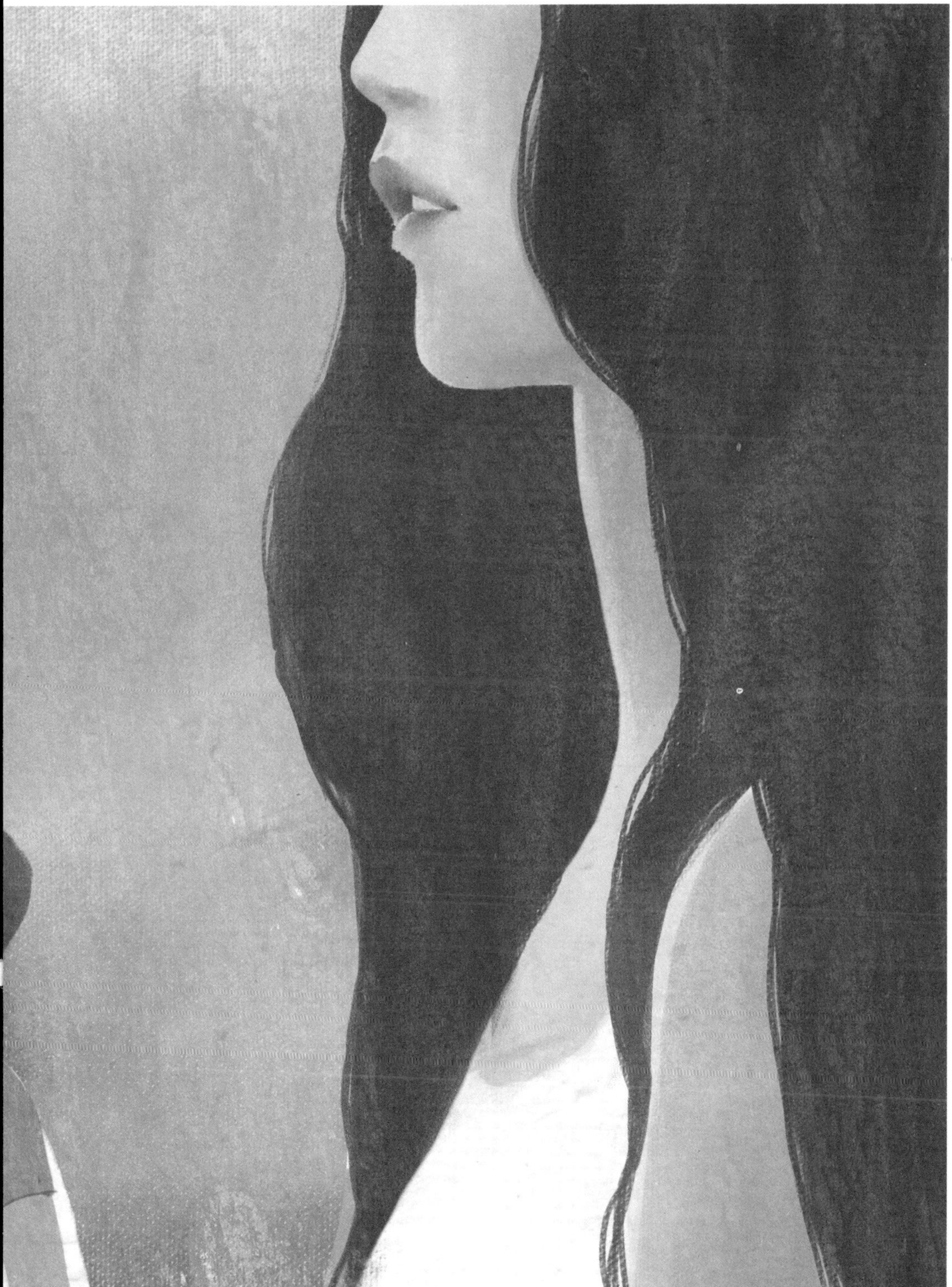

01

　　七年前的盛夏，永乐城还不是现在这番繁华的景象。

　　中考最后一堂生物考试，离交卷还有半个小时，我就提前从考场出来了。彼时，大部分考生都还在埋头奋笔疾书，走廊上没几个人，但不用想，我也知道，丁未远已经等在教学楼外了，只是这次同他一起来的，还有麦子文。

　　因为我们事先约定好，今天要提早撤离学校，因为怕堵车。

　　看着他们谈笑风生的样子，一点都不像是刚从考场走出来的人，特别是丁未远一脸贱兮兮的样子，好像生物监考老师跟他亲妈一样——可以惯着他想干嘛干嘛呢！

　　"迟歌，快点啊！"丁未远大老远就喊着我的名字。

　　我一声不吭地走过去。

　　"咋了，脸色这么难看！说，谁欺负你了？让哥俩去帮你出气！"丁未远把一瓶冰冻的可乐递到我的手里。

　　"你无聊不无聊？我只是有几道选择题好像弄错了，唉，我的毕业旅行估计又要泡汤了！"拧开瓶盖，我就仰头喝了一口，但可乐气太足了，我一下被呛得连话都说不出来。

"快走吧，我哥还在等着我们呢！"麦子文拍了拍我的肩，接着说："分数都还没出来，别瞎担心。"

他啊，就是这样一个事不关己高高挂起的人。

可是到了公交车站，我们才发现并不是只有我们提前交了卷，公交车站台上已经站了密密麻麻的人，看来是凶多吉少啊！现在打的更是想都不要想的事情，说不定会堵个把钟头呢。

等了二十分钟，好不容易等来了25路，挤到车厢里，人都差点变成了罐头肉。

一路摇摇晃晃，汗水顺着额头一直流进T恤里。今年大概是记忆中永乐城最热的夏天了吧。

我一边用手里的报纸扇着风一边和丁未远回忆起从前夏天的趣事。

"嘭——"一声巨响，我觉得我们快要被颠出车外了。

不知道是不是司机踩错了油门，一个加速，公交车冲上人行道撞上了一棵大树。幸亏这条街道比较偏僻，人行道上也没有来往的人但是整个车厢里的人，却在一瞬间沸腾了。大家都七嘴八舌地议论起来。

我还没反应过来是怎么一回事的时候，就已经被丁未远推着下了车。

丁未远一步三回头地看着那辆公交车，心有余悸地感叹道："幸好我福大命大，唉，说不定刚刚我们就一命呜呼了呢！"

"瞎说什么啊，你就那么怕死啊？不过只是撞到了一棵树，也没有人受伤啊，不知道你在紧张个什么劲！"

"如果要是真有个什么，你就高兴了是吧？"

丁未远翻了一个大大的白眼。

02

到达"top one"桌游吧的时候，麦子枫正在和一个女生喝酒。那女生我有点印象，之前跟他们一起去酒吧玩的时候见过几次。当时她跟一群男男女女混在一起，好像酒量不错，常常把男生灌得趴下。

但是麦子枫却从未向我们提起过她，唯一一次听到麦子枫叫她的名字，是因为她喝醉了，瘫倒在沙发上，麦子枫手机没电就借了我的电话，我听到他几乎是在咆哮："你快过来，凌羽喝多了。"

所以直到现在我也只知道她的名字叫凌羽而已。

麦子文跑到吧台后面去关了音乐，此时麦子枫已经从角落里走过来，见到我们之后笑得像个弥勒佛似的，问："考得如何啊，伙计们？"

"谁知道啊，我们又不能未卜先知。"麦子文抬起头说了句。

"今晚已经不准备营业了，场子都是你们的，想怎么玩就怎么玩吧。"麦子枫将"暂停营业"的牌子挂到了桌游吧门口。

这个桌游吧是麦子枫开的，他虽然是一所职业学校的学生，但你们也知道，职业学校是个什么样的学习氛围，大部分时间都没人去上课，他也不例外。后来，实在是闲得无聊，便和他最好的朋友阿肯一起开了这间桌游吧。说是桌游吧，其实更像是个无主题的吧，酒吧也成，咖啡吧也说得过去。

丁未远从卫生间出来的时候，他把手机往沙发上一扔，说道："刚给我妈汇报了下情况，她问我们要不要去吃海鲜，她请客。"

"下次吧，今晚就在这里玩好了。"麦子文接话道。

"对了，你没告诉你妈刚刚我们差点出车祸了吧？"麦子文从冰柜里拿了一瓶啤酒，躺倒在沙发上。

"有什么好说的，多大点事啊。"丁未远有些不屑。

"啧啧，刚才不知道谁在那里吓得要死要活的，蔚迟歌你说是吧？"麦子文看了看我。

于是，我将刚才那惊心动魄的一幕复述给了麦子枫，虽然我营造的气氛已经相当出神入化了，但是麦子枫还是撇了撇嘴巴说："能从迟歌嘴里说出来的话，都不是什么严重的事。"

我懒得再跟麦子文争什么，一个人缩进了沙发里。侧着头刚好可以看到坐在角落的凌羽，在我们说话的那会，她好像在埋头玩手机，半长的头发是淡淡的酒红色，很顺，在她的额头前飘来飘去的，有点像香港歌手杨千嬅。

自始至终，她都没有抬头看我们一眼，好像她所处的世界跟我们完全是不同的。麦子枫也没有对我们介绍任何。直到她起身说有事要先走的时候，麦子枫才像猛地想起角落里还有一个人似的说:"不留下来玩吗?"

"不了,你们玩好。"她朝我们笑笑,但看得出来,那笑不是发自肺腑的。

忘了说,麦子枫虽然是个学生,但由于经营这间桌游吧,所以也认识了一些被人视为不三不四的人。

凌羽大抵应该可以归类到不三不四的人之中吧,我这么想着的时候,桌游吧里的灯突然灭了。我刚想喊"麦子文,是不是你又在搞什么名堂?",却听到麦子枫的声音从麦克风里传出来,"祝我们温柔美丽漂亮可爱德艺双馨的蔚迟歌同学十六岁生日快乐!"

紧接着是麦子文和丁未远的拍手声,音响里也在此时应景地放出了《生日快乐》歌。

说实话,那一刻我真的有点发懵。

从小到大,每一次生日都是他们提醒我的,自己一次都没有记住过,包括这一次。看来他们又是精心策划了的。

麦子枫将蛋糕放到桌子上,大家一起忙着点蜡烛,催促着我许愿。

照例是三个愿望,每一年都是家人朋友平安,学习进步等等之类的愿望,都没有什么太新鲜的东西。但过程还是得有,不然枉费了他们的良苦用心。

那天晚上,我们一直玩到凌晨三点多,桌游吧里的空气都充斥着酒精和烟草的味道。那是我第一次真正意义上的喝醉,整个人都好像是漂浮着的,话也说不清楚。

我伏在麦子文的肩膀上一直哭一直哭,也不知道在哭啥,只是想哭。

大概,这是我在生日的时候哭过的第三次还是第四次了吧。前几次也是我们四个人,虽然有些矫情,但他们都能理解我,谁让我在四个人之中是唯一的女生呢。

03

丁未远经常说:"迟歌,你知道吗,你刚生下来的时候就一直哭一直哭,真是天生的林黛玉呢!"

小时候听到他这样说的时候,我都会反问他:"你跟我一样大,你怎么知道我生下来的时候在哭呢?"

"谁说我跟你一样大,我可要比你大好几个月。"他一副了不起的样子。

"那你也听不到我哭。"我继续辩解。

"我不可以听我妈讲啊,不信你问你妈去。"他最后妥协了,搬出了他老妈当救兵。

事实就如丁未远说的那样,据说我出生那天,全家人都在手术室外面急得像热锅上的蚂蚁团团转。我爸一根接一根地抽烟,时不时地还双手合十拜拜老天,希望我和我妈平安无事。

不知道是不是他的诚意感动了上天,在半个小时之后,手术室里传出了一阵呱呱乱叫的哭声。我爸当时没忍住,眼泪"啪"一下也跟着飙了出来。

后来他从医生手里接过我的时候,我仍旧在呱呱乱叫。然后他就对着我那还有些不清醒的老妈说:"以后女儿小名就叫呱呱吧。"

虽然当时我妈严肃地纠正了我爸的低俗想法,但是在后来我一哭的时候,我爸就笑得一脸得逞地逗我:"呱呱,你要是再呱呱乱哭,就把你丢到池子里跟青蛙住一起。"

这话还真有效,在我听得懂话之后,只要我爸一叫我呱呱,我就有种即将被魔咒附身的感觉。我想象着等我睁开眼睛,自己跟一群青蛙待在一起就觉得浑身起满了鸡皮疙瘩。

所以从小到大,我特别怕青蛙。那都是我爸老吓唬我造成的后遗症。

而呱呱也成了我的小名,并顺理成章地替代了我的真名。反正认识我的人无一例外都叫我呱呱。

只有我那时任班主任的老妈喜欢叫我蔚迟歌,这名字是她起的,她说迟歌很美,像一首未唱完的歌。或许每一个母亲都做过这样的梦,希望自己的女儿继承自己的美貌和智慧,像另一个年轻的她,从旁人的眼里读出曾经的骄傲和自豪。

我妈也不例外,所以她坚持要叫我迟歌,仿佛自我催眠一般。

但是上了初中之后,大家都不再叫我呱呱了。或许是我长大了,又或者是我开始懂得了美的含义。所以,我清楚地明白,呱呱这样一个词如果安放在我身上,那将是多么土啊!所以我勒令他们,如果再叫我呱呱,我就跟他们绝交!

是的，我蔚呱呱说到做得。

呸！什么蔚呱呱！是蔚迟歌我说到做到！

丁未远和我住在一个小区里，他爸和我爸都是退伍的老兵，从前都是在一个部队当兵的。我听我妈说，丁叔叔年轻的时候可帅了，比你老爸帅不知道好几百倍。

那时候年纪小，于是顺着妈妈的话问："那你为啥不跟丁叔叔在一起呢？"

"瞎说什么啊，我可是跟你爸青梅竹马长大的，哪能看得上别人。"说起我老爸，我妈还是颇有几分得意的。

所以丁未远应该是百分百继承了他老爸的特点，在我们还在上小学的时候，他的身高就比同龄的孩子要高出一个头，虽然还看不出帅不帅，但至少也可以说是鹤立鸡群的。

我就没他那么幸运，虽然我爸比他爸还高一点，但我完完全全遗传了我妈的基因，从小到大都是班上最矮的，永远坐在教室的第一排，做广播操的时候永远站在最前面，就连去公园，也常常可以不买门票混进去。

无数次丁未远站在我面前用一种居高临下的姿势看着我说："迟歌，你要是再不多吃点，我的身高都要甩你好几条街了。"

我不服气，凶神恶煞地回敬他："高有什么用？穿衣服还浪费布料呢。"

虽然嘴上这么说，但我心里还是有些伤心的。看着同小区里的其他女生都开始发育了，自己还是干瘪瘪的，时常都会冒出这样奇怪的想法——我不会是外星人吧？

04

麦子文和麦子枫搬来的时候，我和丁未远刚刚从幼儿园毕业，正式成为一名小学生踏进了梦寐以求的学校大门。

当时我和丁未远一人背着一个书包站在小区门口，目睹一辆小轿车将他们兄弟俩载了来。麦子文首先跳下车，环顾了下四周，发现了我和丁未远。那个时候，他极为不屑地看了我们一眼，转身头也不回地进了小区。

随之下来的是麦子枫，他要比麦子文高一个头，看上去年纪也要大一些。他同样也注意到了我们，但跟麦子文比起来就要礼貌多了。他朝我们笑了笑，虽然我知道那笑容里同样带着一些不屑。

但我和丁未远还是回应了最真诚的微笑，因为老师讲过，别人对你微笑，你也要微笑回去。拿丁未远的话说就是，以牙还牙。

而那个时候我正好在换牙，两颗门牙都光荣地牺牲了，所以他在看到我缺了两颗门牙的时候，扑哧笑出了声。

丁未远在一旁扯了扯我的书包，说："呱呱，丢死人了！"

我给他一拳："那你为啥不阻止我？只晓得放马后炮！"

那天傍晚，我就见识到了麦子文是个多么任性的一孩子。我和丁未远正在我家看动画片，忽然听到楼下有人在哭，声音那叫一个地动山摇。

丁未远突然转头对我说："呱呱，看来你遇到对手了。"

"什么啊？"我不解地看着他。

"你听这哭声，嗓门简直跟你不相上下嘛！"他笑着说。

然后，我俩就像做秘密工作一样蹑手蹑脚地来到了阳台，看到在花坛边坐着号啕的麦子文。

"走，我们下去看看。"丁未远提议。

下到楼下的时候，麦子文已经止住了哭声，肿着两只像水蜜桃一样的眼睛打量着我们。

"怎么了？"丁未远走过去递给他一张纸巾。

麦子文没有接，一脸茫然地盯着他。

"给，拿着。"丁未远接着说。

下一秒，麦子文突然站了起来，推了丁未远一把。由于丁未远是半蹲着的，重心不稳，整个人就顺势倒在了地上，像一只四脚朝天的乌龟。

"哈哈哈哈哈。"麦子文咧开嘴笑起来。

丁未远在地上有点不知所措，看看我。我领会了他的意思，便也一个箭步冲过去推了一把麦子文。可我的力气真的是太小了，本来是想把他推倒在地替丁未远报仇的，最后却弄得自己特别难堪，麦子文竟然站在原地纹丝不动。

为此，丁未远和麦子文还打了一架。虽然没一会就被赶来的麦子枫制止了，但还是把我吓得不轻。我在一旁哭得像是自己被打了似的，麦子枫便跑过来问我："是不是子文欺负你了？"

我摇摇头，继续哭。

"那你哭什么呢？"麦子枫擦了擦我脸上的泪水。

"他欺负丁未远了。"我指了指麦子文。

这起乌龙事件直到很久以后还是会被麦子文拿出来回味，而事件主人公之一的丁未远也不再是当年那个畏首畏尾的家伙了。只要麦子文一提起这事，他都会做出一副把手握成拳头要揍麦子文的样子。

而那也是我唯一一次见到过麦子文哭，因为他刚来这里，人生地不熟，特别想念之前的家，所以闹着要回去。在之后的时间里，即便麦子文跟人打架打得头破血流也没掉过一滴眼泪。

因此，我有幸见识过他的泪水，也算作是我人生中值得回味的事情了。

05

小学时代，因为有了麦子文的横空出世，丁未远的江湖地位受到了威胁。从前都是我围着他团团转，现在变成了只要他让我不高兴了，我理都懒得理他，直接去找麦子文了。

麦子文这人最大的优点就是脾气好，反正很少能看到他对你大吼大叫，倒是丁未远，或许是他老妈从小宠坏了他，十足的一身小少爷脾性。他说要星星，他妈就得想办法去给他摘星星，说要月亮就得去摘月亮。

所以只要我不理他了，他都会特郁闷，恨不得将我和麦子文打倒在地。但我不是他妈，所以不会惯着他，他越是来烦我，我越是冷落他。因为我知道，小区里就我们几个同龄的孩子玩得到一块，他不跟我们玩，就只能一个人眼巴巴地生闷气去。

但闹矛盾了总得有一个人站出来和解吧，麦子文是不可能了，因为我事先都跟他约法三章了，我跟丁未远的事，他不得插手。

而这个时候，比我们大三岁的麦子枫就显现了他年长的优势。他跑来找我，一般会递给我一根冰棍或者一个大大泡泡糖，然后笑嘻嘻地说："你就原谅丁未远好了，他都来求我了。"

"谁让他那么烦人。"我冷哼一声。

"好了好了，他还在外面等着跟你道歉呢。"

麦子枫秉着大事化小小事化无的态度，一次又一次地将我和丁未远化干戈为玉帛。久而久之他就有了一个外号叫和事佬。

当然这也是我们小团体里在私底下才会说的，平时也没人敢去顶撞他，毕竟三岁年纪不是白长的，加上他学过跆拳道，要是看我们三个人中哪一个不爽，三下五除二就可以解决掉的。

但他从未对我们发过火，印象中麦子枫一直都是笑着的，反而是麦子文，年纪越大越是琢磨不透。有时候大家笑着闹着他就突然变得沉默起来，当然那种感觉也不是每一个人都会发现的，至少丁未远就从来没有发现过。

在麦子文没在的时候，我问过丁未远，"喂，你有没有觉得麦子文有点那个？"

"哪个啊？"丁未远彼时正在看球赛，没空揣测我的心思。

"怎么说呢，反正就是跟你不大一样。"我也不知道怎么向丁未远表达。

"你不说的废话吗？我又不是他哥，怎么能相同。"

"不是啦，再说了，麦子枫跟麦子文也不同呀。"我辩解道。

"不知道你一天在想些什么。"丁未远继续沉浸在球赛里。

我知道，跟一个大大咧咧的男生讲这些微妙的东西，简直就是对牛弹琴。在那次之后，我再也没有跟丁未远讨论过此事。

但直到我们一起上了初中，麦子文的与众不同就逐渐明晰起来。比如在学校里，当时的男生们都迷恋古惑仔，成天拉帮结派地搞小团体，见人不爽就打群架；比如有男生开始给女生写情书，全都是些自己都读不懂的诗歌，酸溜溜地凑到一起，倒也骗了好多女生；再比如，只要一下课，大部分男生都风一般地往操场上跑，篮球、足球、乒乓球只要跟球沾边的运动，都是他们所热爱的……而麦子文很少参与这些活动。他就像一粒飘浮在半空的尘埃，活在属于自己的世界中。

放学后丁未远叫麦子文："一起去打球吧？"

麦子文摇摇头，说，"太热了，还不如回家吹空调。"

丁末远失望地甩着书包跑去了操场。

我和麦子文一起回家,穿过学校对面的小巷子就是一块花田。春末夏初的时候，里面种植的向日葵全部开了，金灿灿的一片。

我们躺在旁边的草地上，风从山坡上吹下来，发丝在脸上飘来飘去。时间过得很缓慢，能够听到草丛里的虫鸣，还有校园里传过来的不太清楚的广播声。

我闭着眼睛问麦子文："你怎么不跟丁末远去打球？"

"不喜欢运动，流满身汗的感觉实在是不喜欢。"他的声音很轻，像是从草丛里直接飘进了我的耳朵。

"哦，的确不舒服。"

"是啊，不舒服。"

有时候，我有种幻觉我睡着了，在微微风中像是进入了另一个世界。那里有花香，有虫鸣，有儿时的童谣声。

但多数时候可能我只是闭了一会眼不到三分钟就被麦子文叫醒了。此时太阳快要落山了，天边有大朵大朵的火烧云，整个世界是浅金色的，像是用颜料渲染过。

捡起草地上的书包，我们去到附近的公交车站，然后搭 25 路车回家。很多时候会在车站遇见丁末远，他满头是汗，衣服也湿透了，散发着汗臭味。我捏着鼻子，故意站得稍远一点。他都会瞪大眼睛训斥我："蔚呱呱，你到底是有多爱干净？你能不能不要这么做作啊？"

我和麦子文对视一眼，笑起来。

他更加生闷气，转过头去看着远方。

他的背影在视线中变成了一个点，忽然又被放大，清晰起来。

公交车来了，跟着丁末远跳上车，我们坐在最后一排，车窗开到最大，让风灌进来，说话的时候都需要加大力度。半个小时的车程，偶尔也会睡过去，醒来的时候，发现他们都睡得东倒西歪的，夏天真是耗费人体力的季节。

06

好像在我的记忆中，所有大事件都是跟夏天有关的。比如我是夏天出生的；比如麦子文和麦子枫是在夏天搬到小区来的；再比如，这个夏天，我们终于顺利地初中毕业了。

那晚我们在桌游吧一直玩到凌晨，丁未远也第一次喝醉了。他酒量本来就不好，但那晚却像是打了鸡血般，一个劲地往嘴里灌啤酒。我和麦子文劝都劝不住。

从桌游吧出来的时候，丁未远整个人像是一块被铸烧过的铁，浑身散发着热气。麦子枫把桌游吧简单收拾了下，锁好门，我们又打车去了大排档。

出租车穿过无人的街道，路旁的法国梧桐在风里飘摇，发出沙沙的细微声响。丁未远靠着麦子文的头睡过去了，不一会儿就响起了轻微的鼾声。麦子枫坐在副驾室和司机有一搭没一搭地聊天。

我问麦子文："暑假准备干吗？"

他想了想，说："想去旅游，但还没想好去哪里。你呢？"

"在家吧。"

"那不如跟我们一起去旅游咯？"

"嗯，再说吧。"

出租车在一处热闹的街口停下来。虽然已经是凌晨，但这里却依旧灯火通明，人声嘈杂。从城市里各个角落汇聚而来的人们在这里吃烧烤、喝啤酒、聊天。

这条街是这个城市最鲜活的标志，它太像人生了，大部分时候是喧闹的，而一旦喧闹过后，那种狼狈和凌乱之感，又往往让人不忍去窥探。

穿过人群，我们在一家叫"吴二"的烧烤摊前停下来。老板是个年轻人，估计跟麦子枫认识，见到我们之后热情地跟我们打招呼。

刚一坐下，就听到有人在叫麦子枫，声音从不远的地方传来，却透着一股缥缈的感觉。

大家都回头，看到了一张还算熟悉的脸——凌羽。

她笑嘻嘻地端着一杯酒喊麦子枫："过来喝一杯。"

麦子枫摇头摆手:"刚喝太多了,还没缓过来呢。"

"那怎么行,是要我过来吧?"凌羽说着就端着两杯酒过来了,其中一杯递给了麦子枫。

她拉过凳子在我旁边坐了下来,灯光下,我看到她化了很淡的妆,绿色的眼影很跳脱,在暖黄色的灯光下泛着幽幽的光。她不算那种第一眼美女,但是看久了之后,会慢慢发现,还是比较有特色的,能够让人过目不忘。

她一边笑着说话一边自顾自地把啤酒一口就喝光了,喝完之后才想起是过来跟麦子枫碰杯的,于是又站起来跑过去提了一瓶酒过来,说:"头有点晕,重来。"

可是没有等到她再喝完一杯,她就在我们面前吐了,蹲在地上,肩膀瘦瘦的,仿佛一拍就会碎掉。她来回地晃动着身体,表情有些难受,但她却说:"我真的没醉,等会再喝!"

后来,凌羽被送去了医院,据说那晚她胃出血了,在急诊室里把所有人都吓得半死。麦子枫说还是第一次看到她醉成那样,要知道,凌羽可是他们公认的"千杯不醉"小姐。

我隐隐约约听到麦子枫说起凌羽好像是在那天失恋了,她男朋友是个比她大十岁的中年大叔,大家都以为他是个大款,他也经常在凌羽面前表现出一副阔绰的样子,到头来却露了马脚,不过是一个普通职员,有老婆有孩子,活脱脱一个骗子。

不过那倒也好,凌羽用一场烂醉换来了清醒。她跟那个男人提出了分手,纵然心里有万千不舍,但总不能傻到相信他所说的会为了她而离婚吧。

想起凌羽被人背起来去医院的场景,看到她脸上愁云密布,一副瘦小的身体却是承受了千斤重量,那一刻,我突然有些同情她。

但说同情毕竟有些往人身上强加痛苦之感,倒不如说我被她的坚强和洒脱所折服。也正是如此,才让我在后来听到她消息时,会多了几分关注。

07

初三这个暑假其实过得乏善可陈,气温太高,哪里都不敢去。每天窝在家里玩游戏，看电视剧或者跟麦子文发短信。

麦子文去敦煌了，走的前一天告诉我说做了个梦，梦到漫天黄沙，只身一人在沙漠中行走，那种感觉跟武侠片里的感觉有些类似，但唯一不同的是，他身后是城市里的水泥森林，而每走一步，都像踏入了另一个世界。

于是他决定去敦煌，一个人，坐两天两夜的火车到达兰州。在车上他的手机信号一直断断续续的，大多数时候我发了一条信息，需要等很久，有时候睡过去了，醒来的时候发现手机里躺着他发的信息，汇报现在到哪了。

丁未远报了游泳班，成天跟个游泳健将似的全副武装，殊不知他在游泳馆里是最怕死的一个。因为不会游泳，所以他就给自己套了一个大大的游泳圈，我觉得他有些像麦兜，在水里扑腾的样子实在是让人发笑。

他在水下朝我招手："下来呗，水里多舒服啊。"

我坐在岸边，游泳衣都换好了，却就是不下水。他或许已经忘了，七岁那年，我跟他去江边放风筝，后来看到有人在水边捉螃蟹。当时由于贪玩，我们放下了风筝也加入了捉螃蟹的行列。螃蟹没抓到，倒是我一个不小心，在跨越一块石头的时候，脚一滑，跌进了水里。

我只感觉听到很大的一声"扑通"声，然后整个人就被泥沙色的水给覆盖了，我在水里一阵乱扑腾，从水下往上看，世界其实只是黑与白。

我看到丁未远那种惊慌失措的脸，说是惊慌失措，那只是我后来回忆起来给加上去的。当时根本看不到他，满脑子都是关于溺水生亡那些死者发胀的尸体，很怕自己也变成那样，连死的时候也是一副不堪入目的样子。

在我想到这样可怕的结局时，一只手将我从水里拉了起来，是丁未远的手，头离开水的时候，世界才变得真实起来。

用力呼吸一下，发现空气美好得让人想掉泪。

丁未远一脸不屑地看着我："我说呱呱，水不过到你半身，你在那里瞎折腾什么啊？"

"啊？"我这才发现我站在水里，水真的只在我腰的位置。

可是他不知道，在那不到十秒钟的时间里，我仿佛经历了一个世纪那么久，真的，那是我自认为第一次接触死亡的瞬间。我还没有最爱的人，我想的只是自己难看的身体被人恶心，但那的确是我心头的一个死结。

所谓一朝被蛇咬十年怕井绳，所以当丁未远在水里嘲笑我胆小的时候，我真的有种想将他的头按在水里的冲动。

后来，我在丁未远的刺激下，硬着头皮开始从梯子一点一点往下探，忽然我脚下一滑，整个人就掉入了池里，冰冷的水包裹着我，我脑海里不断浮现小时候那次接触死亡的感觉。于是我慌了，整个人在水里拼命地挣扎，大声呼救。

游泳馆的救生员赶紧过来一把将我拉了上去，我悬着的一颗心才落了地。

后来，在救生员以及丁未远的鼓励下，我才决定再次下水，并慢慢克服了对水的恐惧。在救生员的指导下，竟然很快就学会了游泳。原来，这也是需要天赋的！

现在变成我嘲笑丁未远了，"有种你把游泳圈拿掉啊。"

"不要得意，总有一天我会超过你的。"他套着游泳圈不服气地朝我游过来。

那个暑假的后一个月，丁未远背着我一个人练了很久，也不知道他天生不适合游泳还是故意装出来的，总之他用了快到一个月的时间才摆脱了游泳圈。

他也够惨的，被我嘲笑了那么久。

麦子文是在暑假即将结束的前几天回来的，他整个人像是刚从煤炭堆里爬出来，黑得让人有点接受不了。他给我们一人带了一条链子，链子上有一块长方形的铭牌，刻着我们各自的名字。他说："这可是我亲自写上去的哦，你们可别弄丢了。"

我接过链子，看着上面的"蔚迟歌"三个字，有种人生被锁定了的感觉。

我问麦子文："敦煌好玩吗？"

他说："那种感觉说不出来，要去了才知道。"

丁未远就在一旁翻了个白眼："说得跟什么似的，下次我们自己去好了。"

"麦子文，你会游泳吧，明天要不一起去游泳？"我岔开话题。

"行啊，听说丁未远刚学会啊，倒是想跟他比比，看谁快。"麦子文笑起来。

"蔚——迟——歌！"丁未远的魔爪向我伸了过来。

Chapter 02
不说出的温柔。

01

去一中报道的那天，阳光异常明媚，是连续阴霾之后难得的好天气。

一大早，丁未远就在楼下像只乌鸦一般呱呱乱叫，没错，他叫的就是"呱呱"。好多年没有听到这个绰号了，我竟然有一瞬间的晃神，好像穿越回了童年时候的夏天。同时，我脑海里又升腾起一股邪念，很想将台灯从窗口扔下去，直接砸在丁未远的脸上，看他以后还敢不敢乱叫！而且还默默地痛恨了一下我老爸，为什么要给我起一个这么没水准的小名。

我一边在脸上涂涂抹抹一边在床上翻我的 MP3，顺便还不忘在出门的时候对着门镜理了理我那像鸡窝一样的头发。

说到我这新发型，简直让人恨不得三个月不出门。昨天还是丁未远陪我在理发店待了半天的结果。拿他的话说就是远看像一棵树近看像一只鸡，还是那种来自非洲的火鸡。

我当场气得半死，揪着丁未远的耳朵咆哮："你才是鸡！你全家都是鸡！！！"

于是在高中开学的第一天，我就是顶着我那鸡头去报到的。可想而知我的回头率有多高，就连校门口的保安都忍不住多看了我几眼，想必在他们眼里我要么是个外星人要么就是个疯子吧……

操场上人很多，黑压压的一片，我才发现，原来高中跟初中差别这么大，别的先不说，光从人数上来看，就足足比我们之前初中多了好几倍。

一边往人群里挤一边问丁未远："这些人都是来读高中的吗？"

"要不然呢？"他扭头白了我一眼，"麻烦你有点智商好吗？难道都是来购物的？这里又不是超级市场！"

"万一是来参观的呢！"我没好气地辩解道。

"真是服了你了，都开学了，谁还会来参观？要参观也早参观过了，这种弱智想法也只有你才会有！"他一脸恨铁不成钢的表情。

好不容易挤进了人堆，篮球场边上的一排公告栏上贴着新生分班名单。密密麻麻的名字被印成铅字排列在一起，我一边努力寻找我们的名字一边将一些好笑的名字念给丁未远听。诸如"向春花""王月亮""张星星""吴点点"……我憋笑憋得好难受，如果丁未远没在旁边的话，我肯定早就爆笑出声了，但是他在我就得往内伤里憋，不然他又得说我长得不够淑女笑得不够人类了！

但是现在，丁未远完全没空理会我压抑的样子，他两只眼睛像雷达一般来来回回地在名单上扫射，没过几秒，他首先看到了我的名字。

"蔚迟歌，高一（1）班。"他一本正经地说。

"那你和麦子文呢？"我扭头问他。

此时麦子文也看到自己的名字了，他在2班，本以为会是跟他一个班的，却还是被命运的一双大手无情地拆散了。

为此我还惆怅了好一阵子。

奇怪的是我们竟然没有在名单上找到丁未远的名字，后来去教导处询问，发现他的名字确实写漏了，这样微小的几率让他给碰到了，我想如果去买彩票的话，说不定会中一等奖呢。

教导主任是个"地中海"，头发少得就像秋收后的稻田，戴着一副啤酒瓶底的大眼镜，指着丁未远说："18个班，你随便选一个吧。"

"那就1班好了。"他脱口而出。

"好，那就1班，我回头让人给补上去。"他挥着双手的样子有些像是在打太极。

我和丁未远从教导处溜出来，刚想问丁未远为啥要选择1班，他却先开口了：

"唉，我有点后悔了。"

"后悔啥？"我问。

"后悔跟你一班呗，从幼儿园开始咱俩就是同学，现在高中了还做同学，真是一点新鲜感都没有！我们到底要同学多少年啊！"

"你得了吧，那你现在就回去改去。打死我也不想跟你做同学了！"我扯着他的手，试图拖他返回教导处。

"算了算了，我就认了吧，谁让我们有缘分呢！"

就是丁未远的这一句缘分，让我在高中三年里，无数次想将他生吞活剥，碎尸万段，但最终也都经历了九九八十一难忍受了下来，也算是功德圆满了。

是的，我们的确是有缘分，不然也不会做这么多年的同学。

02

第一天报到也没什么事做，去新修的教学楼看了看，然后就是等着发军训服。炎炎烈日下，所有学生们都躲在树下或者教学楼走廊里，操场的大喇叭里放着一些流行歌曲。

我和丁未远还有麦子文在小卖部里吹空调，一人一个冰淇淋吃得不亦乐乎。

"子文，你们班有美女吗？"丁未远挖了一勺冰淇淋放进嘴里，露出一副贱兮兮的表情。

"我咋知道，别说美女，连雌性生物都没见到呢！"

"你刚不是去教室了吗？怎么，没人啊？"

"有鬼。"他叹了一口气。

快十点的时候，广播里开始喊我们去操场集合。一瞬间，所有人都从四面八方聚集到了操场上，正对主席台，按照之前分班的顺序排列站好。

我站在丁未远旁边，耳朵里塞着MP3，完全不想听主席台上那些老古董的唠叨。丁未远一会看看主席台一会看看我，说："你能不能专心点，不然你都不知道台上说了些什么。"

"不是有你在吗？我放一百个心。"我慢悠悠地说。

"谁管你。"他扭过头去，继续一副好学生认真听讲的样子看着主席台。

正当我听歌听得陶醉的时候，丁未远突然拐了拐我的手。

"你干吗啊？"我有些生气，因为戴着耳机，加上太突然，声音就比平时大了起码三倍。

"点到你的名字了。"他说。

"什么？"我还没看清他的嘴型。

他一把扯下我的耳机，伏在我耳朵边道："快点快点，刚才你被点名了，赶紧上主席台吧！"

"啊……"这完全不在我的预料之中啊。接下来会发生些什么？我不敢去想，现在这个情形下，我想想也什么都想不出来啊。

于是我在几千名高一新生的注目下，顶着我的火鸡头像从非洲丛林来的怪物一般怯生生地走上了主席台，颇有一副上梁山的架势。

这个时候我才开始后悔没有听丁未远的话，因为我压根就不知道叫我上去干吗。莫非，是要当众批评我这个特立独行的火鸡头？

我站在讲台上，看着下面黑压压的一大片的人头，仿佛那是一颗颗地雷，等待引爆将我炸到九霄云外，心扑通扑通跳得飞快，脸也瞬时红成了一片。

我看着主持人，他好像比我更尴尬，小声地提醒我："让你……说下……新……学期的……计划。"

"啊……这个……啊……"我继续望着他。

"不用紧张啊，小蔚，你随便说点什么就好了。"主持人勉强挤出一个微笑。

台下开始响起一阵嘘声，丁未远更是冲到了主席台旁边朝我喊道："快说话呀，你哑巴了呀？你不是从小就喜欢呱呱叫么！"他显得比我还紧张一百倍。

或许是那天的太阳太大，或许是操场上的人真的太多，又或许是丁未远的紧张情绪传给了我……于是只听见"哐当"一声。我手里的话筒应声落地，然后我整个人像是失去了重心一般朝旁边倒了下去。

天旋地转……然后我什么都不知道了！

我以为我要去见阎王了，可是当我醒过来的时候，我正躺在小卖部外面用桌子临时搭建的一个台子上。我看到丁未远在我身边坐着，背对着我，也许是帮我挡住那仅有的一点炙热的阳光。

操场上的学生早就散场了，只余下满地的塑料袋和空矿泉水瓶。

有值日的学生在做着清洁。

我喊了声丁未远的名字。

他猛地一回头："醒了？你呀真是把我们都吓坏了……还以为你突然一下怎么了，后来发现不过是早上没吃饭犯低血糖了。"

"当时是不是很丢人啊？"我连忙开口问道。

"都什么时候了，你还在意这些，麦子文回教室开会了，等他来了，我们就先去吃点东西吧，免得你再晕倒一次，我可没有力气再把你抱过来了！"

"你说什么？抱——我？"

"哈哈，还好你比较轻！"

"丁未远，够了！住嘴！"想到丁未远抱着我在操场上飞奔的样子，不知道为何，我想到了两只在午夜飞奔的猪，没错，是两只猪。

丁未远并没有想要理我的意思，继而郑重地说："喏，这里有巧克力和饮料，你先垫一垫肚子吧。"

我"扑哧"一下爬起来，气鼓鼓地对着丁未远说："我有那么孱弱么？刚刚，刚刚那事"纯属意外，要不是你到旁边来乱叫，我也不会晕倒啊！还不是都怪你。"

"懒得跟你争。"丁未远百口莫辩，只好扭过头去玩自己的手机。

看着他的侧影，我止住脸上刚刚那副得意的表情，其实内心里还是有点感动的，毕竟在那么多人面前晕倒，丁未远是最先冲到我身边的，但一想到接下来他又抱起了我，感动瞬间就灰飞烟灭了。

那一刻，他想必就是离弦的箭吧，而我就是靶心。幸好不是丘比特射出来的，要不然，那样的场合得多尴尬啊。

我们就这样各自发呆了好久，他玩着手机，我盯着远处发呆，正午的气温越来越高，风从头顶掠过，热热的。

丁未远的衣领随着风吹过的节奏不规则地摆动着，阴影覆盖在墙上，仿若一连串的水波纹。

直到麦子文来喊我们，我们才如梦初醒般回到现实里。

"迟歌，你知道吗？你今天红了！"

"啊？"我长叹一声。

"什么情况？"丁未远也迫不及待地追问道。

"就是你刚刚不是在主席台上晕倒了吗？然后呢，所有人就开始八卦你，而且好像还有人扬言要把你追到手哦！"麦子文一连痞笑，完全不是他平时的样子。

"不要吓我！我可是对男生一点兴趣都没有的！除非……"我故意拖长了尾音。

"除非什么？"他们两个几乎是异口同声。

"除非他们能够取代你们两个的位置！哈哈！你们怕什么，我不会离开你们身边的。"

"走吧走吧，少啰嗦了，吃饭去。肚子都饿瘪了。"麦子文耷拉一下嘴皮，无力地说道。

"就是就是，蔚迟歌小姐，再不去吃饭，小心你又栽倒在操场，再次成为全场瞩目的焦点哦！"丁未远翻一个白眼，一副贱贱的样子，撒腿跑开。

"喂，你给我站住！"我追上去。

03

本着熟悉地形的目的，我们把学校几乎绕了一圈都没有发现有特别入眼的餐馆，而稍微还不错的呢，不是里面已经坐满了人，就是价格高得离谱。

怪也怪开学典礼的程式太多，光领导发言起码都讲了两个多小时，而后来我晕倒之后，其实也并没有过去多少时间，大部分时间都浪费在了暴晒里！

军训服什么的一样都没发。吃饭完，还得回学校领了东西才让回家。

好不容易发现一个开着空调的餐馆，钻进去的那一秒，有一种从游泳池跳板上跳下水的感觉。浑身冰冰凉凉的，真的像是有水划过皮肤。

坐下来之后，丁未远又开始了他的满腹牢骚——"这里怎么连水都没得喝？怎么还有个二楼，以为没多少人，原来人也不少啊，不知道要等到什么时候才能够上菜,味道肯定也不行吧。"

"先点菜再说吧,坐着光说就以为你是少爷,别人就会给你送菜上来啊。"我打断了丁未远的话。

乔榛进来的时候,位置已经陆续坐满了,只剩我们这里还空了一个凳子。她在几桌人中扫视了一圈,便朝我们这边走了过来。

"蔚迟歌,能跟你们凑一下吗?现在才忙完,等会还要赶过去。"乔榛说话的声音其实很好听,但看着她那谄媚的眼神,我就顿时否定了本想要答应她的念头。

"没事,过来坐吧。"麦子文笑着招呼道。

我看了一眼丁未远,发现他也正朝我挤眉弄眼。看来了解我的人还是只有丁未远。但我俩都没说话,等着乔榛打开话题。

"蔚迟歌,你刚才怎么了啊?没事吧你?"话一说完,她才觉得有些不对劲,于是赶紧又补充道:"我只是关心下你。"她越说越纠结,全场的气氛都要降至零度以下了。

后来还是她在圆场:"话说你这发型挺酷的,我很喜欢。"

我在心里暗骂,喜欢你个头啊,我跟你很熟吗?你当了主持人就了不起啊。

但我脸上仍旧堆着笑容,不能破坏我在外人眼里淑女的形象啊。

菜端上来的时候,乔榛才想起什么似的说:"糟了,我还没点菜呢。"

"没事没事,就一起吃吧。"麦子文总是喜欢扮演老好人。

乔榛也不客气,说吃就吃,还时不时地要挑剔下菜太咸了啊,肉不够嫩啊,饭太硬了啊。弄得我们一桌人都没了吃饭的心情。

乔榛是提前走的,因为中途接到电话说学校那边有事,她站起来,提起自己那个橙色的包就匆匆与我们告别了。

她一走,丁未远就忍不住开始刻薄起来:"她是你朋友啊,麦子文?"

"我不认识啊,我以为是迟歌的朋友呢。"麦子文一脸无辜。

"怎么扯到我这里来了,不就是刚刚开学典礼的主持人吗?谁跟她熟来着。"我不满地辩解道。

"算了,吃都吃了,人也走了,说也没用,我们赶紧吃点填饱肚子吧,等会还有得等呢。"麦子文息事宁人地说。

吃完饭下楼，结账的时候才发现我们的单已经买过了。为此，我对乔榛的印象稍微有了点改观，本来以为又是一个混吃混喝的人，却没想到她自觉性还是挺高的嘛。

我的手搭在丁未远的肩膀上，说："你觉得她长得如何啊？"

"谁啊？"丁未远回头看着我。

"还有谁，刚刚那个请我们吃饭的乔榛啊。"

"也就那样，身材小、眼睛小、鼻子小、嘴巴小，整就一个旺旺小小酥。"他说。

我和麦子文同时笑起来，互相看了一眼对方，然后盯着丁未远。

"干吗？难道我说得有错吗？"

"没错，只是你以为人家是五大三粗的男人吗？"麦子文说。

"女生怎么了？你看迟歌，照样有胸有屁股的。"丁未远笑嘻嘻地看着我。

"去你大爷的！你想死吗？"我一个拳头落到丁未远的胸前，"谁让你这么形容我的，我可是娇小玲珑的蔚迟歌小小姐呢。"

04

下午到了学校，又是例行地开大会，好像那些领导不讲话就没事做似的。我们一众学生被晒得都快要蒸发了，恨不得立马来一场大暴雨，浇灭这烈日下的火气。

我和丁未远一人一个耳塞听着MP3，我还小声地嘀咕了几句自己会不会因为中暑而又晕过去。

话才刚说出不久，就听到一声高呼："有人晕倒了！"

看来我还真是乌鸦嘴。赶紧噤声，朝着声源方向看过去，晕倒的不是别人，正是我们的旺旺小小酥——乔榛。

难道这就叫做报应吗？我脑海里迅速闪过无数邪恶的念头。

她真的好小，像一片叶子瘫倒在一个男生的手中。紧接着，她就被几个男生抬去了医务室。

当然我们也得感谢她，正是她的这一晕，大会提前结束，我们终于可以到阴凉处去等着发军训服了。

趁着排队等通知的间歇，我们三人又去了一趟小卖部，一人要了一罐可乐，对着冷气冒白烟。等到再次回到操场的时候，从教导处排出来的队伍已经变成了长龙。

这下可好了，看着前面浩浩荡荡的人群，真不知要等到猴年马月了。

站在队伍的尾端，我们只好石头剪刀布，派谁去前面看看有没熟人，好让插个队。丁未远输了，于是他成了我们的救命稻草，背负着强大的使命消失在了阳光里。

三分钟后他回来了，看他表情应该是找到熟人了，但他随后又皱起了眉头，说："熟人倒是看到了，不过那是负责派发服装的。"

"那不正好吗？"我抢着说。

"可是那个人是乔榛啊。"

刚刚不是昏倒了吗？这么快又投入到工作中了？她到底是有多爱表现啊？我在心里暗自不爽。从小，我就痛恨那些极爱表现的女生。

"迟歌，你去吧，你是女生，好说话一点。"丁未远用哀求的口气说。

"我不去。"我才不想去求那么做作的女生。

"那你想站到天黑吗？"

"好了，我去我去，但我觉得她多半不会同意的。"

"去都没去，你怎么知道，快去吧。"我被丁未远推出了人群。

沿着人群我一路来到了派发处，所有的人都紧张地打量着我，生怕我一不小心就站到了队伍里。

我也没那么傻，明知山有虎难道我还偏向虎山行啊。我可不是来插队的，我只是来开后门的。我偷偷地得意着。

去到派发处所在的办公室，我喊了一声"乔榛。"

她抬头看了我一眼，脸还有些泛白，估计是刚刚晕倒的缘故。她站起来走到我身边，问我："怎么了，迟歌？"

我做了个手势，示意她过来一下。来到角落，想了半天也无法开口，最后只能胡乱编造了一个理由："我朋友丁未远好像也中暑了，现在要急着送医院，你看能不能先把我们三个的给发了。"

我看着她，像是在等待终审判决。她的目光有半秒钟的迟疑，但随即还是点头说了好。

于是，我凯旋而归，跑回丁未远他们跟前，朝他们招了招手，说："跟姐走吧。"

拖了乔榛开的后门的福，我们在众目睽睽之下心满意足地离开了。这个时候，丁未远也仿佛不那么讨厌乔榛了，像是在赞美一个天使："她人还真是好，早知道，我就自己找她了。"

"你除了只会说还会干吗？"我狠狠地瞪他一眼。

"我怎么了我？要不是我发现乔榛在，你们能这么快领到手吗？"

我没再接丁未远的话，因为我发现麦子文已经走出离我们起码有五步的距离了。我快步追上去，跟在他旁边问："子文，你不高兴啊？"

"没啊。"他露出一个仓促的笑容。

"那待会要不要一起去我家？"

"不用了，等会还要去我哥那里。"我知道他会回答不去，但还是明知故问地问了一遍。结果也如我所料，就像我之前说的那样，麦子文他啊其实是一个有很重心事的人。

但每次问他，他又不会说，总是一笑置之。

他的眼神会说话，它已经告诉我，他此时此刻有些不大开心。

于是，我没再多说什么，退到后面和丁未远开始胡扯起来。看着他的背影，我渐渐觉得是不是麦子文心里埋藏着什么秘密？

天渐渐凉快下来，太阳已经落山。街道上有晚归的路人，个个都形色匆匆，我们在公交站台上像二只流浪狗一样等着公交车的到来。

05

接下来的半个月军训简直就是地狱般的生活。每天要起那么早，套上松松垮垮的迷彩服，从镜子里看自己就像是个绿色的青蛙。

丁未远笑我说："蔚迟歌，其实你穿迷彩服还挺好看的，至少还像只青蛙，你看我，真是四不像哪！"

我每次都要笑得满地打滚，他确实没有穿出迷彩服的神韵，怎么看都像穿了一套紧身衣的土匪。

不过像他那样的土匪满校园都是，真不知道他们有没有像丁未远这样痛恨过自己的身材太过壮实。

但麦子文是个例外，他虽然不够魁梧，但他穿上之后有种慵懒的美感，就好像是穿着当季最流行的衣服，从骨子里散发出一种大牌的感觉。

当然，这也可能是我一个人的感觉。

因为丁未远就一直觉得麦子文穿迷彩服比他更丑。

天知道是不是我行了背运，竟然在去女生中队报到的时候，因为迟到，没有了我的位置。方方正正的女生方队，多出一个像累赘一样的我。

于是在第二天，我就被教官像丢垃圾一样丢给了在我们旁边的男生中队，美其名曰，男生中队刚好差一个人，补齐空缺。

所以，当我灰头土脸来到男生中队的时候，丁未远像是见到了救命恩人般差一点就热泪盈眶了。他做出一副谢天谢地地样子说："我们又在一起了。"

我站得离他远一点，故意用撇开他的姿态对他说："现在我跟你，只是队友，没有其他关系，请你保持距离。"

被我这么一说，丁未远的脸霎时变得一片惨白。因为所有的男生都在等着看他跟我搭讪呢，以此来表明他是有女生缘的。却没想到被我这么一说，男生们马上作鸟兽散，嘴里还不忘发出一声："切，不过如此。"

虽然被分到了男生中队，但也不能忽略我作为一个女生应该有的特权。所以当站军姿男生需要站半小时的时候，我只要站到二十分钟就可以先走一步了。

二十分钟一到，我就溜到了一边的树荫下，坐下来，变着法子逗丁未远笑。我扮鬼脸、扮小丑，甚至不惜牺牲自己的形象扮成一头猪的样子对着丁未远。

因此，丁未远被罚站过好几次。他总是控制不住地大笑出声，然后引来前面的教官狠狠地批他一顿，延长军姿时间。

等到教官转过身去，他又对着我咬牙切齿。但他也不敢将我抖出来，除非他不想活了。

有时候，我也会偷偷溜到麦子文他们中队那边去，悄悄给他塞水喝，或者给他一颗阿尔卑斯糖。

以至于到后来，麦子文他们中队的人一致认定我对麦子文有意思，甚至我还听到有人讨论说："那个在男生中队的女生，是想追我们中队的小麦吧？"

我也懒得去解释什么，每次都若无其事地在两个中队来回穿梭。十足一个众人眼里的特殊对象。

后来，军训结束，最后一天检阅的时候，我却因为没有好好练，教官担心我会拖中队的后退而放弃让我参加检阅。

我像是一个多出来的外星人，站在中队之外，看着他们英姿飒爽地经过我的眼前，心里还是有些失落的。

我看到了丁未远，一个月的时间，他好像有了一点变化，动作很到位，姿势也挺优美的。他终于摆脱了土匪的称号，实实在在成了一个军人的样子。

阅兵式结束之后，丁未远跑过来神采奕奕地问我："刚才我帅吧？"

"我都只顾着去看子文了，谁想看你啊。"我故意气他。

"你怎么能够这么没有责任感呢！好歹我们也是同一中队的啊。"他气得半死。

"好啦好啦，你很帅行了吧，全宇宙第一帅，你满意了不？"我哈哈笑起来。

"蔚迟歌，你给我闭嘴！"

那天晚上，新生组织了一场晚会，庆祝军训顺利结束，顺便欢送那些可爱的教官们。

我们中队准备的节目本来是一个大合唱，到后来却临时换成了我一个人去独唱。

这馊主意是丁未远给出的，因为他去跟教官说，阅兵式我没参加到，现在就给我一个单独表现的机会。

因为太突然，我没有一点准备，所以当我被安排准备候场的时候，我还在纠结我到底要唱什么歌。

丁未远在一旁为我缓解紧张气氛："你平时不都是麦霸吗，这还能难倒你啊？"

"平时是在KTV啊，现在是清唱！"

"清唱就清唱咯，金子在哪里都是会发光的。"丁未远的狗嘴里就是吐不出象牙来。

在一阵又一阵的掌声中，我被推上了临时搭建的舞台。

聚光灯射过来，我发现那些穿着迷彩服的男生们的眼神跟狼的眼神没俩样。因为我是在男生中队军训的，所以大家或多或少都对我有些印象。加上我又代表我们中队表演节目，更是让他们期待不已。甚至有人开始吹起了口哨，喊着"军中绿花，看好你哟！"

听到这么一喊，我两腿一软，头脑一片空白，愣是想不起一首歌的歌词。最后好不容易想到了，刚一开口，全场就爆笑起来。

我竟然唱了一首"学习雷锋好榜样"，虽然这歌还很贴切今天的主题，但跟大家的期待还是差了十万八千里。我像是参加了某选秀比赛的海选一般，在众目睽睽之下洋相百出——我竟然将那首斗志昂扬的革命歌曲唱成了R&B版本。怪不得台下的观众笑得那么开心。就像俗话说的真是百闻不如一见哪。

好不容易硬着头皮把这首歌唱完，我几乎是以光速飞奔下了台。麦子文和丁未远等在那里。丁未远一边笑得前仰后合一边还不忘打击我："蔚迟歌，想不到你还会唱革命歌曲啊，我还以为你只会唱那些儿女情长的调调呢。"

"去死，还不是因为你，害得我脸都丢尽了。"我没好气地瞪了他一眼。

"好了好了，事已至此，你真的已经红了！"丁未远欠揍地朝我抛了个媚眼。

下一秒，我手里的可乐就直接飞到了他身上，"滚开，这笔账，我会跟你算回来的。"

06

因为那一晚的"老歌新唱"，我彻底走火于校园。一夜之间，大家争相讨论那个给他们带来欢笑和泪水的女生。

军训结束之后，放了一周的假。不知道是不是为了气我们，第二天就开始了连绵的雨水，气温急速下降，仿佛才一瞬间就要过渡到冬天了。

电视里的新闻每天都在播报防洪讯息，这个城市的雨季提前到来。

同雨季一起提前到来的，还有麦子枫的桌游吧准备搞的一个派对活动，我们也被邀请过去玩。

傍晚到达桌游吧的时候，雨还在淅淅沥沥地下个不停。虽然如此，来桌游吧的人还是很多。大多都是麦子枫的一些朋友，开了一年桌游吧，钱没赚到多少，倒是结识了一帮狐朋狗友。

麦子文经常拿麦子枫开涮："你开桌游吧，大多数朋友来都免单了，还有什么赚头啊？"

麦子枫不慌不忙地点一根烟，慢悠悠地说："那是你不懂，这是巩固交情，我认识的那些人个个都是真朋友，要是我没饭吃了，找到他们也不会饿死！"

麦子文对他的理论嗤之以鼻。

我倒是还蛮赞同麦子枫的观点的，因为我始终秉承那首老歌唱的那样"朋友多了，路好走"，所以我有时候也会帮着麦子枫说几句话，"子文，你哥说的未必不是对的，这个社会要是没有朋友，是很难生存的。"

"我真不需要那么多朋友！"麦子文仍旧不屑。

说归说，麦子文还不是经常到桌游吧来玩，也跟一些人慢慢成为了朋友。但都不算是深交，拿麦子文的话说就是："知己几个，足矣足矣！"

我知道他说的知己就是我们这几个人，虽然有时也会吵吵闹闹，但一有事，最先站出来的还是身边的人。

晚上九点，派对正式开始。今晚的主题是森林趴。

所有人都化身成各种动物，在昏暗的灯光中跳舞唱歌寻找猎物。

麦子文扮演的一只猫头鹰，我扮演的则是一只小兔子，而丁未远是一头猪。

这当然是我帮他想的点子，因为我说："丁未远你啊，肥头大耳的，不扮演猪的话都浪费了你的优点。"

于是在我的指点之下，一只特立独行的猪问世了。

他不是《西游记》里的猪八戒，他是动画片里的小乳猪。走的是可爱风，得到的效果却是一部骇人的惊悚片。

因为在灯光的照耀下，他不是猪，他实实在在就是一个大胖子！

我和麦子文在角落里偷偷地笑，后来越笑越大声。丁未远兴许是猜到了我们的笑点，将猪外套一脱，撒手就说："我不卖傻了，蔚迟歌，你太没人性了！"

我一边忍住笑一边拉着丁未远的手，说："谁没人性，你这样才是最可爱的，不信，不信你问她？"我随手拉起旁边的路过的一个巫婆的衣服说："你觉得这只猪可爱吗？"

巫婆停下来，转过头来看看我，再看看丁未远，说："这只猪啊？好像在哪里见过呢！"

面具取下来，借着灯光我看清了巫婆的脸，是凌羽。

两个月之后再见她，她好像更瘦了，不过眼神比从前要凛冽许多，散发出微微的寒光。仍旧是涂的绿色眼影，衬得她的眼神更加深邃，也给人一种恐怖之感。

"我叫凌羽。"她自我介绍起来。

"我是丁未远，这是蔚迟歌，这是麦子文。"丁未远抢过话也开始介绍。

"麦子文？就是子枫的弟弟吧？嗯，是有那么一点像的。"她轻轻地笑起来，端起旁边桌子上的一杯酒，就喝起来。

这样就算是正式认识了吧？之前对于凌羽的猜测终于变成了真实的接触。但对于她这个人，我仍然觉得是神秘的。她小小的身体里蕴藏了太多的能量等着人去挖掘。

从那时候开始，我就隐约发现了，她跟我们是不一样的。

但具体不同在哪里，我也说不出来。

那天晚上是我们在桌游吧唯一一次没有喝醉的一夜，因为大家都顾着COS角色去了，酒就被忘到了一边。

最后大家围成一个圈，跳起了经典的兔子舞。桌游吧成了我们玩乐的圣地。麦子枫扮演成森林老人，站在中间对所有来参加派对的人一一道谢。

轮到凌羽的时候，他的话哽了一哽，只说了一句："欢迎回来。"

07

派对之后，剩下的六天基本就是宅在家里度过的。每年的雨季都会持续特别长的时间，天空像是被人捅破了一个窟窿，雨水多得好像要将人泡涨似的。

我窝在家里玩一款养宠物的游戏，丁未远偶尔会到我家来玩。他来了之后，我们就搬出小霸王游戏机坐在客厅的地板上打游戏。

别看丁未远是个大男生，玩这种小游戏倒是常常输给我。我们的赌注是谁输了谁就出门去买西瓜。

一开始丁未远还想抵赖，死活不肯相信他打不过我，但五局三胜，他输得心服口服，乖乖地穿鞋出门买西瓜去了。

看着他撑着黑伞走进雨里的背影，我暗自发笑。其实他不知道，那款格斗游戏还是他教我打的，只是后来他不再玩这些游戏了，改玩网络游戏。而我呢，一个人默默地练习了无数次，现在技术终于可以超越他了。最终这种优势也派上了用场。

想当初我输给他那么多次，吃了多少苦头啊，别说下雨天去买西瓜，就连下雪的时候我都冒着大雪去街角买过小笼包。

哼哼，所以这就是所谓的风水轮流转，君子报仇十年不晚。

他买完西瓜回来的时候，我正在看电视，还没爬到六楼，就听到他鬼哭狼嚎的声音："迟歌，快开门啊。"

"你遇到洪水猛兽了还是咋的？"我慢吞吞地打开门。

他浑身淋得湿透，黑色的伞也不见了，西瓜也是水淋淋的，"麦子枫好像出事了。"他边说边把西瓜放到了桌子上。

"什么？"我险些咬到自己的嘴唇。

"刚在买西瓜的时候，恰好碰到了麦子文，他一个人行色匆匆地冒着雨在跑。我喊他，他也没来得及说什么，隔着雨，只听到说什么麦子枫的桌游吧有人闹事。我把伞塞给他之后，就跑回来叫你了。"

"真的假的？"对于这突来的消息，我还是有点不敢相信。

"我亲眼看见，亲耳听见，我有必要来骗你吗，快收拾收拾，我们去看看。"他催促道。

我进房间换了衣服，然后匆匆地跟着丁未远下楼，到了楼下才忘了拿伞，我刚想跑回去，丁未远一把拉住了我，说："都这个时候了，还拿什么伞啊，赶紧冲出去打车吧。"

因为下雨，几乎没有空的出租车，光站着等也不是办法，于是我们边走边拦车。

雨水像黄豆瓣里啪啦地砸到我们头上，衣服不到一会就全部淋湿了。丁未远跑得比我快一点，我们两个之间差不多隔了五米的距离，看到他拦到一辆车，我才几步跟了上去。

上车之后，我拨了麦子文的电话，电话通了，却没人接。

车子行驶得也很缓慢，一路都在堵车。丁未远一边催促着司机一边安慰我说："应该不会有什么大事吧？"

"但愿如此咯，但刚听你说麦子文不顾一切在雨里跑，真还想不出会是谁去酒吧闹事？"

在一个十字路口等红绿灯的时候，手机响了，是麦子文回过来的。

刚一接起来我就迫不及待地问他："听说你哥桌游吧出事了？"

"嗯，是出了点事。"

"到底咋了？要不要紧？"

还没等麦子文说话，手机啪一下没电关机了。这机也关得太不是时候了吧，我赶紧问丁未远："你手机呢，快拿来。"

他在身上摸了个遍才恍然大悟般地说："刚出去买西瓜我都没带手机，还在你家沙发上呢！"

所以桌游吧到底发生了什么事情，也只能等到我们去了之后才知道。

此时，车子完全停滞了下来。前面好像出了交通事故，两辆车相撞到了一起。看来一时半会是疏通不了的了。司机也很无奈，建议我们如果有急事的话，最好先下去步行过出事地点，再打车。

我们犹豫了一下，等也不是办法，加上雨越下越大，我们只好先冲到对面的超市里去买把伞再说。

从封闭的车里出去，冷空气迅速地钻进了衣服里，虽然是夏末，但还是觉得身体里起了丝丝凉意。

在楼下商店买了一把大黑伞，我们在雨里开始狂奔起来……

Chapter 03
如果有一件事是重要的。

01

赶到"top one"的时候，大门半掩着，我和丁未远一前一后差不多是以光速冲了进去。里面其实只有三个人，麦子枫和麦子文俩兄弟，而所谓出事的人就是凌羽。

三个人沉默地以一种奇怪的几何图形的位置坐着，凌羽趴在桌子上，将头埋在手臂里。麦子文看着麦子枫，而麦子枫正举着啤酒瓶，酒已经喝了一大半，他的眼神落在半空中，仿佛找不到一个着力点，显得虚无缥缈。

丁未远静静地走到麦子文旁边，凑到他耳朵边嘀咕了几句，麦子文便站起来将我和丁未远叫到了门外。

雨还在下，我们站在屋檐边，麦子文的声音很小，整个世界只剩下雨点冲击地面的声响。他说："凌羽又跟那个老男人好上了，现在弄得他老婆找到了凌羽家里。"

"谁？"丁未远满脸的疑惑。

"你失忆了吗？不就那个结了婚的老男人吗？"我恶狠狠地瞪着丁未远，对于此事，之前我们都稍有耳闻，但因为跟凌羽也不算熟，所以大家也都没有过多询问。

"啊？"丁未远表现得比外星人占领了地球还震惊，不过话说回来，像他这样脱线的人，除了和自己息息相关的事情以外，其他的一切在他眼里都是虚空，所以现在有这样的反应也是情理之中的。

"是的，凌羽被她妈打了之后，跑到桌游吧来不停地喝酒，也不说话，我哥也没办法，所以只好喊我过来劝一劝。"

"喊你来能有什么用？"我说。

"至少可以帮忙看着点吧，要是真出什么事了，多一个人也劝得过来。"麦子文缓缓地说着。

"先进去吧。"或许是刚刚淋了雨，我的声音有些颤抖。

再次进到桌游吧，麦子枫已经在吧台后面了。桌游吧里没有开灯，所以显得比较昏暗。凌羽换了个方向，背对着我们，好像正低头在发着短信。

我走过去，坐到凌羽的对面，轻声问道："你，你没事吧？"

她回过头，眼睛里布满了血丝。看着我的时候，我不禁打了个寒战。果然如我预料中一样，她的眼神是那么坚毅和刚强。

"我没事，你们不要担心。"她沉默半晌后说道。

"那先去吃点东西，行么？"我小心翼翼地提议道。

没想到凌羽倒是很给我面子，站起来努力挤了一个笑，说："走吧，正好肚子也饿了。"

于是一行人去了一家自助火锅店。

打车的时候五个人坐不下，所以分了两辆车。因为是女生，所以我被安排和凌羽一起。

上车之后，凌羽坐在我右边，偏过头没说话，等红灯的时候，她才回过头来对我说："是不是觉得不可思议？"

"什么？"我一时未反应过来。

"我会喜欢一个比我大十多岁的男人啊。"

"也没什么，这个跟年龄无关吧。"我故作镇定。

"哈哈，我就是这么偏执的一个人，喜欢了就是喜欢了，也不管不顾，现在落得这样的下场都是我活该，自找的。"她半开玩笑似的说着。

"那接下来，你准备怎么办？"

"继续爱呗，都这样了，还能怎么办。"她有些无奈地说完，她的手机又响了，于是对话结束。她低头发短信。我看着雨水一点一点顺着车窗滑落下去，心里忽生出一股失落的感觉。

我们的车在一家叫做"路威"的火锅店门前停下来。丁未远他们先到，已经进去找了座，刚才电话里已经给我发了包厢号。

此时火锅店的人不是很多，进门之前，凌羽去隔壁小卖部买了一包烟，顺便还买了一条口香糖。

进到包房，坐定之后，凌羽将烟打开丢了一根给麦子枫。

麦子枫拿起烟，自顾自地点上，脸上没有任何表情，但是眼神却是温柔的。他看着凌羽，忽然说："先别想太多，顺其自然就好了。"

这是我第一次看到麦子枫对一个陌生女孩这么温柔，眼神里仿佛都能拧出一把水来。我记得在我印象中，麦子枫除了对我们三个人比较温柔以外，对其他人还没如此过。所以，我猜测凌羽对他来说，一定是非常重要的一个朋友，也许还不只是朋友这么简单。

虽然没有问过麦子枫和凌羽是怎么认识的，但看凌羽经常来桌游吧就知道，他们的交情不浅。

我和丁未远还有麦子文识趣地出去拿菜。走出包房，丁未远朝我挤眉弄眼，"那个啥，麦子枫不会喜欢凌羽吧？"

"我也觉得是有那么一点。"我附和道。

"你们能不要这么八卦吗？赶紧拿菜去，等会好菜都被人拿光了。"麦子文催促道。

我和丁未远相视一笑，各自分头拿菜去了。

回到包房，却发现凌羽不在了，麦子枫正有气无力地抽着烟。房间里不是很通风，烟雾缭绕的，显得不太真实。

"凌羽呢？"我问。

"有事走了。"麦子枫说。

"这么急？"丁未远放好菜坐下来。

"嗯，那个人打电话来了。"

然后再没有人接话，我们都知道麦子枫所说的那个人是谁，所以接下来的时间都没人敢再提关于凌羽的事。

突然少了一个人，气氛一下就没了。我们吃得极为沉默，特别是麦子枫，没吃几口就放筷子了，一个人盯着窗外猛抽烟。

02

一周的假期很快结束了。去学校上课的第一天，我就注定要迟到。我给丁未远打电话："喂，你早上干吗不叫我？"

"你还要意思说，我给你打了多少个电话，你自己看看，谁让你全都挂了。"他愤愤地解释。

"好吧，你帮我占个座呗，我快到了。"

到学校的时候，大门已经关了，保安们都在保安室里聊天。我本来想从小门溜进去，却还是被眼尖的保安抓了个正着。不过还好，因为是第一天，所以他们没有记名字便放我进去了。

我一路狂奔，爬楼梯也是慌慌张张的，好不容易站到教室门口，推开门，径直往里走，刚走上讲台，转头看台下，却发现我走错教室了。

几十双眼睛齐刷刷地望向站在讲台上的我。

我想努力挤出一个抱歉的笑容，却发现脸好像被冻过的猪肉一样那么僵硬。我想开口解释一下，却支支吾吾半天吐不出一句完整的话，那时候的我只能用惊弓之鸟来形容了。

最后我红着脸，伴着满场的哄笑声，逃出了教室。

实在是太丢人了，鉴于刚才犯下的错误，我在打开高一（1）班教室门之前再三确定，生怕再丢人现眼。

好在这次没有走错，但还是让我感觉没脸。

因为我刚一推开门，就听到了丁未远的那句："呱——呱！"

然后所有人的目光又齐刷刷地扫向了我。那一秒钟，我脑海里闪过一个念头：我今天是不是注定要丢人丢到撒哈拉啊！

班主任是个长得挺标致的中年男人，说话声音却让人大跌眼镜，有点娘娘腔。他招手示意我进去，"呱呱？是你的名字吗？大家正好在做自我介绍，你就先介绍了吧。"

我像个小丑一般登上讲台，看向坐在最后面的丁未远，恨不得将他千刀万剐。他还不死不活地朝我比了个V字手势，真是欠揍！

"大家好，我叫蔚呱呱，哦不，是蔚迟歌。"话刚一说完，大家哄一下又笑开了。都怪丁未远，刚刚喊了一声呱呱，我现在一开口就说成了呱呱，这还让我在班上怎么混啊？

介绍完毕，我偷看了一眼站在我旁边的班主任老杜，他也在憋着笑，整个脸纠结得好像五官似乎都要错位了。

我气急败坏地走下讲台，看着那些笑得前仰后合的一个个陌生面孔，真有种想揍人的冲动。"你早上吃了火药吗？看你好像一副随时都会爆炸的样子。"丁未远扭过头小声地问。

"信不信我先炸死你啊？"我没好气地瞪了他两眼，"姓丁的，你到底是有多想我出糗啊？"

见我一副气急败坏的样子，他咧开了嘴角，"我又不是故意的，再说了，我也是担心你嘛，见到你了，自然会第一反应叫你小名咯。"

"好了、好了，姐现在懒得跟你计较。再说你怎么选这样一个位置啊，后面就是垃圾篓，肯定招蚊子。"

"你怎么不转头看一看，我们坐在窗口，空气多新鲜啊，还能望到操场，看看美女上体育课什么的多养眼啊。"他一脸陶醉的表情。

"得了得了，你以为谁都跟你一样长了一双万花筒似的眼睛啊！"我打断他。

都说了丁未远位置没选对，第一天我们靠窗的小组就被留下来做值日。看着满是灰尘的教室，我拉住丁未远的胳膊："我的那份你得也帮我做了！"

"你想得美！"他笑得奸诈。

"难道我在你眼中不是最美？"

"……"

在我的软磨硬泡之下，丁未远总算愿意做活雷锋了。清洁做到一半，麦子文就气喘吁吁地跑来找我们，他们班在楼下。见我和丁未远正在用拖把大战，他忙不迭地说："快点做完了走人，我哥在校门口等我们呢！"

"你哥专程来接我们？"丁未远摇着拖把，一脸不正经。

"是有事找我们！"

"能有什么事？"我问。

"一时半会我也说不清，等会下去再说吧。"

看着麦子文面露愁容，我和丁未远二话不说就丢下拖把，决定就此先走一步。

刚走出校门，就看到麦子枫倚在校门口对面那棵大香樟树下抽烟。夕阳的光洒下最后一点斑驳。把他的影子拖得又瘦又长。

"哥！"麦子文喊了一声。

我们走过去，围着麦子枫，他倒是表现得不慌不忙，抽完最后一口烟，说："今天下午凌羽喜欢的那个男人给我打电话，说凌羽失踪了。我想晚上找他谈一谈。找你们来，主要是想你们帮忙找下凌羽。"

"什么，失踪了？是在演电影吗？"脱线的丁未远还真是敢说。

"从昨天到现在一直都联系不上，等会大家分头去找找吧。"麦子枫没搭理丁未远，自顾自地说着。

03

我和丁未远负责去凌羽的学校看看，她所在的职高在城郊，所以到那里的公车只有一条线，加上刚开学，公交车站台上等车的人多得有点像发胀的沙丁鱼。

差不多等了二十分钟，才晃晃悠悠开来一辆看上去就快报废的公交车，更郁闷的是，这车竟然没空调。虽然刚下了一阵雨，但气温回升得也太措手不及了。我和丁未远上车之后，简直像跳进了一个冒着热气的蒸笼。车上的学生肩并着肩脚挨着脚，完全是密不透风的人墙。

好不容易熬到有人下车，前门又上来一群学生。手里提着大包小包的购物袋，看样子都是出来大采购的。

我站在丁未远旁边，因为拉不到扶手，所以只好拉着他的衣服。只要公车一刹车，我和丁未远几乎就是零距离接触。但此时也没办法啦，如果不拉住丁未远，我很可能就直接被其他人踩在脚下了。

公交车行驶了半个小时之后，才陆续空了一点。我们往窗户那边移动了几步，被灌进来的热风吹得汗水直流。

丁未远抓着扶手抱怨："麦子枫跟凌羽到底什么关系啊，犯得着我们这样大动干戈么？"

"这还用问吗，肯定关系非同寻常！"我鄙视地看了他一眼。

"那之前都没听他提起过啊。"

"怎么提？凌羽不是喜欢那个老男人嘛！"

"哦，对哦，我怎么忘了呢。"丁未远摆出一副无辜的表情。

等我们坐上座位之后就听到了非常劲爆的消息，最后排的几个女生在聊天，其中一个说："你们知道毕业班的凌羽么，听说为了那个老男人要去自杀。"

另一个女生扭过头，一脸不敢置信的表情："真的假的？不是听说已经分手了吗？"

"分个鬼，你想想啊，这怎么分得掉……"

我拉拉丁未远的胳膊，他好像已经快睡着了，想必他也没听到刚才那几个女生谈论的话吧。于是我也只好缄默着，想跟他讨论一下，又怕被后面的女生听到。

所以我只能竖着耳朵断断续续地听到她们的对话。

公交车好不容易到了终点站，天已经快黑了。远处天边的云，红得像是有人放了一把火。

丁未远抬头，眯起眼睛看了一会天，说："此乃凶兆。"

"凶你个头，快走吧。"我催促着他朝学校走去。

跟随着刚刚那群女生，我们穿过了三条街，终于看到了写着"池野职业高中"牌子的大门。

走到十字路口，丁未远停下来转头问我："往哪走啊？"

"对了，刚才我听到了一些消息。"我瞧了瞧四周没太多的人，于是将丁未远的耳朵逮过来，小声地说："刚才车上，有个女生好像在说凌羽闹自杀的事儿！"

"不会吧？你可别吓我。"

"你的心到底是有多小？反正我也是听来的，就刚刚那个女生说的。"我朝操场那边指了指，但隔得太远，想必丁未远也不知道我指的是谁。但这不是重点，重点是我和丁未远总结出来，凌羽在学校一定是个公众人物。要不然，怎么可能成为别人的谈资呢！

接下来该怎么办？我确实不知道。但我还是指挥着丁未远说："要不，你去操场上问问那些打篮球的男生，我去女生宿舍走一趟！"

"好主意！"

我为我周密的计划感到颇为满意。于是两个人分头行动。

丁未远大步地朝着操场走去，而我绕过花坛的小路，径直走向女生宿舍。

此时天已经黑透了，宿舍里的女生都三五成群挽着胳膊进进出出宿舍，有的甚至打扮得花枝招展的，一点都没学生样。

可是这个时候，我顾不上对她们品头论足，我有更重要的事情要做。我找到宿舍管理阿姨，问她是否听到过凌羽这个名字。

"凌羽？"她反问道。

"嗯，毕业班的。"

"哦，不会是她吧？"她顿了顿，又接着说，"她经常都没在宿舍，你找她干什么呢？"

"我，我是她一个朋友，找她有点事。"我结结巴巴地说道。

"你到顶楼左边的802去看看吧，她住那个寝室。"

和宿管阿姨说了谢谢，我便走进了楼道，八楼对我来说的确是一个难题。如果丁未远能够进来的话，我是一定会把这艰巨的任务交给他的。但这是女生宿舍，男生止步，所以只能我亲自上阵了。

一级一级地数着台阶，一边爬一边还在想着刚刚宿舍管理阿姨那张有些惊慌的脸，难道真如我和丁未远猜测的那样，凌羽在学校里一定有着传奇经历吗？

好不容易爬到八楼，左边802寝室靠着阳台，门紧闭着。调整好呼吸频率，我敲响了寝室的门。

大约过了三十秒，我听到有人在问："找谁啊？"

"请问这是凌羽的寝室吗？"

然后没有了回音。

半分钟过后，有个女生开了门。她穿着睡衣，睡眼朦胧的样子，似乎是被我吵醒的。

"请问凌羽住这里吗？"

"嗯，不过那是上学期的事了，现在她已经不住这里了。"

"那你知道她现在住哪里吗？"

"不知道，你可以到楼下问问宿舍管理阿姨。"

下楼的时候，接到丁未远电话，他那边没有什么有用的线索，我这边也等于是竹篮打水一场空。

我们在操场碰头，虽然天已经黑了，但还是有好多男生在打球。远处的花坛里有微弱的虫鸣。

走了几步，发现肚子一直咕咕叫个不停。我问丁未远："饿了没？"

"早饿得不行了，刚才还偷偷去超市买了个面包吃了垫着。"

"……"

"谁让你这么久的。"他倒有些生气。

"你以为我愿意？"

到达公交车站的时候恰好赶上收班车，那个司机大叔很友善，见我们一路狂奔过去，特意将车停了下来等我们。

车厢里很空，我们靠窗坐着。风没之前那么温热了，吹在脸上痒痒的。因为是晚上，所以公交车比来的时候开得要快很多。

我靠着车窗睡了过去。醒过来的时候，头竟然靠在了丁未远的肩膀上。见我醒了，他不耐烦地说："你的头怎么那么重啊？里面全是水吗？"

"……"

"哈哈，不过味道还蛮香的，是用的飘柔吗？"

不知道为何，难得听到丁未远夸我，但只要他一夸，我必定不会给他好脸色看。

"你以为我是你？三天都可以不洗头。"

"我是男生啊，哪能那么讲究！"

我和他又争执了起来，就像是小时候为了一个绰号吵得不可开交。

回到家已经快十点了。老妈在客厅敷面膜，老爸在书房上网看新闻。

一进屋我就嚷着说肚子饿得不行了，我妈便去厨房给我加热饭菜，我爸在房间里问："呱呱，第一天上学就这么晚回来？不会这么用功的吧？"

"什么啊，我不是给妈妈打电话说有事了吗？"

"那还不能问问你干嘛去了啊？"

"去麦子枫那里了。"

"女孩子不能喝酒哦。"

"没喝呢！"

我爸总喜欢像唐僧一样碎碎念，但事实上，爸妈他俩思想都挺开放的，对我也不会管得太严。知道我平时都只是跟从小玩到大的他们几个玩，所以他们是放一百个心的。

04

那晚麦子枫真去见了凌羽喜欢的那个老男人。

第二天麦子文见到我就迫不及待地说道："我哥一晚上都没回来，直到早上我出门，才看到他喝得醉醺醺地躺倒在楼道里。"

"啊，你哥不会想不开吧？"我惊呼。

"谁知道他，平时看他多乐观的一个人，自从凌羽发生了这些事后，他就变得郁郁寡欢。"他有些担心地说。

"唉，我们也要理解，毕竟那是你哥的选择。"我劝道。

"可是有结果还好说，关键是这本就是一场无果的付出啊，何必呢！"麦子文越说越气。

"好了好了，先等等看吧，凌羽还没找到吗？"

"没有呢，都不知道躲到哪里去了！算了，先去上课吧。"

我和麦子文在楼道口分开，他左拐去教室，我还要再爬一楼。

今天丁未远没来学校，他昨天回去拉肚子拉到脱水了，也不知道是不是在凌羽学校附近超市吃了过期的面包。当然这只是我随便说说的，丁未远那矜贵的肠胃从小就不好，我记得他十岁那年，就因为吃烧烤吃得进了医院。

当时我和他隔三差五就会跑去街角的那家烧烤摊吃烤鱿鱼，三块钱一串，鲜嫩多汁的鱿鱼真是诱惑人。连续吃了五次之后，他在晚上就开始狂拉肚子，来来回回跑了不下于二十趟厕所，最后终于被他爸给送去了医院。

经过检查，急性肠胃炎，在医院折腾了好几天。回来之后，当我再去叫他吃烧烤的时候，他一脸鄙视地对我说："蔚呱呱，你是不是想跟我一样进医院？"

当时我也不服气，冲着他就是一阵乱吼："你乱说什么啊，是你自己身体不好，还怪到鱿鱼头上，我偏要吃！"

他说不过我，但一想起拉肚子的惨状又觉得害怕，所以只能眼睁睁地看着我吃鱿鱼。实在忍不住的时候，他就会犯贱地求我："呱呱，你让我尝一口嘛。"

"不是说不卫生吗，你还吃什么啊？"我拽着鱿鱼死活不肯给他。

"就一口都不行吗？"他眼巴巴地望着我，不自觉地咽了一口口水。

"没门！"说着，我咬掉了最后一块鱿鱼。

于是那天晚上，丁未远还是不怕死地偷偷跑去街角买了鱿鱼。但后果就是，他又拉肚子了，并且比上一次更严重。

从那以后，丁未远就不沾鱿鱼了，见到鱿鱼就跟见到敌人似的，恨不得全世界的鱿鱼都统统消失。他的肠胃也越来越敏感，稍有不慎，就容易拉肚子。

但我却对鱿鱼产生了莫名的好感。在我后来的人生中，鱿鱼一度是我最喜欢吃的食物之一。鉴于丁未远评价我是一个吃货之后，很多食物都成为了我最喜欢吃的，所以鱿鱼也只能是之一了。

今天上课的时候，我在班上还见到了一个熟人。就是之前在军训的时候打过交道的乔榛。她昨天好像有事没能来，所以今天当她出现在教室的时候，我还以为我穿越了。

她在人堆里一眼就看到了我，朝我大声地打招呼："喂，真巧啊！"

我在心里暗自嘀咕，什么喂啊，我没名字吗？

下一秒，她就像猜中我心事般地说道："蔚迟歌，你的名字真好听。"

因为乔榛晚来一天，所以教室里的空位置都被坐满了。没办法，班主任就只好将她暂时安排到我旁边。

下课的时候，她像想起什么似的问我："我这里坐的本来是谁啊？"

"丁未远。"我说。

"不认识。"

本来我想接一句，你是谁啊，需要你认识吗。但我还是很有礼貌地说了句："就是之前军训老跟我一起的那个男生啊。"

"哦哦哦，那正好都是熟人了，以后我坐你们后面也有个伴了。"

放学回去在小区门口正好看到打完吊针回来的丁未远。看他一脸纠结的表情，我就想调戏他。"昨晚不会又吃鱿鱼了吧？"我笑嘻嘻地说道。

"蔚呱呱，你还真是哪壶不开提哪壶。我拉得肠子都快出来了，你不关心下我，居然还在一旁幸灾乐祸！"他的脸已经拧成了一只发紫的茄子。

"谁说我没关心你啊，我这不就是在关心你吗？"

"我看你呀，是事不关己高高挂起，懒得搭理你，我要回去躺着了。"说完，他就转头走了。

"对了，你还记得乔榛吗？"我喊住了他。

"谁啊？美女吗？"他回过头，眼神都快放光了。

"就是开学典礼那个主持人啊，后来不是还找她给开过后门吗？"

"怎么了？"

"她竟然跟我们一个班，今天还坐的你的座位，不过明天她就会坐到我们后面了。"

"坐到垃圾篓里？"都病成这样了，他还不忘开玩笑，看来，他也没什么大问题嘛。

05

接到麦子枫电话的时候,我正躺在沙发上敷面膜看电视。手机在房间里响了好几遍,还是我老爸给递出来的。

"什么?麦子文离家出走了?"我从沙发上弹起来,因为激动,脸上的肉被面膜扯得生疼。

"嗯啊,刚刚跟我大吵一架,就跑出去了,我就看看他有没有给你打电话。"

"不会吧……他还没有打给我,要是打给我了,我第一时间通知你。"

挂了电话,连面膜都忘了撕,就直奔到了房间。开电脑,上QQ,丁未远一如既往地在线上挂着。

我发一个表情过去,他很快给我回了一个同样的表情。

"你还没晕啊?"我问。

"你都没晕,我哪里敢晕?"他回我,还附带一个笑得贼欠扁的表情。

"麦子文给你打电话没?"

"没啊。"

"哎呀,麦子文离家出走了。"

丁未远那边突然没了消息。可他头像明明还亮着啊。我弹我弹我弹弹弹,仍旧没有半点反应,难道又蹲厕所去了?

我拿出手机正准备炮轰他的时候,QQ消息提示音响了,是他发过来的信息:麦子文就在我旁边啊。

什么?你说麦子文现在在你旁边?

我真想立马冲到丁未远面前揍他!还跟我装不知情!

关了电脑,我像是离弦的箭往丁未远家里冲去。

丁未远的爸妈都去上夜班了,家里就他一个人。

丁未远给我切了冰西瓜,还殷勤地递到了我的面前。我的脸从到了丁未远家里就一直是板着的,所以他识趣地来求和了。

"我刚才不是还没来得及告诉你嘛！"

"都过了两分钟欸，你需要思考两分钟吗？"我白他一眼。

"其实是麦子文不想让我告诉你啦，是怕你担心。"丁未远难为情地解释。

"你不说我才担心好吧？"我愤愤不平，继而转头问坐在沙发角落上的麦子文："你和你哥到底怎么回事？"

"还不是因为我看不下去了，就多说了几句，哪知道他不领情，还说我多管闲事！"麦子文满脸的不爽。

"你跟你哥说啥了？"本着一个八卦者的心态，我追问道。

"我说你不要天天担心凌羽，'她又不是你女朋友，你急死了，都没人知道！'"

"那你哥啥反应？"

"我哥二话没说就摔门进房间了，后来我就敲门跟他吵了起来，你也知道我哥是个怎样的人，金牛座的人就是这样的，固执起来真的是连一头牛都拉不回来。"

"我知道你也是替你哥着想，可是你想想，你哥喜欢她，她失踪了，当然担心咯！"

"关键气就气在这里啊，我哥不承认他喜欢凌羽啊，说什么只是好朋友，我看哪，全世界的人都看出来了，他还是只会说不是你们想的那样。"

一时间，我也接不上话了。麦子文说得对，麦子枫就是那样一种人，对于自己坚持的东西，总是一副视死如归的态度。小时候，麦子文跟他抢东西，抢不过就狂哭，这明明就是麦子文的错，他爸爸却举着棍子非要让麦子枫认错，他就是不肯，也不解释。直到麦子文站出来说了真相，他爸才放下了棍子。

但麦子枫毕竟比我们要大三岁，所以我相信他如若坚持，就一定有说服自己的理由的。所以我劝麦子文："你哥也不是想跟你发脾气，你还不了解你哥吗？算了，你先回去吧，他一直担心着你呢。"

"我肯定要回去啊，但不是现在，我还想多坐一会呢！我又不像那谁，玩什么不好偏偏玩失踪，多大的人了啊。"麦子文冷冷地说道。

"好吧，那你再坐一会就回家吧。我先回去重新做个面膜，刚才的都前功尽弃了。"从丁未远家出来，我就给麦子枫打了个电话。

挂了电话之后，我才想起，刚丁未远给我切的西瓜还没吃呢！哎，算了，就当是减肥好了！留给他吃，让他越来越像猪吧！

06

乔榛的确不是跟我们一类的。之前丁未远就说过了，像乔榛那样喜欢表现自己的人，其实都很阴险。

阴险我倒是没看出来，但她的表现欲，那可不是一般的强。

在第一次选举班干部的班会上，乔榛的演讲词都讲了差不多五分钟。别的同学都是寥寥几句，她却是精心准备的，一副如果班主任不把班长一职给她当就是班主任眼睛瞎了的样子。

当她在讲台上滔滔不绝的时候，我和丁未远则趴在桌子上数着她的感叹词。她很喜欢说"啊"、"呵"、"呐"，她的这篇演讲稿，就一共出现了六十几个感叹词，不愧是声情并茂肺腑之言啊。

当然我也上去发表演讲了，但跟乔榛的比起来，简直就是诗歌和小说的对比。讲完下来的时候，乔榛还在后面把手拍得震天响，然后还表现得一副崇拜我的样子说："迟歌，你说得真好！"

丁未远都看不下去了，直接转头对乔榛说："比起你的，还差得远呢！"

乔榛一听不但没有生气，反倒一副得意的表情，这样的人啊，注定是要有"大作为"的。

果然不出所料，在不记名投票之后，乔榛的票数以压倒性的优势获得最多，她也当之无愧地成为了我们班的首任班长。

而我则莫名其妙地被选为了学习委员。拿班主任老杜的话说就是："蔚迟歌可是在开学典礼上发表过演讲的呢，同学们以后可要多向她学习。"

老杜的话刚一说完，丁未远就丢了一个白眼过来，"学习她的吃喝玩乐吗？哈哈哈哈哈！"笑声太贱了，以至于被老杜盯了个正着。

"丁未远同学，你有什么意见要发表的吗？"

我踢了踢丁未远的凳子，用手捂着嘴小声地说："还不赶紧站起来，你要等老杜亲自来请吗？"

像是接到命令似的，丁未远"啪"一下站了起来，说："没什么好说的，永远支持蔚呱呱的工作！"

听到丁未远的话，我差点没喷出一口鲜血。蔚呱呱已经是第二次在众人耳中出现了，照这样的趋势下去，指不定哪天大家都不记得我叫蔚迟歌，都跟丁未远一样喊我蔚呱呱了。

所以等丁未远一坐下来，我的魔爪就伸向了他。我对着他的胳膊使劲一拧，这一次，他没敢叫出声，转过头满脸扭曲地向我求饶："呱呱，我错了，我再也不喊你呱呱了。"

我越拧越重，直到他脸色变得惨白才松手。松手之后我还不忘告诫他一句："丁未远，这是血的教训，请你一定要记得。"

"遵命！呱呱。"他又耍起贱来。

我真不该进班委，不然放学之后也不用留下来同他们进行所谓的第一次班干部会议了。

其实主要还是乔榛的建议，她号召我们班委放学开个短会。说是短会，实际上就光她谈论未来的管理计划就谈了半个小时，加上大家七嘴八舌地讨论，一个小时，就这么一眨眼功夫过去了。

其间，乔榛让我们每人发言，谈谈自己的想法，以及今后准备怎么做好自己的工作。

轮到我的时候，我秉承了我一贯的言简意赅风格，几句话就完成了我的发言。

乔榛看着我说："蔚迟歌，你能不能说得具体点呢？"

"我，嗯，我是这样想的……"实在不知道这些废话能有什么用。我一边说的时候一边看了几眼乔榛，她煞有介事地用笔在做记录，我真是被她的敬业精神给"刺激"到了。

于是接下来的讨论时间，我都默默地听着他们的长篇大论。

等到会议结束，看看时间，七点整。快速地收拾书包，下楼，因为丁未远还在教学楼下等我。

可是跑下楼，在教学楼前找了好几圈，都没见到他人影。

不会先走了吧？

掏出手机，给他拨了过去，也没人接。

正当我气匆匆地刚走出校门，丁未远的电话打了过来。"你完了啊，我可是等得花儿都谢了，我现在在篮球场上打球，你在哪？"

不知道丁未远是怎么混到篮球场上去的，男生之间的关系就是简单，一个篮球的牵连就可以变成朋友。

而女生之间则永远不可能因为这些变成朋友的。我这样想着的时候，丁未远提着书包过来了。他满身是汗，书包搭在肩上，看见我之后，还朝我做了个扣篮的动作。明明他手里没有篮球，我还是下意识地往后退了一步。

"今天你们开会都说啥了？"他走在我的右手边。

"还能说啥，都是一堆废话。"说到刚刚的班委会，我的火气又上来了。

"以后的日子长着呢，有你好受的！"

"大不了不干了。"

"这可由不得你。"

"哼，走着瞧！"

夕阳拉下最后一道弧线，湿热的风吹着刘海。夏天就要过去了，期待中的高中生活已经缓缓拉开帷幕。

07

和乔榛第一次发生正面冲突是在开学不久的秋季运动会上。因为是学习委员，所以被班主任老杜安排撰写本班的新闻稿。

运动会第一天，所有学生都在操场上集合。那天的天气非常好，以至于让人又感觉重回到了夏天。

学校几个领导在主席台上讲完了话，比赛就正式开始了。首先是百米飞人大战，因为班上男生少，所以丁未远也被迫被我推荐参加了。

对于此事，他一直对我耿耿于怀。记得当时开班会讨论选拔人员的时候。我是举双手双脚赞成丁未远参加的。后来丁未远没办法，只好硬着头皮答应了。

接下来就是每天早上和晚上的训练。因为丁未远长得壮，所以跑起不来一点优势都没有。拿他的话说就是，现在出门都坐车了，谁还跑啊，又不是在古代。

我一边跟着他跑一边鄙视他："你怎么那么多废话啊，既然选择了参加，就应该全力以赴。"

"要不是被你陷害，我会落得现在这副惨状吗？"他气喘吁吁地说道。

那一周的时间，我算是见识到了丁未远的潜力。从跟我几乎同时触线，到拉我三米的距离率先触线，那可都是我指导有方啊。

"你有信心夺冠吗？"休息的时候我问他。

"信心倒是有，实力嘛，那就不好说了。"

"你怎么这么衰，还没比赛呢！"

"你怎么不去试试。"他飞我一个白眼。

对于他这样消极的态度，我又开始了长篇大论。他啊从小都这样，做什么都没精打采的，不是没有能力，简直就是不上心嘛。之所以推荐他参加一百米的比赛，也是想让他提高自己的自信心。当然，当着他的面我是不会这么说的，不然会被他说成是我喝了一坛子醋。

跑道两边围了里三层外三层的人，一百米自古以来都是最为惊心动魄的比赛。短短的十来秒时间里，可谓是展现了人生的大起大落啊。

之前的预赛，丁未远还算比得顺利，以最后一个名额进入到决赛。

我虽然不能站到他旁边替他加油打气，但是我相信，他一定能够感受得到我给他的力量。操场上的喇叭响着欢快的音乐，运动员们正在做着热身练习。

麦子文给我打了个电话过来，"迟歌，先给丁未远的新闻稿写好哦！"

"我看不需要吧，就他那水平。"话虽这么说，但还是在脑子里飞速地构思了一篇简短的新闻稿。

"别小看他了，好了，比赛要开始了，等着看好戏吧。"

一声枪响，比赛开始了。

循着人声望过去，我看到了丁未远飞奔的样子，要比我想象中的快多了。八个人几乎是齐头并进的，直到过了前半程，距离才一点一点被拉开来。

丁未远始终在第一的位置。

我在心里为他打着气,想到等会如果他夺冠了之后,他那张扬眉吐气的脸,就觉得特搞笑。

可是当我埋头准备提笔写稿的时候,麦子文的电话又打过来了,"快下来,丁未远摔倒了,挺严重的。"

妈呀,我丢掉手里的笔,以百米冲刺的速度冲下了看台,来到了距离终点处不到十米的地方。丁未远正躺在跑道上,好像是把腿给扭伤了,左腿一直蜷缩着。

站在他旁边的乔榛非但没有叫人来帮忙,还说出"你怎么没坚持到最后呢"这样丧心病狂的话。我顿时就怒了,一把推开乔榛,随便拉了一个身旁的男生说:"麻烦帮个忙扶一下吧。"

然后丁未远被麦子文和那个男生抬了起来,送去了医务室。

因为丁未远一直说着没事,所以我没有一起跟过去。等到他们离开后,我才对着乔榛有些不满地说:"你干吗不找人帮忙啊?"

乔榛一脸错愕:"我不是刚想找,你就找了嘛。"

"马后炮。"我心里默念着,然后愤然离开。

忙完了手头的工作,我又冲向了医务室。在路上,却碰到了刚刚那个帮忙的男生。

"丁未远,他,他有事吗?"因为太喘,话都说不清楚了。

"左脚脚踝脱臼了,不过问题不大。"

"嗯,谢谢你啊。"

"不客气,我好像在哪里见过你吧。"他思考起来。

"见过我?"我仔细地打量着他,长得挺帅的,但我确定没有跟眼前这个帅哥有过接触啊,不会是开学典礼那次吧?正当我疑惑的时候,他似笑非笑地说了句:"你还记得开学第一天你跑错了教室吗?当时我坐在门口第一个座位。"

Oh my god!那么丢人的事情都被他撞到了吗?所以这个世界到底是有多小?

"嘿嘿,我叫路鸣,有空再联系!"说完,他转头朝操场走去。

我愣在原地,心里想的是,还联系?最好是以后都不要让我再见到你了,拜托!

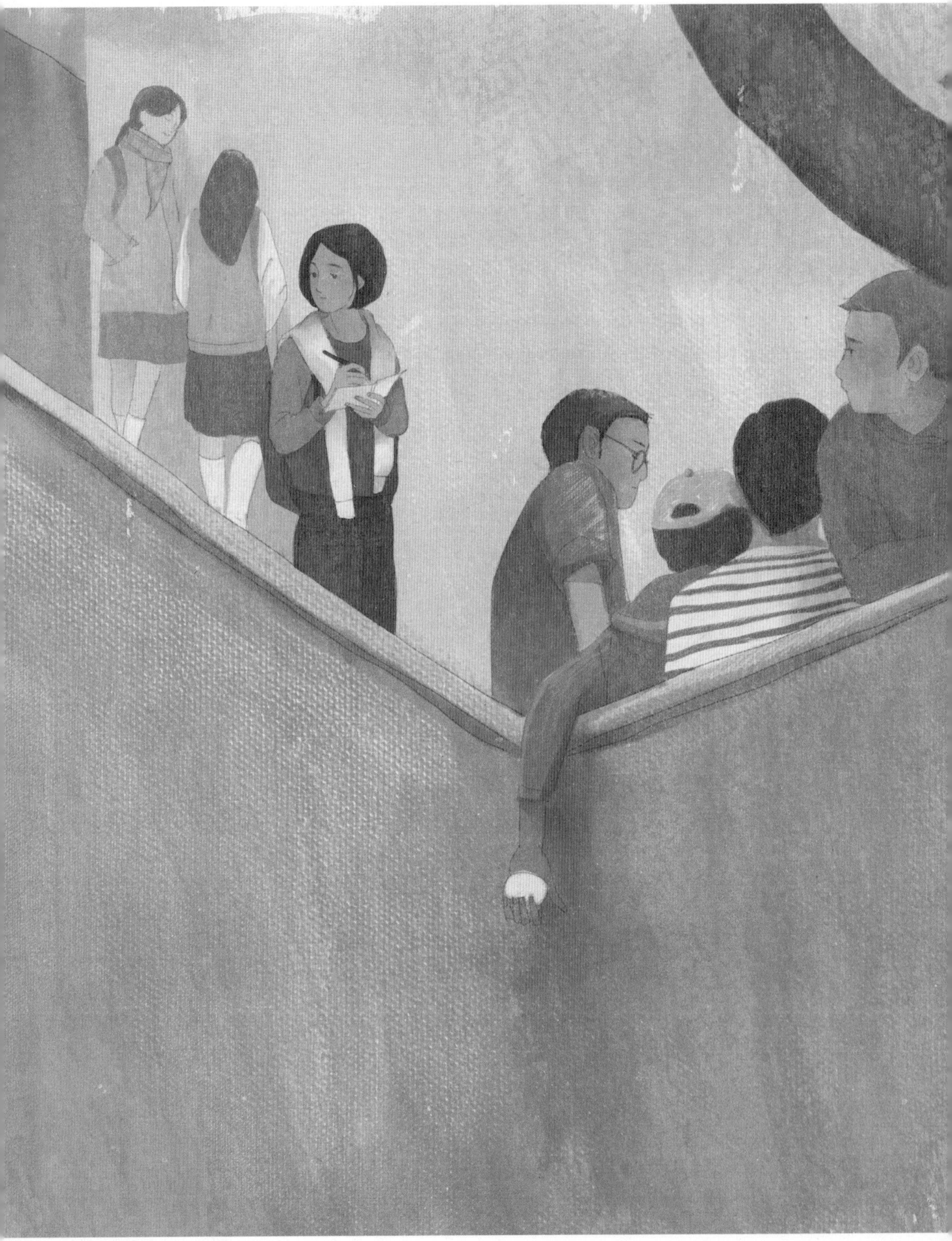

Chapter 04

小尘埃。

01

丁未远开始了一个"瘸子"的生活。那天从校医室到市医院的路上,他老妈一直在电话里喋喋不休,生怕他唯一的儿子有个什么三长两短。倒是丁未远一脸不耐烦,虽然嘴上嚷着没事没事,可是从脸上还是看得出他很痛苦。

没办法,做儿子的总不能让老妈担心吧。

后来在医院做了简单的处理,他的左脚被包扎起来,像是在脚上绑了一个沙袋,每次看到都很想说他:"你老家是少林寺的吗?"

但是他的腿伤直接原因也是由我鼓动他参加比赛造成的啦。所以在他面前我始终是一副歉疚不已的样子,连说话都没了从前的底气。

看着他在医院里上药,痛得直想将那个五大三粗的中年男医生击倒的样子,我的心就快提到了嗓子眼。

但是也正因为这次腿伤,丁未远彻底来了个翻身农奴把歌唱了,对我愣是呼前唤后的,吩咐我帮他提书包啦;指使我去小卖部买水啦;命令我走路必须走在他旁边,以防他不小心摔倒啦……反正在那段非常时期,我仿佛化身成了他的"小媳妇"。他到哪里,我就必须跟到哪里。

谁让他是个病号呢,病号就是得享受特殊照顾嘛!

这场意外的唯一的好处就是，我们可以每天打车上学。本来开始，丁未远还想坚持坐公交车的，但刚上去没多久，人就越来越多，虽然有好心人给他让了座，但到学校那一站下车后，丁未远还是累得不行，感叹道："每天都这么侥幸，总有一天会倒霉的！"

从此，我们就改成打的了。每天早上的闹钟也可以往后推半个小时，尽管如此，我还是经常在丁未远的夺命电话中醒过来的。然后以最快的速度收拾好出门，和他们在小区门口会合。

丁未远坐副驾驶室，我和麦子文坐后面。有时候我偷偷看丁未远的侧脸，不知不觉间他的下巴已经开始冒胡茬了。而且轮廓也变得俊朗起来，不知道是我从前没认真留意过他，还是男大也有十八变，总之现在的丁未远，不得不承认还是有那么一丁点帅的！

至少侧脸这个角度是我欣赏的型啦！

但每当我朝这方面想的时候，心里马上就会升腾起一个邪恶的念头，我怎么会对这么贱的人有好感呢？然后就"呸呸呸"好几声。

丁未远回过头来，一脸不解："你干啥啊？唠唠叨叨的。"

麦子文就会接过话茬："少女的心事你别猜，你猜来猜去也猜不明白。"话还没说完，丁未远就开始跟着唱了起来。

从那以后，丁未远就喜欢在坐车的时候唱这首我很熟却不知道名字的歌。清晨的空气格外清新，眼前的一切都是欣欣向荣的景象，只可惜丁未远的公鸭嗓子实在破坏了这美好的时光。

不过嘴巴是长在他身上的，他爱唱我也没办法，我能做的只是变着法子打击他："你怎么不拿个喇叭来吼呢！"

但是脸皮厚的他，不管我怎样说，他都无动于衷。

遇见路鸣的那天早上，我们比平时晚了很久才打到的。加上上班高峰期，所以车子一路都在堵。眼睁睁地看着要迟到了，我不停地在祈祷班主任不要这么早来点名。可是丁未远却在前面睡着了。

等到叫醒他，我们匆匆往学校跑的时候，已经上课半小时了。

在保安室登记的时候，忽然发现背后有一个熟悉的身影。

转头的时候，正好和路鸣的目光相接。

那一秒，我的心咯噔一下，像是遇到了讨债的人，我有种想立马狂奔出保安室的冲动。但是我的脚还没来得及离地，路鸣倒是笑嘻嘻地跟我打起了招呼："嗨，真巧啊，你也迟到了？"

"呃……"我一时紧张得不知道说什么。

"那我先走了……你们慢慢的。"

我在心里骂了句："慢你屁呀，都迟到这么久了。"但是脸上还是挤出一个笑容，目送他离开。

走出保安室，丁未远问我："刚才那人是谁啊？"

"你的救命恩人都不记得了？那天要不是他和麦子文送你去校医室，你能有今天吗？"我幸灾乐祸地笑起来。

"是他？"连麦子文都没有认出来。

"那怎么不告诉我，好歹我也该请人家吃顿饭以示报答救命之恩啊。"丁未远打趣道。

"……以后还有机会嘛。"我其实心里想说的是，要请你自己请去，我可不会奉陪的。

不知道那天是踩到狗屎了还是吃到苍蝇了……怎么会那么巧呢，一天之中遇到了路鸣三次。早上迟到在保安室一次，中午在食堂打饭看到一次，最后竟然在教导处又遇到一次。

这次开会的人都是各班的学习委员，所以当我在偌大的办公室里看到路鸣的时候，突然有种穿越了的感觉。

他竟然会是学习委员？

绝对不可能！

他的长相，绝对是个帅哥的标准，他的穿着，有点嘻哈又有点雅痞，总之不像是个好学生打扮的样子，他说话的语气，更是那种差生才会有的吊儿郎当。

但是我不得不承认现在在离我不到五米的地方坐着的人的确是他啊。

"好巧啊，怎么又是你？"他朝我招了招手。

我点头微笑了一下，朝着离他最远的角落走了过去，坐下。

开会的时候，忽然发现身后有人在敲我的背。

转过头，竟然是路鸣。我的眼神有些错愕，所以他赶紧做了个噤声的手势。

天知道他是什么时候挪到我后面来的。

"喂，我还不知道你叫什么名字呢！"他小声地问道。

"蔚迟歌。"我也很小声。

"什么迟歌？"

"蔚！"

"喂，你好吗的那个喂吗？"

这还是我长到现在第一次听到这样的解释，我有些无奈，所以只好假装认真听讲台上教导主任讲的话，而不去搭理他。

可是虽然尽全力在认真听，但说真的一句话都没听进去。

耳朵里全是路鸣的声音，他好像在跟谁打电话，挺暧昧的，应该是女朋友吧。

后来开完会走出办公室，我叫住了他。

"你是学习委员？"

"不是啊，怎么了？"他笑得有些淡然。

"那你怎么来开会？"难道我真的穿越了吗？

"我帮我女朋友来开的，呵呵。"说完，他就朝我们斜前方挥了挥手。

顺着他挥手的方向看过去，我看到了一个五大三粗的女生。其实我不是个恶毒的人，但用这个词形容那个女生真的不为过。

后来得到证实，那个叫洛承欢的东北女生，真的是路鸣的女朋友。

难道白雪公主真的要配小矮人，白马王子必须找个母恐龙吗？

这是我一直想不明白的问题，直到很多年以后，我还是没有想明白。

02

丁未远的脚好了之后，请路鸣吃饭是在本城最好的酒店里，请客的钱是丁未远的爸爸给的，他爸说："要吃就吃好的，不然就太没面子了。"

丁未远也是这么想的，所以当他通知我去"威克"酒店的时候，我一点都不觉得诧异。因为习惯了，他就是爱讲排场的人，遗传了他老爸的光荣传统。

麦子文因为有事没能来，我只好一个人孤身前往。

来到丁未远订好的包厢，他正在和路鸣讨论着什么。坐在路鸣旁边的还有一个女生，就是那天开完会见到的那个五大三粗的女生。

路鸣给我介绍："这是洛承欢，我女朋友。"他说得还挺自豪的。可我真不知道他自豪的点在哪里？

洛承欢笑了笑，招呼我坐下。

那晚的主题本来是请客吃饭，却变成了丁未远和路鸣拼酒。两个人就当瓶子里装的是白开水一样，你一瓶我一瓶喝得畅快淋漓。

我没喝多少酒，只顾着去观察洛承欢了。其实看久了她，发现她也不是太难看，至少还算是知书达礼型吧。虽然身材高大丰满了些，但勉强还可以说成是娃娃脸。

即使把她归类为知性美女那一类，但再看看坐她旁边的路鸣，也真的无法将他们两个人联系到一起。

后来丁未远和路鸣中途去洗手间，包房里就只剩下我和洛承欢。

气氛变得有些尴尬。

我埋着头对付一块鸡肉，左戳又戳，忽然听到对面的洛承欢开口问道："你和丁未远在谈啊？"

"谈什么？"我被问得有些发懵。

"当然是谈恋爱啊。"她轻轻笑起来。

"没有……"我赶紧否认，脸也不自觉地烫起来。

正在这个时候，丁未远回来了，他刚坐下就问我："从来没见你喝酒上脸过啊，这次是怎么了？"

"我……我不能上脸啊？"我强撑道。

坐在对面的洛承欢就笑得更欢了，路鸣回来的时候，她都还在笑，搞得路鸣还以为我刚刚跟丁未远发生了什么，一直在追问。

那餐饭真是吃得让我崩溃啊，首先是被洛承欢误会，后来又被路鸣误会，他举着酒杯说:"我敬你俩一杯,希望你们白头偕老啊。"半开玩笑的口吻。

可是他的话刚一说完,丁未远就一口酒喷了出来。他的脸上弥漫着一种捡了便宜还不卖乖的笑,转头看看我,我的脸又瞬间变得通红。

那杯酒后来还是喝了,但我也澄清了我和丁未远之间的关系。

虽然我和丁未远从小就是青梅竹马,但我的确是没想过要和他在一起啊。两个人太熟了,一个动作一个眼神都能知道对方要干什么,如果在一起的话,那彼此之间还能有秘密吗?

对于一个很在意私人空间的人来说,没有秘密的生活,简直可怕啊。

所以,我拍着丁未远的肩膀说:"老丁啊,我们铁定要做一辈子朋友了。"

丁未远也哈哈笑着:"是啊是啊,有你这个朋友,我死而无憾啊!"他估计是喝多了,说完就弯下腰吐了。

我心里嘀咕了一句:和我做朋友就这么恶心吗?

俗话说朋友一回生二回熟,一起吃过饭之后,路鸣也和我们成为了朋友。但说我们好像有点不大准确,准确来说是他和丁未远成为了朋友。

因为都喜欢打篮球,所以没事的时候都会约着一块去篮球场。

有了路鸣,丁未远就不再担心我不理他了。因为从前我不理他会连带叫麦子文一起,而现在,即便我们两个人放学不等他,他也可以叫上路鸣。

对于路鸣这个人,经过我的调查,发现他是他们班出了名的坏学生,迟到早退上课睡觉,这些都是小 case,最让人受不了的是,他很花心,几乎一个月换一个女朋友。

所以,我终于明白了为什么洛承欢会成为他的女朋友,因为谈过了各种类型的美女,所以口味也变得重起来了嘛!

上课的时候,我问丁未远:"你觉得路鸣怎样?"

"什么怎样?"丁未远抬起头,用睡眼朦胧的眼睛看着我。

"他这个人啊。"

"挺好的啊,够哥们。"

"好你个头,你不知道吧,他有点那个啥!"

"啥？"

"哎呀，我不知道怎么说，反正你以后少跟他来往，免得你也变坏了。"

"怎么可能！你一天到底在胡思乱想些什么。"说完，丁未远又一头倒在了课桌上。

03

我去找麦子文，原因是想让他出面去劝一下丁未远，别再跟路鸣混在一起了。这段时间以来，他们俩形同兄弟，经常一起打球吃饭，甚至还一起出去打架。

对于这一点，我真的是想抽路鸣一个大耳光，竟然把从小都是乖乖仔的丁未远也带坏了。要知道以前别说打架，就连看别人打架丁未远都是没有兴趣的。

现在他却变本加厉了好几倍，他丢掉了下午半天的课，跟着路鸣去打群架，尽管后来群架没有打起来，但是他的手臂还是有轻微的擦伤。

他求我去帮他买瓶药水来抹一抹。我嘴上不答应，但还是贱贱地去药店买了，一边帮他抹药一边数落他："都跟你说了不要跟他待在一起，你看你，都变成什么德行了，还打架，说不定哪天你都要砍人了！"越说越气，手的力道也跟着重了起来。只听到丁未远一声叫唤，"你是想我死在你手中吗？"

"活该！"我没好气地说。

"都跟你说了，路鸣没你想的那么坏，他也是去帮朋友，我就跟着去了，我不也没什么事吗？"

"那你别找我抹药啊。"我气不打一处来，对于他这样的顽劣分子，我真的很想用暴力解决问题。

好吧，我说服不了他，只好去搬救兵。麦子文擅长以理服人，我就还不相信一个我，再加一个麦子文搞不定他。

在麦子文家，我看到了凌羽。

前段时间闹得沸沸扬扬的失踪事件，其实也就持续了两周。在那之前，永乐城该找的地方都找过了，就是找不到半点人影。

后来麦子文又劝过麦子枫好几次，麦子枫虽然嘴上说着不再管她的事了，但是暗地里还是在托人打听她的下落。

直到两周之后，凌羽安然无恙地出现在麦子枫面前。彼时，她笑得云淡风轻，就好像从来没有消失过，只不过是去逛了个商场或者去看了场电影一样。

后来我从麦子文那里得知，那两周凌羽去了趟云南度假。当时听到麦子文这么一说，我和丁未远几乎是同时拍响了桌子，这都什么跟什么啊，麦子枫都要担心死了，她倒好，一个人心情不好就出去旅游了，什么都没说，手机也关了。玩开心了，回来了，跟个没事人一样，继续过没心没肺的日子。

虽然我羡慕她那种拿得起放的下的性格，但着实也不乐意她那么折磨麦子枫。

如果说是恋人之间吵架然后出去散心，我倒也可以接受。可她根本都不喜欢麦子枫啊，总不能只让麦子枫一个人受煎熬吧。

所以，从那以后，我之前对她的好印象全没了。装什么清高豁达啊，都是要付出代价的。以为逃避就能解决问题吗？回来之后，还不是照样因为那个老男人而被折磨得要死要活的。

所以这世上的人啊，不管你有多么牛，总会有一个人让你变成傻子。

从麦子文家出来，我没有先说丁未远的事，而是转而和麦子文探讨起他哥和凌羽之间的事情。

"凌羽答应你哥了？"我的确有些好奇。

"怎么可能，不过是过来借宿一段时间，她心情不好，我哥怕她想不开，所以住我家也好看着点。"因为麦子文他爸妈都不在，所以凌羽过来也不会有人说什么。

"你现在不讨厌她了？"

"讨厌有啥用，喜欢她的人是我哥又不是我。"他讪讪地说着。

看麦子文好像不太想继续这个话题，所以我就将话锋一转："话说你最近有没有觉得丁未远变了？"

"没有啊。"他看着我，然后像想起什么似的，又说："不对，是有那么点变化，好像变得更 MAN 了。哈哈哈。"

"我问你正经的呢,你知道那个路鸣吧?"

"知道啊,不是丁未远的救命恩人吗?"

"我是想问你知道他那个人曾经的经历么?"

"迟歌,你现在怎么变得这么八卦呢?"

"据我所知,路鸣不是什么好鸟,丁未远跟他待久了,也变得不是那么好的鸟了。"

"哈哈哈哈哈哈!"麦子文发出一连串的笑声。

"你难道忍心眼睁睁地看着丁未远堕落吗?"

"所以你想干吗?"

"想要你出面帮忙说服他啊。"

"……我试试吧。"尽管回答得有些勉强,但好歹他还是答应了。不愧是从小玩到大的铁哥们,我就知道,他不会不管丁未远的。

04

刚放学就接到了丁未远的电话,他那边声音很吵,手机信号也不怎么好,只听到他说:"快来'熊二'。"

"熊二"是一家台球室,因为老板姓熊,排行老二,所以台球室名由此得来。之前我也有去过几次,是陪麦子枫他们一起去打台球。因为是在地下室,不怎么通风,所以在里面待着总会让人觉得胸闷,加上抽烟的人多,整个台球室成天都烟雾缭绕的,我不太喜欢那里。

赶到"熊二"门口的时候,丁未远正坐在台阶上抽烟。看到我,便把烟头掐灭在了身后。我走过去,对他咆哮:"你,你逃课竟然来这里,还抽烟了?"

"没事抽着玩嘛,我又没抽进去。"他站起来,拍拍屁股上的灰,笑得一脸天真无邪。

我才不会被他的笑给欺骗,"抽着玩?你以为我是小孩这么好骗吗?"

他并没有继续这个话题说下去,而是拉着我的手说:"快下去劝劝洛承欢吧,现在俩人闹得正厉害,我都不知道该说些什么。"

进到台球室，一如既往的烟雾缭绕。

在角落里，洛承欢正背对着墙，而她身后站着的路鸣好像在说着什么。

刚刚进来之前，丁未远已经大致给我讲了来龙去脉。洛承欢在路鸣的手机里发现了他跟别的女生暧昧的短信，所以一路找来了台球室，要路鸣给个交代。

我走过去，路鸣耸耸肩膀看着我，给我使了个眼色，意思是让我说说好话。然后他走到了边上，跟丁未远站到了一起。

我喊了声："洛承欢。"

她没有回头。

我这才发现，她是在哭，肩膀轻微地抖动着。

后来我跟洛承欢一起出了台球室，坐在外面的马路牙子上，透过头顶斑驳的树影，可以看到一轮残阳正缓缓落下天边。

"说不定真的只是朋友呢！"我劝着洛承欢。但我真的很想告诉她，路鸣本来就是个花心大萝卜，难道你不知道吗？可是这个时候，我真的不忍心说出这样伤害她的话来。

"其实我清楚他是个花心的人，只是我真的无法离开他。"她好像读懂了我的眼神，缓缓地说着。

"他又没说要分手，你别想太多了。"

"他要是敢说分手，我就给他点颜色瞧瞧。"她眼睛里仿佛射出一道光，我不禁打了个寒战。

路鸣和洛承欢最终以和平的方式结束冷战。

恋爱中的人嘛，出点小状况也是正常的。要是一直都风平浪静，那才不正常呢！因为一般看似平静的水下，总是会有着不为人知的漩涡。

那天晚上我们去江边的大排档吃了烧烤，路鸣主动道歉之后，洛承欢才平息了怒气。刚才还是一脸纠结的她，现在又变成了一副小鸟依人的样子，准确地说，应该是大鸟依人的样子，坐在路鸣的旁边，说话也变得细声细气的了。

我和丁未远对视了一眼，心照不宣地笑了笑。

女人就是需要哄的，只要哄开心了，哪怕是为你上刀山下火海都在所不惜。

路鸣很细心地为洛承欢剥着虾，然后将剥好的虾肉喂到她嘴里。那动作极其温柔，看得我不由自主地起了一身鸡皮疙瘩。

于是我拉了拉旁边的丁未远："你也帮我剥只虾呗。"

"你没有手啊？"他冷眼看我。

本来心情还不错的我，瞬间气到吐血。

于是我开始和路鸣拼酒，谁说女子不如男，我发起狠来也可以千杯不倒。

丁未远一直在旁边劝："蔚呱呱，你是不是脑袋进水了啊，你以为啤酒是可乐吗？何况可乐喝多了也对身体不好嘛。"

"你是我妈啊？管那么多。"我冷冷地回一句，又端起酒杯一饮而尽。

其实那晚我真的没有喝醉，但只是身体不听使唤，我想往左，却一直向右。我想笑，可是却一直掉眼泪。

后来没办法，丁未远只好背着我。月光像水银，洒了满满一地。

我们并没有马上回家，而是来到了江边的堤坝上。之前在他背上的时候，我一直嚷嚷着说想去江边。

丁未远问我："去江边干吗啊？"

"跳江啊。"我笑着说。

可是没想到丁未远竟真的把我背到了江边。

我从他的背上跳下来，没站稳，一屁股就坐到了地上。

他也没有过来扶我，而是跟着坐了下来，掏了一根烟点上。火光在暗夜中明明灭灭地燃烧着。这个时候，我也没再过问他是什么时候学会的抽烟了。

我站起来，颤巍巍地走到了江边。看着那一江水，像是无尽的深渊。

回头对着丁未远说道："丁未远，我跳了，你跳吗？"

"跳啊。"他说。

"真的假的，你啥时候变得这么讲义气了？"

"少废话，你快跳吧。"他催促道。

那个时候，我才发现丁未远其实也喝高了。我走过去，坐在丁未远旁边，抬头看着满天的星星，随便指了一颗对他说："我不想跳了，我想要星星。"

"好啊，我去帮你摘。"说着，他就站了起来，真的伸出一只手，往头顶某处乱抓着。

我"扑哧"一下就笑出了声,然后站起来,拉着他的手,往刚才来的方向拖,说:"走吧、走吧,你醉得都分不清东南西北了,赶紧回家洗了睡,明天还得上课呢!"

05

圣诞节快到的时候,班主任老杜就开始给我们打预防针了:"现在你们才高一,学校是不允许早恋的,虽然圣诞节现在已经成了第二个情人节,但是我还是希望班上不要出现特例,如果被抓到的话,后果很严重……"老杜其实是个挺幽默的人,对于学校的很多规章制度虽然不太赞同,但身在江湖又岂能不遵守江湖的规矩呢?所以学校传达的命令,他还是一一通知给我们,免得到时候谁被抓了,会怪罪他事先没有讲。

虽然学校严厉杜绝早恋,但学校里到处都飘着恋人的身影。在林荫道里牵手的,在教室里眉来眼去的,在食堂里卿卿我我的……大家都是睁一只眼闭一只眼。这年头了,谁还没有情窦初开过啊。

可是在平安夜前一周的某天晚上,班上还是有人在天台上接吻时被巡逻的领导抓了个正着,而且被抓的女生正是我们班的班长——乔榛。

当班主任老杜当着全班同学的面再次说起早恋的危害时,乔榛却忽地一下站起来说:"杜老师,你要批评就批评,别拐弯抹角的,我乔榛做了就是做了,不喜欢听你这样说话。"

乔榛的一席话,倒是让老杜有些难为情。

作为一个三十多岁的男人,想必也是过来人,所以,他走到乔榛旁边,拍了拍她的肩膀说:"我并没有要怪罪你的意思,你先坐下吧。"

乔榛没有坐下,而是径直走出了教室。所有人都看着她,脸上都是欲言又止的表情。

等到老杜也跟着走出了教室,大家才七嘴八舌地议论起来。

丁未远学着乔榛刚刚的样子,一副壮烈的样子对我说:"我丁未远做了就是做了,不喜欢听你这样说话……"

这一次，我没有跟着他一起附和，而是让他住了口。

说真的，刚刚看到乔榛那一脸坚毅决绝的表情，我忽然有些心疼她。不就是个恋爱吗？为什么会遭到阻拦？

难道遇到喜欢的人都不能表白吗？难道跟喜欢的人在一起就有错吗？

丁未远一脸莫名其妙地问我："蔚呱呱，你到底怎么了？你不会是感同身受了吧？"

"感你个头，我只是觉得没必要搞成这样！"

我是在女生宿舍楼下见到乔榛的。我们学校其实是个半封闭的学校，可以选择走读，住得远一点的同学也可以选择住读，乔榛就是住校生。我到女生宿舍本来是去找文艺委员商量平安夜晚会的具体方案的，没有找到她，却跟乔榛迎面碰上了。

自从她上次被老师当成特例点名批评之后，她有些郁郁寡欢。我对她的态度从上次丁未远在运动会上摔倒之后一直都不怎么好。

这一次见到也不例外。

她跟我打招呼："迟歌，你有空吗？"

"干吗？"我问。

"我想跟你商量个事。"

"啥事啊？"看她神情比较凝重，我也不好再板着个脸对她了。

我们一路步行至操场，此时是傍晚，很多男生在打篮球。有女生结伴站在不远的高低杠旁边聊天。

我们坐在一处休息椅上，她望着操场上来来往往的人说："我决定下周就辞掉班长一职，我也不想为难杜老师，我想推荐你，你看怎样？"她转过头来看着我，那一秒，我忽然从她眼睛里看到一些闪烁的东西。

但我知道，那不是眼泪。

可能是类似于一种叫信任的东西。

但是一想到做班长就要负责全班的所有工作，我就觉得我不能同意，我还不想将全部精力投身于管理事业呢，于是我摆摆手说："还是算了吧，我没那个能力。"

不知道是我的话让她觉得我在敷衍她，还是她本身就是个疑心很重的人，她沉默了半晌，然后开口说："迟歌，我怎么觉得你对我有偏见呢？"

"没有，绝对没有。"我说。

"你对我有什么不满就直接告诉我吧，没事的。"她露出一个大大的笑容，在夕阳下，像一朵花突然绽放。

我不知道要说什么，也不敢看她的眼睛，只是盯着脚下的某个点，支支吾吾半天没说出一句话来。

"你考虑下吧，要是觉得可以的话，就跟我说一声。"她站起来，声音变得轻快了许多，又补充道，"我有点事，先走了啊，拜拜。"

看着她的背影，才觉得她好瘦小。那么瘦小的一个人是如何承受外界所带来的压力的呢？

晚上我和丁未远还有麦子文在学校外面新开的串串香吃串串，对于吃货来说，新开张的打折活动是最吸引人的了。

丁未远不太能吃辣，于是嚷着要我去对面超市买点冰冻的饮料。

还没过马路，便看到一个熟悉的身影，但不太确定，走过去之后，发现真的是乔榛。她身边还站了一个男生，我猜应该就是她的神秘男朋友吧。

本想绕过去的，因为觉得打招呼也蛮尴尬。上周才让老杜给点名说了，现在去打招呼，总觉得有点那啥吧。

可是刚走到超市门口，就被乔榛叫住了。

"迟歌，你还没回家？"她笑着说。

"我，我和丁未远他们在对面吃串串呢！"

"这是清捷。"她指了指旁边的男生。

男生笑得有些腼腆，大抵是那种觉得谈恋爱就应该是比较私人的乖学生，不太愿意被外人看见。

"我先去买水了。"我赶紧逃离。

回到串串香，跟丁未远说："刚我看见乔榛和她男朋友了。"

"帅吗？"丁未远一边吃着火腿肠一边转动着那双充满八卦的眼珠子看着我。

"还行吧,跟乔榛还蛮配的。"

"哟,你今天怎么这么淡定,你不是不待见她么?"

"我只是就事论事而已。"我拧开一瓶可乐喝起来,因为喝得太急,所以被呛得直打喷嚏。

"你这么激动是为哪般啊?"丁未远在对面笑得贱兮兮的。

我懒得跟他解释,他这人是不懂的,其实不是所有的女生都渴望遇到一个大帅哥,然后骑着白马来将她接到城堡里去的。

更多的时候,女生只希望能有一个疼她,珍惜她的男生执子之手,与子偕老,其实拥有这种老掉牙的、俗套的幸福就足够了。

06

班主任老杜并没有罢免乔榛的班长一职,虽然乔榛跟清捷的事在学校领导眼里看来是不合常理的,但她的能力还是得到了老杜的肯定。

平安夜那天下午,我们就开始布置教室,买了很多气球和彩带,教室被装扮得像一个梦幻的城堡。

晚会开到一半,清捷来找乔榛,两个人站在教室外的走廊上聊天。

丁未远挪到我旁边问:"你老是往外看干吗啊?怎么,羡慕了?"

"你去死!"我瞪他一眼。

"要不我们早点走吧,太无聊了,还是去 top one 好玩一点。"

"喂喂喂,你有点集体意识好不好?"那天我也不知道自己怎么了,竟然还扯到集体意识这么深刻的东西。但是我清楚,之所以不想快点走,是因为我有些担心乔榛。

果然如我所料,乔榛回来之后就变了个人似的,没精打采地坐在一群狂欢的人中独自埋头把玩着手机。

好几次叫到她,她都愣在当场,反应好几秒,才加入到游戏中。

我移到乔榛旁边,试探性地问:"是不是有什么事?看你都不怎么说话。"

她笑笑,脸上的表情让我觉得她一定是和清捷闹矛盾了。

"他刚找你说了什么吗？"末了，我又补了一句，"我刚看到清捷了。"

她站起来，径直走出了教室。

我跟出去，推开门的一瞬间，一阵冷风吹到脸上，不自觉地打了个哆嗦。今年冬天还没有下过一场雪，空气很干燥，这夜风刮到脸上，像刀子，有些微微地疼。

我们沿着台阶一路向上，最后来到天台。

不远处有人在放着烟火，一簇一簇，盛开在夜空中，转瞬即逝。

她突然转头问我："迟歌，你觉得有一辈子的爱情吗？"

"啊？"我一时竟然语塞了。

"我愿意为了他放弃任何，可是一个人坚持能有什么用？"她走到天台边上，靠着栏杆望着夜空。光影中，我看着她的脸，觉得像是在凝视一尊雕塑。

她脸上的表情是僵硬的，像冬天里结冰的湖水。

她跟我讲起了她和清捷的恋爱故事。

两年前，她和清捷相识于一场辩论赛上。当时坐在她对面的清捷，看上去是个不怎么说话的男生，可是每当他站起来发言，都说得条理清晰。他的声音特别好听，乔榛一下就被那充满磁性的声音给迷住了。

所以那晚本来是势在必赢的比赛却因为乔榛的发挥失常，将胜利的奖杯拱手相让。

事后，她问到了清捷所在的班级，然后主动邀请清捷一起吃饭。熟识之后，她慢慢觉得喜欢上了清捷，对清捷的感觉也从之前的欣赏变成了爱慕。

但是当时因为年纪小，迟迟不敢向清捷告白。

直到初三下学期，乔榛突然在体育课上跑步的时候摔倒了，恰好清捷也在上休育课，他不顾一切将乔榛送去了校医室。

她只是因为没吃早饭，血糖过低而晕倒的。

他站在她面前，她醒过来的时候，睁开眼睛就看到了清捷的脸。

他有一双类似云豹的眼睛。

在回操场的路上，清捷走在前面，乔榛在后面凝望着他的背影，很想冲上去抱一抱他。在一个楼梯转角处，他突然停了下来，转过身，对着乔榛说："我喜欢你。"

见乔榛没有反应，又尴尬地说道："就当是个玩笑好了。"

他急忙转过身去，大步朝前走着。

乔榛愣了好几秒，才反应过来清捷是在跟她表白。可是那样的年纪，面对喜欢的男生对自己说出喜欢，也像是遭遇闪电的袭击吧。内心由于过于欣喜而导致血液流动的速度加剧，她的脸红得发烫，不敢追上去告诉他，"我也喜欢你。"就这么默默地跟随着清捷的步伐，一路走到了操场。

因为那次表白，清捷以为乔榛不喜欢自己，反倒变得有些不好意思，所以很多次见到她都不敢打招呼。两个人的关系变得有些奇怪，明明都喜欢对方，却各自将心事隐藏。

到中考填志愿的时候，乔榛鼓起勇气找了清捷，问他想考到哪里。

那一天，她才终于坦白了自己的内心。她是喜欢他的，从第一眼见到他起。

两个人报考了相同的学校，在那个暑假确定了关系。虽然暑假的时候清捷去上海姑妈家玩了两个月，但是两人还是一直有联系。

进了高中，两个人虽然没有分到一个班，但是下课时候还是会经常偷偷聚到一起，加上都是住校，所以在一起的时间其实也算挺多的。

那晚他们在天台接吻被抓到，清捷好几天都没有见乔榛。再后来两人在一起，清捷虽然没说什么，但是他整个人都像有了心事一般，变得坐立不安。

今天晚上，清捷来找乔榛，跟她提出分手，他是这么说的，"乔榛，我不想你被大家看不起。"

乔榛当然不同意，加上她是个急性子，两个人说着说着就争执了起来。最后乔榛让清捷滚。清捷没说话，就真的滚了。

"我是不是贱啊？嘴上让他滚了，但内心其实很想挽留他的。"她看着我，眼睛里滑落出一滴眼泪，在月色中晶莹剔透。

"也不能这么说吧，毕竟你不想跟他分手啊。"我安慰着她。但是我有什么资格安慰她呢？我压根就没谈过恋爱，从小和三个男生一起长大，自己的性格也比较男孩子。初中的时候，有男生向我表白，被丁未远他们知道了，就一起来警告我，不准我接近那个男孩子，说他是骗子，只是想骗我的零花钱，并且还一起去揍了那个男生。

从此以后，就再没有男生想要靠近我了。他们觉得丁未远和麦子文是我的两个贴身保镖，俩人往我旁边一站，他们就吓得屁滚尿流。

但是此时此刻，看着乔榛默默地流下眼泪。我突然在想，恋爱到底是怎样的呢？能够让爱着的人为之落泪。

我会碰到一个喜欢的男生吗？然后可以为了他不顾一切吗？

可是那个人到底在哪里？什么时候才会出现？出现了会不会还像以前一样被丁未远和麦子文赶跑呢？

我们两个在风里沉默了好一阵，烟花在空中炸开的声音噼里啪啦的。这个时候的街头一定有很多相拥着的情侣，但是我和乔榛却像两只孤魂野鬼，各自悲凉着自己的遭遇。

后来，乔榛伏在我的肩头，声音小小地说："其实大家都觉得我是个特别强势的人，什么都要做到最好。这些都是他给我的压力，因为他很优秀，所以我才要不断努力，比别人做得更好，才觉得自己配得上他。"

我能够懂得乔榛的这种感受，就像是在小时候，丁未远虽然大部分时间都在玩，但考试的分数却总比我高。我妈就老喜欢拿他来刺激我，所以我心里就暗暗铆足了劲，希望能够超越他。

但是不管如何努力，自己在暗地里多么用功，最后还是无济于事。

所以直到现在，我都很佩服丁未远，当然只是在学习上。生活上，他就是个白痴，就连泡面都会加错加成凉水。

所以啊，上天也是公平的。

这样想着的时候，我口袋里的手机开始发出巨大的震动声响，在这寂寥的天台上，显得格外清晰。

拿出来一看，是丁未远打过来的。真是邪了门，每次一说他坏话，他都会适时出现。这次不过是心里恶毒了他一下，他的电话就打过来了。

"我刚去上了个厕所你怎么就不见了啊？等你半天了，也不见你回。你干吗去了啊？"他有些气愤。

"我陪乔榛到天台上站了站。"

"你疯了吗？这么冷的天跑到天台上去，赶紧下来吧，麦子枫打电话过来了，等我们过去玩儿。"

"好好，我就来。"挂了电话，突然觉得丁未远虽然婆妈了一点，但还是挺够义气的。至少还会想到我这个在背地里经常恶毒他的人。

我转头对乔榛说："要不跟我们一起去玩玩吧，转移下注意力，或许会好点。"乔榛点点头。

07

由于在 top one 玩得比较嗨，加上乔榛不太开心，我陪着她多喝了些酒。出来的时候，我基本已经醉得不醒人事了。

醉意朦胧之间只听到乔榛在交代丁未远，让他赶紧把我弄回去，然后好好休息。

我醒来的时候已经快中午了，头沉得厉害，像是有一块巨大的石头压在胸口。起身去客厅倒了一杯水，发现妈妈在桌子上留的纸条，让我记得吃药。

打电话给丁未远，问他早上怎么不叫我呢。

他在电话那头一副愤愤不平的样子："我都快把你电话打爆了，也没任何反应。后来去你家找你，你妈告诉我说你发烧了。"

"那你帮我请假了没？"

"你怎么尽问些废话啊？"

我不想再继续听他唠叨下去了，本来头就痛，在我迫不及待地说拜拜想挂电话的时候，丁未远却告诉了我一个惊天的消息。

"洛承欢在学校差点跳楼了！"

"什么？你确定是洛承欢而不是别人？"

"千真万确，不说了，马上上课了，回来再跟你说。"他匆匆挂了电话。

我洗了个澡，然后决定去学校看看。虽然我知道路鸣不是那种会惧怕威胁的人，但还是觉得应该去问问路鸣，看他现在到底是怎么想的。

公交车在学校那一站停靠之后，我跳下车，正准备给路鸣打个电话，却听到他在前面不远处叫着我的名字。

"你这是要去哪？"等他走近后，我问他。

"不想再看到她，简直是莫名其妙。"他抽着烟，脸上有一种厌恶的表情。

"到底怎么了？"

"昨晚还好好的，一起去吃了饭看了电影还逛了街，今天不知道又怎么了，打电话威胁我说，如果背叛了她，她对我就没个完。"

"背叛？"

"不知道她在哪里听说，我喜欢上了别人，逼问我到底是谁。可这压根就是没有的事，再说了，难道喜欢一个人就非要喜欢一辈子吗？"

"可是你们现在不是在恋爱么？她喜欢你，当然会想得多一些。"

"我他妈的不想谈了，太痛苦了，还不如分手了算了。"他将烟头狠狠弹到地上，然后用脚使劲地碾灭。

"不去劝劝她？她现在有事没？"

"她啊，就是喜欢闹，真让她跳也不敢跳吧，我都习惯了。你有时间没？陪我去个地方。"

"啊，去哪里？"

"跟我走就是了。"他淡淡地说。

坐了差不多半个小时的出租车，然后穿过几条巷子，我们来到了一条专门卖小吃的街。路鸣告诉我，以前他家就住在这附近，每次遇到什么不开心的事，总会到这条街上来吃东西，因为小吃太美味，所以吃完之后，就会忘却烦恼。

"要不要尝尝？"他将一个饼递给我。

我接过饼，因为中午没吃饭，所以吃进嘴里的时候，觉得真是太美味了。

我们沿着街一路吃下去，什么韩国烧烤、印度甩饼、湖南臭豆腐等等。不知道是因为真的饿了，还是像路鸣说的那样，我觉得每一样小吃都是极品，简直堪比饕餮盛宴。

后来，我们吃撑了。他带我去到一家咖啡馆。

咖啡馆是一个日本人开的，小小的。房间里的每一样东西都特别别致，全都是老板在旅行途中淘来的。

咖啡馆被设计成一个海底世界，在里面，我们都是一条条鱼，呼吸自如。

来这里的大多是一些情侣，或者带着书来打发时间的年轻人。虽然深藏在巷子里，但总有一些文艺青年慕名前来。

原来，这里才是路鸣带我来的最终目的地。

他说："我很羡慕老板，能够做自己想做的事情。"

我问他："那你想做什么？"

"我想去一个无人的岛屿，和自己心爱的人在一起，每天种菜、画画、看喜欢的小说、听歌。晚上躺在草地上看星星，困了，就拥着她入睡。"他说话的时候，眼睛一眨一眨的，睫毛很长，像振翅欲飞的蝴蝶。

灯光是淡淡的橘黄色，投射在他的脸上，像晕了一圈温柔的金光。

"可是，他们都觉得你很那个……"我不知道要怎么讲出来，但我觉得又必须要将有些事情告诉他。

"说我很烂是吧？"他嘴角露出一个笑容。

"嗯。"我点点头。

"或许我骨子里就是个叛逆的小孩，从小我爸妈就没时间管我，各自忙着自己的事业，把我放在奶奶家。每当看到别的小孩有爸妈牵着去公园玩，我就觉得自己像个孤儿。他们以为给我买很多的东西，给我很多的钱，我就会开心。可是那不是我想要的。"他喝了一口咖啡，顿了顿继续说，"所以后来我想我得做点什么，就开始干坏事，常常惹得邻居追到家里来告发我。上学之后，有些恶习就改不过来了，性格已经变成那样了。"

"这样啊，我倒是觉得你还蛮可爱的。"

"什么可爱？不是应该讨厌我吗？"他有些惊讶。

"没有啊，那是因为他们不了解你嘛，我之前也不了解你，所以觉得你就是那种空有其表，目中无人，了无生趣的男生，原来你是个这么热爱生活的人。"

他呵呵地笑起来。午后的阳光透过玻璃窗照进来，在他身后形成一大块亮斑，像是一块巨大的琥珀。

我们在咖啡馆坐到天黑才离开，其间，他聊起了他的童年以及梦想。当他问起我梦想的时候，我才发现，我竟然是个没什么梦想的人——每天过得庸庸碌碌，好像今天就是昨天的重复，不会有什么太大的波澜，自己也厌倦改变。

而回想自己小时候的事，几乎三分之二的时光是和丁未远他们三个人一起度过的。这样想起来，自己的生活还真是单调，内心的世界原来也是这么的狭隘。

走出咖啡馆，小吃街已经变得异常热闹，来来往往的人将街道堵得水泄不通。我和路鸣一前一后地走着，抬头看到他的背影，仿若这条路通向的是另一个世界，或许会是一个类似童话的城堡，也许是他说的那种与世隔绝的岛屿呢！

还没等我从幻想中抽离出来，就听到有人在后面大声地喊着："路鸣！"

我的心一惊。

回头，竟然是洛承欢。

082

Chapter 05

成长是一扇树叶的门。

01

想起昨天路鸣说的那句话，我的心还是久久不能平静。虽然我知道路鸣只是找的一个借口，但当他一字一句说出来的时候，我就知道，我注定要为这句话付出一定的代价。

是的，一夜之间，我竟然成了一个小三。

当然这消息是洛承欢传出去的。她竟公然在学校的论坛上攻击我，甚至还骂我不要脸。那叫把我说得一个难堪啊，有些话我都看不下去了。

我真是哑巴吃黄连有苦说不出。

丁未远听到那些传闻之后，气匆匆地找到我，劈头盖脸就问："你昨天下午没来学校，是跟路鸣出去了？"

我点点头，都到这个时候了，我觉得所有的解释都是无力的，还不如直接招了算了。

"不就是喝了个咖啡吗，洛承欢怎么能说出那样的话呢？"丁未远有些为我打抱不平，他接着说，"要不去找洛承欢说清楚吧？"

我看着丁未远一脸愤愤不平的表情，我只是淡淡地说了"没必要"三个字之后，就转身走出了教室。

虽然我知道丁未远是为我好，他肯定不想因为这件事，而让所有人觉得我是怎样怎样。现在的流言蜚语啊能把死的说成活的，把没有的都说成有的，想想都觉得可怕。

刚走出教室没一会，看着身边走过的人，不知道是心理作用还是怎么的，总觉得他们的眼神都怪怪的。那一瞬间，我心里莫名升腾起一股火焰，别人怎么想那是别人的事，可就连丁未远也这么想我么？他从小跟我一起长大，还不知道我是什么样的人吗？凭什么要去找洛承欢说清楚？没有就是没有的事儿，我也不会去在意别人的眼光。

爱咋的咋的！

走出教学楼，肚子有些饿，于是准备拐到小卖部去买个面包。刚走一半路程，却碰到了路鸣。他大抵也知道了洛承欢散播谣言的事，有些不好意思地叫住了我："蔚迟歌，真是对不起！"

"也不关你的事啦，让她说去吧。"既然他知道了，那么我也就不想发表任何言论了。

"我会处理好这件事的。"他咬了咬牙。

"你也别去逼她，好好跟她解释下吧。"

"嗯，知道了。"

回到教室，我啃着面包没有想要继续跟丁未远讨论昨天的事。没想到他却一副好奇心重重的样子，拐弯抹角最后还是问了出来："话说，昨天路鸣真的有说吗？"

"说什么啊？"我有些不耐烦了，一把将面包扔在了桌子上。

见我真的有些生气，丁未远也不敢再问下去了，灰溜溜地回到自己的座位上，像只惊弓之鸟，满脸的忐忑。

他越是这样，我越是来气。

于是我走过去，用命令的口吻对他说："走吧，出来我给你说清楚。"

他乖乖地跟在我身后走出了教室。

在走廊的尽头，我做好一副长谈的架势，"说吧，你有什么想问的，我都统统告诉你。"

起初,他还有些战战兢兢,半天才开口:"我真的没什么想问的。我都相信你。"

"相信我?相信我就该问我!"

不等丁未远再开口,我便开始对他讲起昨天下午的经过。

洛承欢看到我和路鸣在一起的时候,整个人在瞬间变得失控。她冲过来,将手里的包摔在路鸣的身上,又是哭又是闹,恨不得拿个高音喇叭对着所有的路人宣扬我抢走了她的男朋友。

当时我也很尴尬,毕竟上午洛承欢才以跳楼威胁路鸣,下午我就跟路鸣在一起喝了咖啡,于情于理都难免让人误会。但是我的一颗心是清白的啊,我和他的确什么都没做,也并不是洛承欢所想的那样。我按捺住内心的激动,走过去安抚她,向她解释我们之间没有什么。

没想到她什么都听不去进去,伸手一推,我一个踉跄就差点栽倒在了大马路上。幸好路鸣一把将我拖住,我才稳住了重心,可这样更是让洛承欢心生恨意,因为我整个人倒在了路鸣的怀里。

她开始在那喋喋不休地骂着路鸣,说他是混蛋之类的,因为过于激动,说话都有些吐词不清。

然后路鸣就走到了洛承欢身边,我以为他要将洛承欢抱住,却没想到他对着洛承欢一字一句地说:"现在如你所愿了,蔚迟歌就是我的女朋友,请你不要再来打扰我。"

那一刻,犹如五雷轰顶。每一个字都像是一把利剑刺中我的心脏。

路鸣说完之后,走过来就拉住了我的手,不容我半点挣脱,一把将我拖走。

我不知道在我身后的洛承欢会是怎样绝望的表情,当时的我感觉自己像是一个提线木偶,没有心,只能任由主人牵引着向前。

后来走过天桥,来到马路对面,我才挣脱路鸣的手,气愤地对他吼道:"你开什么玩笑啊?你觉得这样很好玩是吗?"

他满脸歉意地说:"不好意思,因为实在受不了她了,我才这样说的,就当是个玩笑好了。"

路鸣说了好久,我内心的怒火才平复下来。

玩笑归玩笑,但我没想到洛承欢竟然当晚就在学校的论坛上对我恶语相向,弄得所有人都知道：学校有个蔚迟歌，她是个卑鄙无耻的小三。

02

放学的时候我故意说有事让丁未远先走。

他知道我心情不好，所以也没多问什么。

空下来的教室像一座巨大的沉船，我坐在窗户边，看着夕阳的光黯淡地投射在外面的物体上，心里也跟着变得沉沉的。

在座位上差不多放空了半小时，什么都没想。

等我关好门走出教室，天色已经渐渐暗了下来。

也好，我只是想一个人静一静。对于洛承欢所散播的谣言，我觉得没必要澄清。孰是孰非，时间自会给出一个公正的答案。

我现在要解决的首要问题是应该怎样处理好跟路鸣之间的关系。因为那句话说出之后，我发现见到他的时候，再也不能像之前那么淡定从容了。

虽然他一再说那只是为了打发洛承欢不得已说出的气话，但也是真真实实地发生过了。加上通过那天下午和他聊天，更觉得他不是那种会乱开玩笑的人，所以我应该及时摆正自己的心态。

对于恋爱，我不是没有憧憬过，但从未想过会以这样的一种方式开始，当然也从未想过是跟路鸣。

我沿着人行道慢慢地走着，思绪万千。此时，天色已经黑透，在一个拐弯的地方，身旁的一排路灯突然亮起来。

那一瞬间，我的心忽然像是获得了某种力量。好像明白了自己内心的想法，我加快了步伐，想要快一点回到家中，吃完饭、洗个澡，好好地睡上一觉。

在穿过一条人迹罕至的巷子的时候，我被突然从左边窜出来的几个人给吓得一哆嗦。第一反应是不是要被打劫了，但转念又一想，现在也不算太晚啊，劫匪哪能有这么大的胆子。应该只是玩闹的路人吧，刚想继续往前走，就听到有个女生的声音响起："蔚迟歌，给我站住！"

我下意识地将口袋捏得死死的，虽然口袋里什么都没有。

等到我看清面前的某一张面孔，才知道这群人真的是为我而来。

没错，那个喝令我站住的人正是前一天发疯般的洛承欢。此时的她，嘴里叼着一根烟，颇有些香港电影里大姐头的风范。只不过她的娃娃脸出卖了她，之前在我印象中又一直是那种知性跟可爱的结合，现在却非要抽烟装大姐，这一刻，我竟然有些想笑。

原谅我这个人与生俱来的恶趣味。

但我很清楚地知道我不能笑，这个时候要是笑的话，洛承欢一定会抓狂的。

于是我若无其事地问："洛承欢，你找我有事吗？"

"你少跟我装。"她狠狠地吸一口烟。

"你是说路鸣？我跟他真的……"话还没说完，洛承欢的右手掌就落在了我的脸上。

一记热辣辣的耳光，在黑暗中打得清脆响亮。

我咬着牙齿没有说话，看了看洛承欢身边的两个男生。我清楚，这个时候得想办法赶紧脱身。

洛承欢对着我咆哮的时候，我的手在口袋里摸索着，想要拨通一个电话。我手机设置了丁末远他们几个号码的快捷键。

我按了好久，却发现一点反应都没。我恍然大悟，我的手机没电了。早知道就听丁末远的话，换一个手机了。我在关键时候方才知道他的话重要。

追悔莫及啊！

正当我濒临绝望的时候，听到后面有人走过来的声音。

没等我回头求救，就看到一个身影冲到我面前一把将我护在了身后。不用看我也知道是谁，丁末远怎么会出现在这里？顾不得那么多，我拉着丁末远就准备跑。

可是丁末远却转头对我说："呱呱，别怕，有我在。"

丁末远和那两个男生扭打了起来，我在旁边吓得尖叫，他们才及时收手，丢下"算你走运，走着瞧"之后，大摇大摆地走了。虽然丁末远的身上被挨了些拳头，但当时他的气势还是没有输给他们。

直到那一刻，我才发现从前在我眼中是个小屁孩的丁末远竟然还有如此威猛的一面，好歹也是英雄救美嘛！虽然以少敌多，但好在没有太大伤亡。

"呱呱，你脸没事吧？痛不痛？"他紧张地问着我。

"没事，她能有什么力气啊，你呢？"

我和丁未远走出巷子，在路灯下我才看到他的嘴角有残留的血痕。我陪他去了附近的诊所，医生给他做了简单的消毒处理。

出来之后，我问他："你怎么知道我被堵住了？"

丁未远笑得很得意，虽然嘴角贴着创可贴，却丝毫不妨碍他抖动嘴角，他说："我是你的小飞侠啊，在你遇难的时候我当然得第一时间赶到。"

其实放学的时候，丁未远根本就没有先离开，而是在篮球场上打篮球。后来看到我之后，就一路尾随着我。在洛承欢他们拦下我之前，丁未远就在巷子口。他看我停下来跟几个人说话，以为我是遇见了熟人，所以也等在巷子口。后来听到洛承欢的声音，觉得不对劲，便冲了过来。

"她也只是想吓唬吓唬我嘛，她能做什么？"我不满地说道。

"下次要是再让我碰到，我非狠狠地揍她不可。"

我们有说有笑地往家走，丁未远走在我的身边，突然觉得踏实了许多。其实就算是知道刚刚洛承欢只是威胁我，但在那一刻，一个人的时候，还是有些慌。

回到家，给手机充电，刚打开手机，就一连收到三条信息，全是路鸣发过来的。

他问我洛承欢是不是去找我了。

我并没有马上给他回过去，关掉手机，去洗了个澡。

躺在床上的时候，我才觉得脸上火辣辣的，隐隐作痛。

03

麦子文也来问我关于我跟路鸣的事，然后他的立场第一次偏向了丁未远那边。我被误会，无法解释。

半夜从梦中惊醒。

我竟然梦到路鸣为了跟我在一起，将洛承欢捅了好几刀。虽然只是梦，但还是感觉真实无比。

醒来之后，额头都还有冷汗。

爬起来喝了水，打开手机是凌晨三点，有两条短信，是麦子文发过来的，看来他也知道了这件事。虽然平日里所有的大事小事一般都会第一时间通知对方，但这次应该不是丁未远告诉他的，因为他的语气还有些不确定，带着询问的意思。

我关掉手机，继续躺在床上。月光照进来，整个房间的空气惨淡淡的。头顶上的天花板发出微微的光。

再也睡不着了。

我在心里开始将我和路鸣从认识到现在的细枝末节全部理了一遍，按理说，依我从前的个性，我是绝对不会去"招惹"他这类人的。他帅是无可厚非，但现在社会常常告诉我们帅也不能当饭吃，脸蛋也不能当卡刷，所以我首先在内心否认了是因为花痴才和路鸣做朋友的。

那么他的性格呢？

和上一任都没扯清楚的人，有资格去结交新的女孩子吗？这样的男生，要是放在以前，我早就在心里把他骂上千百回了。但偏偏摊到路鸣身上的时候，我却还糊里糊涂地和他一起去喝咖啡？

我连仅有的一点良知都没有了吗？

当然不是。

因为我自始至终都不觉得我和路鸣的相处有超过朋友半点多余的关系，我也不过恰巧看到了他在世人面前从不肯展现的一面。

那个样了的他，比现在的他要有魅力得多。

这么想着的时候，我着实被自己吓了一跳。难道我对他有了恻隐之心？或者只是单纯地觉得他是个很 nice 的人？

不可能，绝对不可能。

我蔚迟歌好歹也是看过无数小说，电影的人，这些假象，怎能将我的理性摧毁呢？

那么，也许，大概，我只是同情他吧。

同情他带着面具生活，只能将真实的自己掩饰起来。

早上，我是被手机闹钟给惊醒的，以为会失眠到天亮，结果没想到，思考到后来就不知不觉地睡过去了，并且还睡得这么死。

收拾好出门，不出所料，等在楼下的人除了丁未远，还有麦子文。

我没回麦子文短信，是因为我觉得有些话必须得当面才能够说清楚。按照他的个性，也必定会在第一时间找我问清楚的。

"迟歌，我大概听丁未远说了下昨天的情况，你真的没事？"他盯着我的脸，好像愣是要在上面看出什么天坑地缝才罢休。

"早没事了，我还没丁未远严重呢！"我故意说得轻松，想要打发掉这突来的尴尬。

"那你和路鸣到底是怎么搞的？他和洛承欢的恩怨怎么牵扯到你的头上来了？"不愧是麦子文，对于任何问题都没有半点含糊。

这话问得真够一针见血的。

"丁未远没告诉你？"我反倒有些诧异。

"我问了半天，他也不肯说，我在论坛上也看到些流言蜚语，但是肯定有空穴来风的成分，所以还是决定听你的解释。"

"解释？我有什么好解释的。"

"哎呀，子文也没那个意思，他只是着急。"丁未远在一旁慌忙解释道。

"子文，我们在一起生活了这么多年，你也知道我的脾性，我想说的肯定就是事实。总之，这件事跟我没有半毛钱的关系！"我一口气说完，脸上明显有些不爽的表情。

"你说没有关系，可是其他人怎么看呢？你明知道路鸣是那种人。你之前不是还让我去劝丁未远别跟他混在一起吗？这下倒好了，你自己跑去跟他喝咖啡了。"麦子文也有些来气。

"他是哪种人你知道吗？再说了，喝个咖啡能有什么？"我有些恼羞成怒。

"你们两个人是要吵架吗？现在不是吵架的时候，都是自己人，何必搞成这种僵局！"丁未远把麦子文拉走了。

那一天我没再和麦子文说过话。

我们好似在各自身上装置了定时炸弹，一旦跟对方说话就会引爆一般僵持着。丁未远两边来回跑，有种里外不是人的感觉。

"呱呱，子文也是为你好。你看现在，大家都在讨论你们的事情，简直就像是在看笑话，他也是担心你嘛！"

"别说了。"我阻止丁未远继续说下去的念头。

其实我何尝不知道麦子文的良苦用心呢？但事已至此，我能做什么？难道像个女中豪杰一样，把路鸣和洛承欢拉出来当面对峙？

这样下去更是会闹得全校皆知吧。虽然现在差不多也是同样效果了，但至少也只是在同学们口中传传而已。如果真闹到老师那里去，估计我妈会直接杀到学校当场宰了我吧。

"好了，我知道这事弄成现在这样也跟我有关系，不过你一定要劝麦子文别太冲动，我自己会处理好的。"

"嗯嗯，你有什么需要帮助的一定要告诉我！"丁未远的睫毛扑闪扑闪的，看来多年的友谊还是在的，至少，此时此刻，他是愿意相信我的。

这事最后因为路鸣出面才平息了洛承欢的不甘。

其实就应该他站出来的，但这种局面，让我怎么开口去找他说？这不等于自己往火坑里跳吗？要是路鸣不小心误会我对他有企图，那不更是跳进黄河也洗不清了。

好在我还有丁未远，他背着我去找了路鸣，好歹他们也是朋友，让他出面去安抚洛承欢，也是出于朋友的关心。

看来女孩子，看重的不过是表面的东西。沸沸扬扬的闹剧，不过因为路鸣的一句话，便将洛承欢的心收复了。

所以说呢，男人的杀手锏就是比女人多。

"那个，呱呱，其实呢，我看路鸣还是喜欢洛承欢的，不然也不会因为我一说，就去哄她。"事情刚一平息，丁未远就开始跟我调侃起来了。

"那是他们的事，跟我们都没关系！"

"我当然知道跟我们没关系，但我只是想告诉你，路鸣其实还是挺善良的。"

"这什么跟什么啊，你到底想要说什么？"

"我其实是想说，我也挺善良的，呵呵。"他脸上露出一副奸计得逞的表情。

"丁未远,我告诉你,少跟我来这套。你以为你是白雪公主啊,我就没看出来你哪里善良了。再说了,你善良不善良,又跟我有什么关系?"

"我不也就说说嘛,你就不能积点口德?"

"话说回来,你还是挺招人喜欢的。说吧,是不是看上哪个姑娘了?需要我出马的话说一声,我立马帮你搞定。"

"哼!"丁未远没好气地走了。

04

寒假的时候,我去了一趟成都。

因为姑妈住在成都,所以爸妈还是挺放心我一个人出门的。说是放心,其实不过是他们将我送上火车,然后姑妈在成都火车站接我。

我一个人的旅途也就只有一个晚上的时间。

有几年没有见到姑妈了,当她在出站口喊我名字的时候,我差点没有认出来。是的,站在我眼前的哪里是我记忆中欧巴桑的样子,活脱脱一个时尚人士嘛——一头卷发贵气十足,即使是冬天,也没有穿得臃肿。

"迟歌,累不累?"姑妈的声音还是那么温柔。

"还好。"我跟着姑妈出了火车站。

在出租车上,姑妈一直在指着车窗外说哪里变化了,哪里还是以前的样子。但在我眼中出现的一切仿佛是新的。上一次来成都还是小学毕业的时候,那个时候跟着爸爸妈妈一起过来参加姑妈的婚礼——第二次婚礼。印象中身边都是人,也没有好好逛逛,几天时间,来也匆匆去也匆匆。

姑妈其实是个很能干的人,之前一直在建筑研究院上班,但婚姻却不幸福。之前姑父老是赌博、酗酒,姑妈也都一直忍着,吵也吵了,闹也闹了,他都还是改不了。后来,姑父竟然在外面有了个小三。因为这件事情,姑妈再也忍不下去了和他离了婚。后来和同院的张叔叔结婚。对于张叔叔,哦不,现在应该叫姑父了,我还是有一点点印象的,因为那个时候觉得他长得像张铁林,就是《还珠格格》里的皇阿玛。那个时候,《还珠格格》刚热播,街头巷尾都在讨论。第一次见到张叔叔，我就脱口而出，"这不是《还珠格格》里的皇阿玛吗？"

站在一旁的妈妈赶紧捂住我的嘴，"不许乱说话。！"

再次见到张叔叔，其实觉得他一点都不像了，也不知道当时是什么眼光。不过也没什么稀奇的，小时候我还觉得丁未远长得像释小龙，现在估计要朝郝邵文发展了。

人嘛，总是会变的。

对了，提到丁未远，我才想起刚才在车上他给我发了信息。因为姑妈坐在旁边我也不好意思回，后来就忘记了。

掏出手机，发现他又发了好几条信息，无外乎是问我有没有安全到达。

【你一天几个短信的催，我能不安全到达吗？】我回过去。

【哈哈哈，安全就好，那我上网去了。】他回。

果真是没心没肺的家伙。

在姑妈家住了几天，我提出想去峨眉山逛逛。

因为姑妈和姑父工作都很忙，所以她决定让家里的保姆陪着我去。当然，被我拒绝了。好歹我也是个快成年的大人了，完全没有必要让人陪啊。

"姑妈，没事儿，我跟团就行了。"我对姑妈说。

"那也行，我记得当时你西西姐也是一个人跟团去的，我下午打电话帮你问问旅行社啊，你收拾收拾，明天就应该可以出发。"

姑妈所说的西西姐是她女儿，现在在北京上班，寒假估计都回来不了，说是要去男朋友家里过。

我跟西西姐向来都不热络，一是没有生活在一起，二是她比我大了八岁，俗话说三岁一代沟，我们也算是有两个半代沟了。

所以我也没有过多问起她的事，只管答应姑妈就好了。

我所跟的旅行团是峨眉山七日游的，不光是游峨眉山，周边的乐山大佛、都江堰都会去。

一行三十多个人，除了我和另外一个老外——玛丽，其他都是有伴的。这样一来二去，我也和那个老外熟识了起来，坐车，吃饭，包括住宿我们都被安排到了一起。

玛丽来自英国，在云南教书，趁寒假出来旅游。她教我说一些口语，虽然我觉得自己的英文水平还可以，但在她面前，我感觉什么都说不出口。她也倒是有耐心，估计是把我当成她的学生了吧。

第一天晚上，我们住在乐山。

玛丽问我为什么一个人出来旅游？怎么没和男朋友一起？

我当时一惊，男朋友？中国还没有这么开放吧，高中就可以名正言顺地和男朋友一起出来度假？

我赶紧摇头摆手地说："我还没有男朋友呢！现在首要问题是要应付高考。"

"对哦，你们的高考，我知道，很头痛，是吧？"玛丽恍然大悟般笑起来。

"确实。"

"那你准备考哪儿呢？北大，清华？"看来她来中国的时间不短啊，连这些都知道。

我一下被问懵了。说真的，我还真没想过以后会考哪里，毕竟那是两年后的事情。当然，丁未远和麦子文他们的选择应该也会影响到我吧。因为在上小学的时候，我们就说过，今后初中，高中，大学都要一直在一起。

虽然现在想起来，这样的话很幼稚，但是不乏那也算是一种承诺和约定。好歹高中是一个学校的，那么，大学应该也不远了吧。

第二天转战到峨眉山，坐索道上山的时候，看着外面白茫茫的一片，忽然觉得世界安静极了。

天空变得好近好近，仿佛伸手就可以触摸到那些流动的云。

在金顶，到处都是游客，我跟在最后面，慢悠悠地边走边看着那些从身边走过的人的表情。忽然间，我看到一个极为熟悉的背影，一个没忍住，我就叫出了"丁未远"三个字。

当然那个男生不是丁未远，用脚趾头也可以想到，他不会出现在这里。

但不知道为何，那一刻，我好想念丁未远。

以前我们也说过，以后要一起出去旅行，去北海道，去芬兰，去非洲。但那些也许只是说说而已，如今连国内的景点都还没有一起出行过。

回宾馆之后，我掏出手机给丁未远发了个短信：你能到峨眉山来吗？

发完之后，我就有些后悔。

明知道不可能的事情，我还像个孩子般去憧憬，真心觉得自己有病。

几秒钟后，丁未远的短信回过来了：是要拉上我一起出家吗？

这个不解风情的家伙，我不想再跟他继续贫嘴下去。

但是没想到他竟然有打算过来找我的念头，他告诉我，已经跟他老爸老妈说好了，说是自己长大了要一个人出去见见世面。

"那你爸妈同意了吗？"我问道。

"当然，还有我办不到的事儿吗？"

"真的假的？"

"真的呀，其实我是说你姑妈在成都，我过去找你玩儿的。"

"那他们到底同意没？"

"嗯，我还搬出你爸妈来当救兵了。"

没过一会儿，我就接到了我妈的电话，她告诉我丁未远要过来找我玩。果然大人的力量就是大啊。

丁未远风尘仆仆地赶到峨眉山的时候，我们还会继续在这里待一天。

好说歹说，才让导游破例收留了丁未远，加上玛丽有急事要立即退团，所以正好填补上了个空缺。

这一趟旅程，因为有了丁未远的陪伴，变得非常充实。他更像是个导游，为我讲解了那些景点的典故啊历史啊什么的，完全不是我认识的丁未远了。

"说吧，这些你是不是临时抱佛脚来的？"我发问道。

"怎么可能，这些不应该是常识吗？"他有些沾沾自喜。

"你就吹吧，再吹几下，把乌云吹散啊！"

"你个乌鸦嘴，看吧，要下雨了吧。其实我是来之前在网上查了资料的，呵呵呵呵！"

回成都的路上，暴雨倾盆。

我坐在丁未远的旁边，外面是混沌的一片，雨水顺着玻璃往下淌。有一瞬间，仿佛置身在苍茫宇宙中，而我们来自哪里，将要去向哪里，全然不知。

心中却是出奇地平静，那种澄定和淡然我知道不是与生俱来的，它一定跟丁未远有关。但具体是什么关系，我也说不上来。

侧过头看他的时候，他已经睡着了，微微的鼾声也被大雨声给淹没。

大巴车就这么静静地驶着，像一艘航船，行驶在海平面上。

05

在成都待了一周，我们回到永乐城。

刚下火车，麦子文见到我们后就迫不及待地说道："你们可算是回来了。"

"怎么了？"丁未远问。

"我哥他把桌游吧转让了！"

"什么？！"我和丁未远几乎是异口同声地喊起来。

"先找个地方，我再慢慢跟你们讲是怎么回事。"

找到附近的一家拉面馆，我们一人要了一碗拉面，因为上火车前我们弄丢了泡面，所以现在我和丁未远都饿得不行了。

刚坐下，丁未远就急匆匆地问起来："到底是咋回事？你哥他是不是疯了？"

"我看他就是疯了，还不都是为了那个凌羽。"麦子文有些无奈地说道。

这么一说，我们都大致明白了是怎么一回事。

看来这次麦子枫为了凌羽豁出去了啊。要说那个桌游吧也是他的心血啊，之前有几个人想要接手这个店子，但都被他当即拒绝了。为了凌羽，他竟然舍弃了自己最心爱的店子，看来他真的是用情至深啊。

还没等拉面端上来，麦子文又开口了："听说凌羽其实是个孤儿，从小在孤儿院长大的，直到十岁才被人领养，但是她好像一直都不喜欢养父养母。"

"孤儿？所以我们是在看八点档的肥皂剧吗？"丁未远发出一声感叹。

但不管我们信与不信，这些都是不争的事实。麦子文还告诉我们凌羽和那个老男人这次彻底分手了。

"又玩分手，到底是不是真死心了啊？"我问道。

"这次好像是真的。"麦子文斩钉截铁地说。

"这么肯定？"丁未远插嘴道。

"嗯，好像还为那个老男人打了一个孩子，差点命都难保。我哥就是转让了桌游吧，把钱全部交到医院去了。"

"我看你哥是中了毒了，非要吊死在一棵树上。"我冷冷地说。

"还是那样一棵歪脖子树。"丁未远跟腔。

"现在别讨论这些了，关键是你们得去劝劝我哥，我怕他最后还是会被凌羽伤害啊。"

三碗拉面端上来了，我们风卷残云般消灭了各自碗里的东西，然后极其一致地说出："赶紧去找麦子枫吧。"

"top one"还在营业，但在里面却没有找到麦子枫。听现任店主说，他几天前来把钱结清了之后，就再也没有来过了。

"子文，你怎么现在才告诉我们啊，这事不是几天前就发生了吗？"我有些生气地看着麦子文。

"我怕你们担心，而且你们在成都也不能做什么啊。"麦子文小声地说着。

"唉，你别担心，我们会帮忙劝阻你哥的。"丁未远一下拉了下我的手，好让我的心情平静下来。

后来我们是在医院找到麦子枫的，凌羽躺在病床上休息。麦子枫再三确认凌羽睡着了，才把我们悄悄叫到了病房外。

来医院之前，麦子文坚决不跟我们一起。不管我和丁未远如何苦口婆心，他都毅然决然地选择放弃。我们也了解他的个性，特别是在对待这件事情上的固执。

所以只有我和丁未远两个人来医院找麦子枫。

"子文都告诉你们了吧？"在医院走廊的尽头，麦子枫的声音听上去苍白无力。

我和丁未远都点点头。

那一刻的气氛沉重至极，看着麦子枫满脸憔悴的样子，我就没法开口把事先想问的全部说出来。

于是我拉了拉丁未远的手，然后对麦子枫说："你先照顾她，晚上我们再一起吃饭吧。"

"也行。"麦子枫没有拒绝。

麦子枫再次回到了病房,我和丁未远站在门外思虑了好久,两个人都没有开口说任何一句话,就那么站着,任时间如流水趟过,直到护士要进门,才将我们的思绪拉扯回来。

走出医院的时候,我给麦子文打了个电话,告诉他晚上一起吃饭。

他还是不肯,说只要他哥哥出现的地方,他就不会出现。

"你别跟自己过不去啊,再说这也是你哥哥的选择。"我好言相劝。

"这个选择一开始就是错的,我跟他说,他还骂我没血没肉。我不想管了。"麦子文挂了电话。

我和丁未远都愣住了,手心手背都是肉,怎么办?总不能撒手不管吧。

我们决定先和麦子枫吃饭,问清楚来龙去脉之后再去找麦子文。毕竟,了解情况比较紧急,而且只有找到了头绪,才能想办法安抚麦子文的情绪。

06

晚饭就是在医院旁边的一家小餐馆吃的,麦子枫没什么胃口,只叫了瓶啤酒一个人喝着。

"子文是不是很生气?"麦子枫先打破了僵局。

"好像是有一点。"我说。

"他从小就是这么个脾气,倔起来九头牛都拉不回来。但是以前呢,他固执的时候也就那么一会儿,唯有在这件事情上,他好像宁死都不愿意屈服,我也不知道,为啥他会那么生气。"说完之后,麦子枫长叹了一口气。

"他肯定是担心你。"我看看麦子枫,他低着头,好像是在想什么问题,我继续说,"你想啊,上次凌羽就说和那个老男人分手了,最后还不是没有分;这次又说分,你相信她真的能放下吗?"

"不管她有没有放下,但我是真心喜欢她。"麦子枫的语气很坚定。

"那你心爱的桌游吧呢?你说放弃就放弃了?"丁未远说道。

"桌游吧跟她比起来，肯定是她重要啊。你也知道，出了这种事，她肯定不敢跟家里面的人说啊。再说了，她也没有亲生父母，我不管她，谁管她呢？"麦子枫说完的时候，掏出一根烟点上了。

我看到他的眼睛里泛起了潮湿的水汽，听到他说出这些话，我自知都是非常正确的。爱一个人，肯定会心甘情愿并且不顾一切地想要去爱他。

但是，不知道为何，看到这样落魄的麦子枫，我却无法认同自己内心的想法。

"那么你有考虑过你自己吗？"我的情绪也有些激动。

"我说了，不管凌羽的心里有没有我，也不管她以后能不能再生孩子，我都愿意陪着她，照顾她一辈子。我做事很少有这么坚定的决心，但我心里是这么想的，我就一定要这么做。"麦子枫的眼泪终于从眼眶里滚落出来。

我和丁未远都有些被吓到了。

这也的确是从我们认识开始到现在，第一次看到麦子枫当着我们的面流泪。

后来回去的路上，我问丁未远："到底是有多爱才能做到这般付出呢？"

丁未远摇摇头。

我知道他不会给出满意的答案，但我内心可能还是希望能够听到一些声音。

"你会为了一个人这样吗？"我又继续问道。

"不知道。"丁未远淡淡地回答，眼睛看着前方，他的样子似乎有些沮丧。

我没有再继续下去，这样的问题，任谁都无法马上回答吧。其实当时我还很怕丁未远会反问我。

那么，我会为一个人这样子的付出吗？我在心里默默地问自己。

答案是肯定的。

但我还不确认，那个人在哪里？

07

麦子文因为这事几乎不怎么跟麦子枫说话了，见面也是互相沉默。好在凌羽的病情慢慢好转，也没有什么大碍了。

她出院那天，麦子枫张罗大家一起吃了顿饭。麦子文被我们拖着去了，但是也没给麦子枫好脸色，甚至当着凌羽的面说："我哥的事呢，我是管不了，但是如果要是有谁让我哥受一点点伤，我绝不会放过他的。"

我们都知道麦子文说这样的话是说给凌羽听的，但在那样的气氛下，谁也没有接他的话。

后来，麦子文吃到中途就提前走了。

我追了出去。

我们在马路上走了很久，路灯铺了一路的柔黄。

"你怎么想的？"我问麦子文。

"我也想通了，我哥追求自己的幸福也没错，不过呢，我就是不看好他们。"他淡淡地说。

"其实凌羽也没想象中的那么坏，这次被伤得这么重，应该不会再犯傻了吧，只要你哥开心就好了。"

"迟歌，你知道吗？从小我就觉得自己特别没用，什么事都得我哥罩着我，现在我也长大了，也想保护他，可是呢，到头来，还是闹得这样的结果。"他的声音变得有些哽咽。

"你的心情我都理解，但是在爱里谁又能做到清醒一世呢？"说完之后，我发现走在旁边的麦子文突然蹲了下去。

他的肩膀扑簌簌地抖动着，一开始还是轻微的抖动，到后来就剧烈地抖动起来。我知道他是在哭，但那一刻，我也有些不知所措。

我蹲下去，摸着他的头说："什么都会过去的。"

头顶有一轮白得发毛的月亮，风还有些冷。他抱头痛哭的样子，我想我这辈子都会记得。

"有时候觉得人活着真的好累，还不如一死了之。"他忽然抬头，看着我。

"你瞎说什么呢？呸呸呸，童言无忌。"

"难道你不觉得吗？"

我当然不觉得，除开我是个怕死的人这一点来说，其实我觉得我们的生活也算是过得不错的——有爸妈的疼爱，有朋友的关怀，有好吃的好喝的，干吗要想到死？

"死了多无聊啊！"我发出这样的感叹。

"等有一天，你会明白我的感受的。"

真的会有么一天吗？我也会像他一样厌倦活着吗？

我不敢去想。

但如果那一天真的到来了，他也一定会跟我一样告诉我，活着才是最好的吧。

寒假很快结束，开学第一天，丁未远就跑来告诉我："麦子文和他哥的矛盾好像又激化了？"

"怎么回事？"

"听说麦子枫准备让凌羽住到家里来，麦子文不肯，两个人大吵了一架。最后麦子文决定搬出去自己租房住。你也知道麦子枫在这件事情上一直都很坚定，反正他也是豁出去了。"

"那我们先找到麦子文问问情况吧。"

如丁未远所说，麦子文的确是准备搬到外面租房住了。

"真的决定了？"我问麦子文。

"嗯，我是没办法和他们生活在一起的。"他的脸色凝重。

"那你怎么跟你爸妈说？"

"都说好了，只要不影响学习就行了。再说他们也不在身边，也不能把我怎么样。"

看来他早就把一切都想好了，所以现在再劝阻也是没用的，于是我只能换个话题："也没事，我们会经常去陪你的。"

"你这不是废话吗？"丁未远在一旁冷不丁地说了句。

"哈哈哈，有你们在就够了。"麦子文的脸上忽然漾起了笑容。

开学之后还有件事情让我不解，那就是洛承欢竟然转学了。这也是丁未远告诉我的。

"你听谁说的？"我问丁未远。

"还能有谁，当然是路鸣了。"

"他还说什么了吗？"

"我又不是情报局的，反正他告诉我洛承欢转学的时候，我也就这么一听，什么都没问。"

"你呀，就不能给我点重要的信息。"

"这还不重要吗？"

"好了好了，到时候我自己去问路鸣得了。"

"你还去问？你是想众叛亲离么？"

"说得好像我是个犯人似的，我们不也是朋友么？"

后来路鸣告诉我，他上次哄洛承欢也只是想解开当时的局面，根本就没想过和她重修旧好，甚至都有些厌恶她了。

"那么她同意了？"我有些好奇，她那么难缠的一个人，怎么可能轻易答应分手呢。

"我才懒得管她同意不同意，她又不是我妈，还非得我言听计从啊！"

"说来也是，那么恭喜你分手成功哦！"

那天，路鸣还邀约我们一起去了吃了大排档，我们干杯庆祝他终于摆脱了恶魔的纠缠。

但是好景不长，没过几天，阴魂不散的洛承欢又出现了。

她在我放学的时候拦截我，直言不讳地骂我是个婊子。

一次两次也就算了，就当她是疯狗发疯好了，但次数多了，人的忍耐力也是有限度的。当她第八遍骂我是婊子的时候，我直接就将她推倒在地上。

她被我一推，也吓倒了，躺在地上装无辜，还声称我打了她。

看到她那副惨不忍睹的样子，我在心里暗自发笑，也不过如此啊，只能演一哭二闹三上吊的老掉牙戏码。

我把这事告诉路鸣之后，没想到他的反应会是如此之大。那个时候，他正在吃东西，我刚一说完，他直接将碗砸在了地上。

"你干吗？"我有些慌了。

"她凭什么来找你麻烦，神经病。"他骂了一句。

"上次推倒她之后，她好几天没有出现了，她也不能把我怎么样啊，任由她去吧。"

　　我本想用轻松的口吻以玩笑的方式说给路鸣听的，结果完全超出了我想象的范畴。第二天，路鸣就跟我说："我昨晚去找她了，如果她再来找你的麻烦，就立马给我打电话。"

　　这算是为我出气么？我听得一阵感动。

　　可这明明就跟他有关啊，我也不知道我在激动个什么劲。

　　"你都跟她说什么了？"我有些好奇。

　　"这些你别管，反正要是她再来找你，我不会放过她的。"

　　没过几天，丁未远就跑来问我，到底和路鸣是什么关系？

　　"发生了什么吗？"

　　"你真的不知道？大家都在声讨路鸣为了你竟然把洛承欢打了！"

　　"什么？你确定没听错？有这回事吗？"

　　还没等丁未远再次开口，我就大步开跑了。我一定要去找路鸣问个究竟，我这到底是倒了几辈子的霉啊，非得落下这样一个不堪的罪名。

　　这下好了，我和路鸣的误会真的是越来越深了。

Chapter 06
能成为密友大概总带着爱。

105

01

一连几天，我都觉得丁未远整个人怪怪的，看见我之后总是一副欲言又止的样子。但是我知道，如果此时我想要打破砂锅问到底的话，想必只会是一个徒劳无功的举动。

所以，我还是等着他自己忍不住了先向我开口吧。

反正我也就当没事人一样，实际上呢，确实我也没做错什么。

我想起那天，我找到路鸣，然后劈头盖脸地问他："你这样做到底是想怎样？"

"只是想给你个清白。"他一脸不咸不淡的表情。

不知道为何，那一秒我有种特别难受的感觉。是的，这样一个在世人面前表现得什么都不屑的男生，却愿意为了我，去做一些在别人看来是大逆不道的事情。

但是，换个角度思考的话，他这样，也只是徒增了我的麻烦。

"但是你没有想过，不管你跟洛承欢说什么，她都会觉得你是为了我。"

"我本来就是为了你啊。"他回答得很肯定。

我感觉自己又被绕进去了。其实我只是想告诉他，完全没有必要把这件事看得太认真，洛承欢也不是大家所想的那种会打持久战的人，一开始或许只是因为不甘或者难过，久而久之，她应该也会淡忘的。

我的心也跟着潮湿起来。

麦子文和他哥再度因为凌羽吵架了。

麦子枫的手才刚刚有了好转,他就坚持要出院,要去找凌羽。麦子文劝不过他哥,只得请出我和丁未远。

在医院里的小花园里,阳光晴好,偶有散步的人走过,但此时麦子文和麦子枫脸上都愁云密布。

一个坚持要去找人,另一个又坚决不同意。

丁未远站在一旁,整个人也怪怪的,不说一句话。

气氛僵持了好久,麦子枫才开口说:"你们放心,我不会再冲动做傻事的,我是真的不放心她。你们也知道,上次她受了那么重的伤。"

"你先看看你自己!"麦子文吼道。

"子文,听话,我向你保证我会健健康康回来的。"麦子枫走过去,用右手摸了摸麦子文的头。

"是啊,子文,你哥也不是小孩子了,你就相信他一次吧。"我上前劝道。

最后麦子文还是在他哥面前妥协了,看得出来,他很失望,也许不是对麦子枫,而是对他那段代价惨烈的爱情。

办了出院手续,送走麦子枫之后,我才发现丁未远不见了。

他的手机也一直打不通,我问麦子文:"丁未远人呢?"

麦子文摇摇头,脸上有说不出的难色。

"他是不是跟你说了什么?"我下意识地问道。

"嗯,他前几天来找我了,跟我说起你和路鸣的事。我说我们作为朋友,不能干涉你的人生自由。他一下就火了,像是发疯般对我大吼大叫。一开始,我什么也没说,最后,我实在听不下去了,就顶了他几句。你也知道他的脾气,心里的炸弹被我引爆之后,甩手就走了。"

"怪不得刚刚他的表情那么奇怪,原来发生了这么多我不知道的事!"

"我看丁未远八成是喜欢你!"

"……"

"总之以后别再去找她了,就把她当成是人生路上的一朵浮云吧,飘过就算了。"我说。

"我还是那句话,只要她不来烦你,万事大吉,一旦她打扰到了你的生活,我绝不善罢甘休。"

和路鸣道别之后,天空飞过几只小鸟。抬头的瞬间,我的眼眶竟然有温热的潮湿。天边有绛色的火烧云,像是染缸被人打破似的,流得铺天盖地。

路边有推车卖糕点的,我要了一个,坐在马路牙子上,一口一口,慢慢地将它吃完。那过程里,我一直在思考一个问题,我是不是喜欢上路鸣了?

不不不,绝对不能这么肤浅地看问题?

我只是想证明,他是不是和我心目中的白马王子有那么一点点不谋而合的相似呢?

论长相,他属于干净耐看的男生,半长的头发,清淡的眉眼,侧脸的轮廓形似刀刻;论人品,我也算是走进过他真实的内心世界,不矫揉造作,也不虚情假意,总之是一个有自己想法的人;论经历,他可是比我们都要丰富得多……唯一让我有点嗤之以鼻的就是,他谈过那么多女朋友,而且每一个都不长久。

这样的男孩子,着实让人有种望而生畏的感觉。

谁不希望和自己心仪的人一世安稳呢?而那些只追求一晌贪欢的人,大多都是心理不正常的,或者根本就不懂得爱的人。

后来我总结,关于路鸣思来想去这么久,我不过是想更近一步地了解他。至于喜欢的可能性,那还真的是微乎其微。

如果是好感,也许是有那么一点点吧。

麦子文已经看好了学校附近的一间房子,空间不是很大,但麻雀虽小五脏俱全。这里的上一任房客是一对情侣,所以房间被布置得很温馨,虽然装修老土了那么一点点,但完全不妨碍它的功能性。

"这可比我那卧室好多了,至少还有这么大一个窗台。"丁未远看完房子之后,发出这样的感叹。

"是飘窗好吗?土鳖一个!"我纠正道。

我以为丁未远会跟我继续争下去，却发现他及时止住了声，继而转头去和麦子文讨论起电路的问题来。

我有一瞬间的怅然，换做从前，他一定会喋喋不休和我争论半天的。那个时候，我的心底就会铆足了劲，要跟他拼个你死我活，甚至恨不得拿起胶布将他的嘴封上，真是恨透了他的争强好胜。

而如今，没人跟我争了，我却嘴皮子发痒了。于是我挪到丁未远旁边，故意装作惊讶的样子问他："你今天是咋了？"

"没咋啊，挺好的！"他看都不看我一眼。

"这可不是你的作风。"

"我哪有什么作风，我那充其量不过是龙卷风而已。"他斜睨了我一眼。

你看，他的贱劲又出来了。我还以为他真的金盆洗手浪子回头了，原来只不过是在按兵不动等着我开火啊。

"喂，丁未远，最近你是不是谈恋爱了？"我笑眯眯地站到了他的面前。

"不要乱说，小心咬到舌头。"他几乎是白眼对我。

"我说正经的啊，我听说隔壁班有个小姑娘在追你啊。"

"真的吗？"麦子文也突然凑了过来。

"瞎说，不要兴师动众的哈！"丁未远有些不耐烦了。

看到他这个样子，我像是凯旋而归的战士一样，别提有多开心了。我就喜欢看丁未远一副心有不甘却又不敢奋起反抗的表情。

把所有东西都搬进租屋之后，天都已经黑透了。

麦子文本来说要请我们大吃一顿的，但我和丁未远都拒绝了，因为实在是太累了。真的没有想到，麦子文的东西会有那么多，简直比我这个女生的东西还多。

麦子文的房间在六楼，又没有电梯，所以所有东西都得一点一点往上搬。别看平时大家都说爬楼可以减肥，可这样来来回回十几趟，也真是差点要了我们几个人的老命。

从麦子文那出来，月光淡入水。

虽已经是春天了，但夜晚的风还是冷的，稀疏的灯光将这个城市映照得格外像童话里的世界。

　　我和丁未远一前一后地走着，时不时有路过的车辆，车灯打在丁未远的身上。我在后面看着他的身影，发现他好像又长高了。

　　于是我几个大步跨上去，走在他边上，的确是长高了。想起以前，我们并肩走的话，我还可以够到他的耳朵位置，现在都只能到肩膀了。

　　"喂，你又长高了，你知道吗？"我笑着说。

　　"当然，我又不是瞎子！"丁未远懒懒地回答。

　　"你这是什么态度啊，我跟你有仇吗？"我终于按耐不住内心的怒火。

　　"我态度怎么了啊我，我说的不是事实吗？"他也有些不耐烦。

　　"好好好，丁未远，你是不是从今天开始就要跟我彻底树敌了？"

　　"非也。"他淡淡地说。

　　"那你到底要搞什么名堂？"我有些着急。

　　"呱呱，我只是想提醒你，路鸣真的不是你想象的那么优秀，你也没必要帮他说话，一切我都看在眼里。"

　　"丁未远，你什么意思？"我几乎是吼出来的。

　　"没什么意思，你自己想明白就好，到时候别后悔。"说完，他就大步朝前走了。

　　我没有再说什么，也没有跟上去，站在原地，我发现周遭突然变得那么陌生——这个我生活了十七年的城市，这条我走过无数遍的街道，就连路旁的那些刚刚抽出新芽的大树，我都好似从没见过。

　　他的背影，渐渐变成一条直线。我知道，他肯定以为我对路鸣有什么企图。

　　但是天地良心啊，我真的是什么也没想啊。

　　然而内心的气愤还是压抑不住，我站在空无一人的马路上，完全不受控制地开始流眼泪。

02

　　因为有了那晚的正面冲突，我和丁未远之间的关系发生了微妙的变化。具体微妙之处在哪里，我说不上来，虽然见面还是有说有笑，但总觉得两个人之间像是隔了一层纱，隐隐约约，不太真实。

就连路鸣都好像看出了端倪，在一天课后跑来问我："丁未远最近好像不对劲啊。"

"有吗？"我装出全然不知的样子。

"嗯，好久都没来跟我们一起打球了，每次约他，他都称有事推脱掉了。"

"可能是真的有事吧。"

"怎么可能，他能有什么事啊，以前的事不都是跟你们有关么，我看你们也没每天放学后一起啊。"

路鸣这么一说，我倒是有些心虚了。的确，我和丁未远已经好几天没有放学一起回家了，以前不管多晚他都会等着我的。

然而现在，刚一打铃，他就像是水蒸气一样，一瞬间就人间蒸发了。

我也琢磨过这事，总觉得丁未远不会这么小气，心胸也不会狭隘到如此。

好几次，我都想提前喊住他，让他放学等我，但强大的自尊心不允许我这么做。为什么我要低头呢？我又没做错什么。

本来就是他自己的问题，我跟他解释他也听不进去，还是按照自己的方式来想问题，那么不如就让他自己冷静，把问题想明白吧。

所以，我也一直保持缄默的态度。

有天晚上，我在家里看电视，然后接到了麦子文电话，让我赶快去他那里。

还没等我问清楚是怎么一回事，麦子文的电话就挂了，再打过去，也一直是通话中。

在去的途中，我一直在想，是不是他家马桶又堵了，或者电灯泡又坏了之类的。因为在此之前，他也因为这种类似的小事呼唤过我们。

他这样的人，完全不适合独居，都没有一点自理能力。以前觉得他是个很会照顾自己的人，但那都是假象，现在他搬出来一个人住了，我们才知道，他是多么的脆弱。

气喘吁吁地爬上六楼，麦子文的门是虚掩着的，想必是特意为我留的。

打开门，我就看见沙发上躺着一个人——丁未远。

正想开口问个究竟，麦子文从卫生间出来做了个嘘声的手势，然后他招呼我过去。

"我也是才知道丁未远跟你闹矛盾了。"他似乎有些生气我没有将我和丁未远的事情告诉他。

"其实没什么大问题，还不是他自己想太多了。他到底怎么了？怎么躺你这儿了？"

"发烧了，之前还和人打了一架。"麦子文有些心疼地说。

"打架？他也会打架？"我控制不住地加大了声调。

"我也觉得很奇怪，这几天他都很晚才回家，每晚都会去游戏厅玩。今天因为和别人发生了口角，然后两个人就扭打起来了，本身他就在发烧，所以根本没力气和那个人拼。我和我哥去的时候，那伙人已经跑了。"

"天啊！"我大叫起来，接着又问，"你和你哥和好了吗？"

"没有和好，还不是担心他。"麦子文无奈地指了指躺在沙发上的丁未远，"你也知道，我一个人去肯定是斗不过他们的，好歹我哥在这一带也小有名气，哪知道过去扑了个空。"

"这笔账以后一定得算！"我狠狠地说，"不过呢，首先得让丁未远退烧，要不要送他去医院啊？"

"现在不用了，我买了药给他吃，已经比之前好多了。"

"那就好。"

"对了，你和丁未远之间的误会到底是什么？我怎么问，他都不肯告诉我。"

我将所有的事都告诉了他，但是我却忽略了我对路鸣其实有那么一丁点好感的部分。

最后麦子文总结道："我看八成是路鸣想泡你，不过看他这些举动还是挺真心实意的。"

这是我第一次听到麦子文对路鸣的肯定，但我却不知道，麦子文对路鸣到底是个怎样的态度。

"你觉得我做错了吗？"我试探性地问。

"这也没有谁对谁错，你能说我哥是做错了吗？唉，不过丁未远肯定也是不放心你啦。"

"我知道，但我真的不是他所想的那样，你一定要替我跟他解释清楚啊。"我苦苦哀求道。

"我会慢慢和丁未远沟通的，再怎么，我还是相信你的。我想，丁未远也是如此。"麦子文的话，像是给我打了一剂镇定针，我心里的忐忑也渐渐平静下来。

和麦子文交代了要好好照顾丁未远之后，我就马不停蹄地踏上了回家的归途。

我边走边想丁未远为什么连麦子文都不肯告诉呢？他这样隐瞒到底是什么意思？

当我沉浸在这个问题中无法自拔时，突然前面有个人挡住了我的去路。刚想开口说"你没长眼睛啊"时，那人先说话了："真是冤家路窄啊！"

这个所谓的冤家是路鸣。

我现在没心情跟他多说一句话，要是让丁未远知道了，估计会在心里把我骂上个三天三夜吧。

"我现在有事得马上赶回家。"我说。

"我就想告诉你一件事。"他故作神秘地说道。

"什么事？"我有些好奇。

"我觉得吧，丁未远其实喜欢你。"

"放屁！"我几乎是脱口而出，"你不知道吧，其实有好些姑娘都在追求丁未远，她们都比我好看不知道多少倍，他怎么可能喜欢我。"

"我也只是感觉嘛，你可千万别告诉他哦！"他说。

"你以后就别瞎猜了，小心舌头被割掉。对了，这么晚了，你去哪里啊？"

"到处溜达，呵呵。"他笑起来。见我一脸不相信的表情，又补充道："家里有点事刚办完，你快回去吧。"

和路鸣道别，我感觉整个人都热血沸腾的。当然不是因为见到了他，而是他说的那番话。

丁未远喜欢我？

这种概率就好比哈雷彗星撞到地球吧？

简直就是天大的笑话嘛!

我一边想着路鸣的愚蠢,一边心里又突生一种沮丧的情绪。想起刚才说的话,我干吗那么瞧不起自己啊?难道我就真的那么差吗?

该死的丁未远,我可是为了你,把自己都贬到尘埃里去了!你还对我蹬鼻子上脸的,真是没良心的东西!

03

麦子枫住院的那晚,整个城市狂风大作。我躲在家里看恐怖片,突然听到有人狂敲大门,本来就被剧情吓得有些发抖,加上这急切的敲门声,我更是差点直接从沙发滚到地上。

"谁啊?"我大声问道。

"呱呱,快开门!"我听出是丁未远的声音。

慢吞吞地爬起来打开门,刚想问是哪阵妖风把你吹来了,却看他一脸惊恐的表情说:"麦子枫进医院了!"

"不该这么吓唬人的吧,你开玩笑也别开到他头上啊!"我没好气地说。

"谁跟你开玩笑了。"丁未远一脸正经,"麦子枫跟人打架,左手都骨折了。"

这一下,我才完全相信了他不是在跟我开玩笑,我火速换好衣服,跟着丁未远去医院。

在去医院的的途中,丁未远一句话都没有说,我问他什么,他都只是摇头说不知道。

我也在想,丁未远上次不也和人家打架了吗?现在个也屁事没有,还是活蹦乱跳地活得好好的吗?所以麦子枫应该也不会有什么大问题吧。

虽然这么想,但还是担心得要死:要是麦子枫真出个啥问题,比如左手残废什么的,我估计麦子文会恨死凌羽吧。

其实不用猜,麦子枫出事肯定是因为凌羽,因为只有她,才能让他失去理智,也只有她,才会让他不顾一切地想要保护。

到达医院之后,我们直接去了急诊室,麦子文站在外面说:"我哥还在里面观察,医生说可能要动手术！"

　　这还是我第一次面对身边的人动手术，以前老听我妈说当时她生我那会剖腹产那可是痛得生不如死啊，所以我的印象中，动手术简直比死还可怕！

　　"能不动么？"我颤巍巍地问道。

　　"不动？那左手就废了！"丁未远气咻咻地说。

　　"先看看情况再说吧，医生也说了，如果能接上的话就更好，不行，那只能动手术了。"麦子文说。

　　"那你爸妈知道吗？"我问道。

　　"暂时还没告诉他们，等哥稍微清醒一点再说吧，现在告诉的话，估计我爸妈会急死了。"麦子文的脸上布满愁云。

　　过了差不多十多分钟，有医生跑出来叫谁是麦子枫的家属。

　　麦子文走过去，和医生交谈起来。

　　然后医生又进了急诊室，麦子文走过来告诉我们："待会先给他接一下，不行再说。"

　　是在一间很小的病房里帮麦子枫接骨的。此时，他整个人的意识已经清醒，脸上还有残留的血渍，看样子真的伤得不轻。

　　有五个男医生一起帮他接骨：两人一起各站一边，用最大的气力拉住他的手，然后另一个从上面往下按他的手，好让骨头接上。

　　估计实在是太痛了，我看到麦子枫整个脸都绷紧了，咬着牙齿的样子让人看了好心疼。

　　但是他一声也没吭，再痛也是强忍着的。

　　倒是站在一旁的麦子文受不了了，好几次都退出了病房。因为他从小就晕针，所以看到医生用注射器往麦子枫左手打麻药的时候，险些晕过去。

　　我让丁未远将他扶到了外面，我在里面全程等待。

　　差不多折腾了半小时，医生才松开手，看样子是接好了。

　　医生吩咐先将他扶到病房休息，过几天再观察。

　　我们又一起去了病房。病房是双人间的，另外一个床位空着，所以整个病房里只有我们四个人。

　　白炽灯发着惨白的光，四周都静悄悄的。

　　麦子枫脸上的表情已经没有刚才凝重了，他忽然说："子文，你把床摇起来一点吧，我想坐一会儿。"

　　麦子文没说话，将病床摇起来。

　　麦子枫坐好之后，开口说道："那帮家伙太狠了，直接将我推到了沟里。"

　　"都是些什么人啊？"丁未远问道。

　　"喜欢凌羽的一个混混，说是要跟我公平竞争。如果不是他们人多，老子真要让他知道我麦子枫也不是吃干饭的！"麦子枫愤愤地说。

　　"哥，都这样了，先别说这些。"麦子文在一旁劝道，他的眼里写满了关心和疼惜。看来还是血浓于水啊，即使之前两个人之间有再大的误会，在危难时刻，他还是会挺身而出的。

　　"你去给爸爸打个电话，就说我最近出去旅游了。一定不能让他们知道！"麦子枫朝麦子文说道。

　　"嗯。"说完，麦子文便走出了病房。

　　一直到深夜，我和丁未远才离开。

　　麦子文因为要留在病房照顾麦子枫，所以没有跟我们一起走。

　　"我真不知道怎么说那个凌羽了，麦子枫为她付出了这么多，现在倒好，又跟别人勾搭上了。"丁未远愤愤不平地说道。

　　"我也觉得凌羽这次做得太不对了，虽然之前，我一度还有些同情她，但现在完全没有了。"

　　"你想想啊，麦子枫是为了她才变成这样的，她倒好，不来医院看看不说，又玩起了消失，说什么跟人私奔了，我看她最好再也不要回来了。"

　　"我觉得她还会回来的。"我肯定地说。

　　"我也这么觉得。"丁未远的想法和我的不谋而合。

　　说起凌羽，其实在此之前，大家都认为她会和麦子枫一直在一起的。经历了大风大浪，难得有一个港口愿意让她停靠，哪知道，她的那颗心还是不够安定，不知道从什么时候开始,又和一个混混勾搭到了一起。

起初麦子枫起了疑心,问凌羽,凌羽还说那只是她的老同学。

后来俩人见面的次数越来越频繁,麦子枫看不下去了,于是逼问凌羽,凌羽才肯承认她想和那个混混在一起。

麦子枫听到这样的话,当然气疯了,一个人喝了一箱啤酒,醉得不省人事。第二天,那个混混又找到了麦子枫,说是要和他单挑,谁赢了,谁就带走凌羽。

或许是因为爱情的力量,又或许是前一夜的酒劲还没有消失,麦子枫简直化身成了野兽,对那个混混没有半点留情。

眼看就要将那个混混打倒了,却没想到,不远处埋伏了他的同党。他们见状,如饿狼般扑过来,人多力量大,麦子枫再怎么拼命,肯定还是打不过这么多人。

他们也没想到,麦子枫摔进沟里的时候,会摔得那么惨。见他脸上全是血,大家一窝蜂地跑了。幸亏麦子枫意识还算清醒,挣扎着打了电话给麦子文。

只是谁也没有想到,凌羽竟然如此绝情,在给麦子枫发了条短信之后就再次消失不见了。

而短信的内容也只有两个字:再见。

04

麦子枫后来还是动了手术,因为在医院观察几天之后,骨头还是没有对位。手术那天,大家都到了医院,麦子文一直没有说话,我和丁未远也在一旁沉默着。

我在心里默默地祈祷,希望麦子枫的手术顺利。

过了三个小时,麦子枫才被医生从手术室里推出来。他躺在推车上,睁着眼睛看着我们,意识很清醒,只是脸上还有痛苦的表情。

"哥,你还好吧?"麦子文先跑过去问道。

"你哥我没事呢,挺好的。"麦子枫说话有些吃力。

麦子文没再说什么,他背过身去哭了。

麦子枫被推到了病房,麦子文迟迟不肯进去,说是怕麦子枫担心。

"你不进去你哥才担心好吧,刚才还一直在问你去哪儿了呢?"丁未远去叫麦子文。

"你就跟他说我出去买点吃的，现在进去实在太难堪了。"麦子文支支吾吾地说道。

"这有什么。快进去吧，别让你哥着急。"

麦子文跟我们一起进去之后，麦子枫一直看着他，心中估计有千言万语，但此刻也无法表达出来。他用右手拉着麦子文的手，过了好久，才缓缓开口："对不起。"

麦子枫的话刚一说出，麦子文的眼泪又滚落出来了。

而麦子枫的眼里也噙满了眼泪。

这一刻，我和丁未远主动退出了病房，留给他哥俩一个单独的空间。

站在病房外，我忍不住掉下了眼泪，推了推身边的丁未远说："这下也好，他俩的矛盾总算是化解了。"

"嗯，但是这代价也实在是太惨痛了，宁愿不要！"丁未远一字一句地说。

"事情已经发生了，也只能往好的方面想，对了，现在有没有凌羽的下落？"

"还没，她的手机一直都是关机，不知道现在去哪儿逍遥了，真是没心没肺啊！"

"先不管她了，等麦子枫身体好些了再说吧。"

我以为我和丁未远的关系也慢慢化解了，但我完全想错了。丁未远这么执拗的一个人，怎么肯轻易就化解心中的疙瘩呢！

从医院出来，丁未远就像换了个人似的，跟我说话也是冷冰冰的，问他什么都是一句话回答，活脱脱像机器人附身了。

在操场上碰到路鸣的时候，我刚跟丁未远大吵了一架。我实在受不了两人之间僵持的关系了，主动低三下四地找他求和。他竟然不领情，还说我是因为内疚才去找他的。

我内疚什么啊？真是搞不懂他。

"那你要我怎样？"我问道。

"和路鸣绝交！"他斩钉截铁地回答道。

"丁未远，你真的疯了！"说完这句之后，我扭头就走了。

路鸣一直叫了我三遍，我才听到。看到笑得满面春风的路鸣，我的心却像是被冰冻过一般，虽然不肯认同丁未远的话跟路鸣绝交，但是我想，我以后还是得跟他保持一点距离才好。再怎么说，丁未远也跟我认识了这么多年，我不能因为有了新朋友就忘了老朋友啊。

于是我迎上去，对路鸣说："咱们以后还是少来往吧。"

"这是怎么了啊，迟歌？"路鸣脸上的笑一瞬间就消失了，转而变成了不解的神情。

"你就别多问了，总之我们还是朋友，只不过需要避避嫌。"我僵硬地说道。

"是不是洛承欢又来找你了？"他问。

"跟她没关系！"

"那是因为丁未远咯？"他忽然又笑起来。

"不，不是。"因为心里所想被路鸣看穿了，我说话也变得结巴起来。

"其实丁未远想得没错，我的确是喜欢你，并且是从见到你的第一眼开始，就喜欢上了。不过你也不用担心，我不会强迫你什么的。"他的语气很平缓，不像是在跟我开玩笑。

我看着路鸣的脸，他的眼神深邃，像一只凶猛的豹，盯得我头皮发麻。不知道该怎么接下去，于是我对他说："我就当你是在开玩笑，我先走了。"说完，我头也不回地朝操场边上走去。

路鸣没有追上来，只听到他在后面大声地说："蔚迟歌,我从来都没跟你开玩笑，我只是想让你知道，我，路鸣，真的很喜欢你！"他的声音不小，操场上那么多来来回回路过的人，一定都听到了。

这时，我才开始慌张起来。

他这不是公然在向我表白吗？如果这些让丁未远知道，那我肯定完了！估计我们多年的朋友都没得做了。

我带着一颗忐忑的心去找麦子文。

他正在和麦子枫在医院的病房里吃饭，见到我之后，便问道："怎么你一个人过来了，丁未远呢？"

"他、他有事。"我随口回答。

"哦，那吃点饭吧，今天刚好多带了一份饭。"麦子文说道。

"不用了，我吃过了，你们先吃吧。"

等他们吃完饭，麦子文去洗碗的时候，我才告诉他，路鸣在操场上向我表白的事。

"丁未远知道吗？"麦子文的第一反应我也猜到了。

"现在还不知道，估计明天就知道了，因为当时操场上有那么多人呢！"我的内心又变得忐忑起来。

"那你先别告诉他，他最近也挺与世隔绝的，有可能不会那么早知道，你怎么想的呢？"

"我……我也不知道！"

"你喜欢路鸣吗？"麦子文忽然问道。

"不……不知道！"

见我没有当即否定，麦子文又继续说道："其实呢，喜欢一个人也是悄无声息的，有可能你自己都不知道，路鸣人其实挺不错的，之前我让你不要接近他，是怕他伤害到你，当然也跟诸如洛承欢之类的那些他的前任女朋友有关系，你也知道，一个人如果不清白，总会遭来麻烦的。不过现在看来，他对你也是认真的，既然敢当众对你表白，肯定也是鼓起了很大的勇气。你自己要考虑清楚。"

"我……我真的……我真的不知道是否喜欢他呢！"我断断续续地说道。

"那么你就先按兵不动吧，时间自然会给你一个答案的。"

也只能让时间来审视我的内心了，一边是朋友，一边是有点好感的男生，怎么选择都很棘手。

麦子文说得对，通过我和路鸣的接触，我也能够感觉到他对我是真心的。以前觉得那份好可能只是朋友的好，但当他第一次说出喜欢的时候，我就隐约感觉到，那好的成分里多了一些东西，一些我说不清道不明的东西。

而现在看来，那些从前看不透的东西，应该就是喜欢吧。

但对于这份喜欢，我却无法及时消受。因为连我自己都没有弄清楚，我对路鸣的感觉到底是怎样的一种成分。

以前不清楚，现在仍旧不清楚。

只能走一步算一步了。

05

如我所料，第二天丁未远就来问我了。

"路鸣跟你表白了？"他不咸不淡地问道。

"嗯，也许是他开玩笑的。"我解释道。

"开玩笑？我看你才是在跟我开玩笑吧。"他不屑地说道。

"丁未远，不是你想的那样，再说我也没有答应他啊。"

"呱呱，其实我也并不是要阻拦你，但是就是心里特别不舒服，你从小就跟咱仨一块玩的，现在有人突然要将你抢走，我当然不能接受！我希望我们四个永远这么好下去！"他的声音忽然变得柔软起来。

"我知道，但是我也没有想过要答应他，你不也有好几个女生追吗？这不就是一样的道理。"

丁未远不再说话了，他转过头看着远处的天空，若有所思的样子。

"这段时间以来，我一直都想跟你说清楚，我真的只是把路鸣当成朋友，但每次跟你说，你都一副不屑的样子，好像我欠了你十万块似的，现在我都一下跟你说完，你也别乱想了。我们四个以前是朋友，以后也还会是朋友，永远都是朋友！"

"嗯。"丁未远应了一声，便径直走进了教室。

看着他落寞的背影，我忽然变得难过起来。想起以前丁未远在我身边吊儿郎当的样子，想起他为我买吃的的样子，想起他为我出气的样子……鼻子就发酸。

但我还是止住了眼泪，我不想让他再为我担心。

我觉得我会处理好和路鸣之间的关系的。

下午我去找路鸣，在教学楼的天台上。

路鸣如约而至，他走过来的时候，逆光中他样子格外好看。我的心忽然一软，快到嘴边的话，又被我吞了回去。

本来我是想见到他就告诉他，我们以后不要再来往的。

但此情此景，让我做了另外的决定。

我想先听听他的意见。

"我知道你会找我的。"他走过来，靠在栏杆上，淡淡地说。

我没有说话，只是看着他，午后的阳光照在他的脸上，能够清晰地看到那些细密的绒毛，这代表年轻。

"迟歌，不管你跟我说什么，也改变不了我喜欢你的想法，真的。以前我跟那么多女生谈过，都没这次动情得深，唯有你，让我觉得以前的时光都是荒废掉的。认识了你之后，我才开始真正地活过来。"说完，他点了一根烟。

我表面沉默着，内心却是排山倒海。面对这样的话，我思绪万千，连组织语言的能力都丧失了。

"迟歌，你记得吗？那次在咖啡馆里，我跟你说的那些，我觉得以后都会实现的。我想跟你一起环游世界，我想把最好的都给你，我想让你变成最幸福的人。"他吐了一口烟，接着说，"以前我不懂得什么是爱情，现在我懂了，请给我一个机会，好吗？"

我这个人最怕的就是煽情，而且是男生的煽情。以前看电视剧，看到大结局男主角对女主角说出那些惊天地泣鬼神的话，我都会哭得眼睛红肿。

那时候丁未远还常常笑我："你跟着哭什么呢？又没人对你说这些。"

的确，那个时候，我哭只是因为感动，替剧里的女主角感到幸福。

然而现在，当一个男生真真实实地对我说出这番话，我却真不知道该怎么办了。

"迟歌，请给我一个机会好么？"路鸣又问道。

我转过身，看着远方，我曾经梦寐以求的事情真的发生了，但为何我却无法高兴起来呢？诚然感动是有的，但我知道，感动之余，还有其他牵绊。

不知道为何我想起了丁未远的脸，想起他对我说"我希望我们四个永远这么好下去"时候的眼神，有些伤感。

"对不起！"这是在我沉默良久之后，说出来的话。

我觉得，也只有这三个字能代表我此刻的心情。

我看到路鸣脸上的表情灰暗下去，失落、沮丧、难过，也许还有受挫之后的不甘。

"你不必惊讶,从小他就对你格外照顾,什么好的都愿意给你……"麦子文絮絮叨叨地说了好大一堆。

我听到后面什么都听不进去了,满脑子都回响着那句"我看丁未远八成是喜欢你",之前路鸣说过,现在连麦子文也这么说了。

我不得不开始去猜测这话的真实度。

晚上,我拨通了丁未远的电话。

因为怕尴尬,所以我没敢当面质问他。隔着电话,至少自己不会太紧张。

"你是不是喜欢我?"我忐忑地问。

"你想太多了吧,我喜欢谁也不可能喜欢你啊!你还真以为路鸣喜欢你,全世界的男生都喜欢你啊!自作多情!"丁未远在电话里冷冷地说。

也许真的是我想多了,那一刻,我觉得自尊心严重受到了打击。本来在问这句话之前,我就做了好久的思想斗争,因为我知道,一旦这话说出口,我们之间的关系肯定会受到影响。但如若我不问,要是真的如麦子文所说,那么丁未远肯定会恨我的。

我本想找个机会好好安抚他一下,毕竟我们的感情这么深厚。

可是当我听到他那些话之后,所有的歉意,或者说是所有的好意,都灰飞烟灭了。

我干吗要这么委屈自己呢?

我就不能有属于自己喜欢的人吗?

我就不能正正当当地谈一场恋爱吗?

06

我最终答应了路鸣的追求。

当然这样做的后果就是我和丁未远的友情彻底崩塌了。

那晚是我的生日,因为是周末,所以我们决定去 KTV 唱歌,本来之前就因为种种矛盾弄得关系不太好,所以我也正想就此来缓解一下局面。

KTV里只有我，丁未远，麦子文三个人。

气氛虽然一度很尴尬，但好在有麦子文这个中间人在场，几首歌之后，大家也都融到了一起。我们点了一点啤酒，但多数还是丁未远和麦子文在喝，我也就只顾拿着话筒一首接一首地唱。

偶尔丁未远会夺过话筒唱几首周杰伦。麦子文却不太喜欢唱歌，拿他的话说就是：我天生五音不全，连给你们摇铃都还老是找不到节奏，所以你们就别勉强我了。

三个小时过得挺快，还剩最后四首歌的时候，包厢的门突然被推开了。

一个硕大的蛋糕被推了进来，推车的人是路鸣，身后还闹闹嚷嚷地跟了他的好些哥们。

"迟歌，生日快乐！"他把一束玫瑰花递给我。

我愣在当场，被这样的情况吓得连话都说不出来了。

丁未远和麦子文在旁边一言不发，看着他们热热闹闹地为我点蜡烛、蛋糕。

许愿的时候，我半蹲在那里，偷偷看了一眼丁未远，他正埋头把玩手机。

许完愿之后，大家一起吹灭了蜡烛，当然大家里面不包括丁未远和麦子文。

"好了，迟歌，你快乐就好了，我们先撤了啊！"说完，路鸣就转身欲走。

突然一个身影从我眼前飘过，直接冲到了路鸣后面，一下就直接将他按到了地上。

三秒之后，我才反应过来那个冲上去的身影是丁未远。我和麦子文赶紧跑过去，想要将他们拖开。

"你想打就打吧，打够了，我就可以心安理得地跟迟歌在一起了。"路鸣躺在地上，虽然脸上的表情很痛苦，但说话的语气还是很淡定。

丁未远二话没说，一个拳头就砸到了他额角，有血丝慢慢地渗透出来。

我大叫丁未远的名字，可是此刻的他完全不听任何人的劝阻。

费了好大功夫，我们几个人才将丁未远拖起来。他脸上有着视死如归的表情，恶狠狠地盯着路鸣。

路鸣被朋友拖离了包房，随之赶来的服务生收拾了地上的残局。

走出KTV，我给路鸣发了个信息，问他有没有事。

很快他的短信回过来：没事，放心。

深夜的大马路很空旷，有洒水车经过，我们没有躲避，任水珠喷洒在身上，依稀还听到开车的大叔探出头说了句："以后少喝点呗！"

的确，我们现在的样子也够狼狈的。

因为没有一个人开口说话，所以这夜显得更加寂静，只有鞋子踩在地上发出"啪嗒""啪嗒"的声音，远处传来**窸窸窣窣的**虫鸣。

走到一半，丁未远突然一屁股坐到了马路牙子上。

我和麦子文都停下了脚步，然后我们发现，丁未远是在哭。起初是抽泣，后面变成了号啕。

男生哭跟女生哭是不一样的，即使是号啕，哭声也是很干涩的。

我站到丁未远的身边，想要拉他起来。

没想到，他一把打掉了我的手。

"你滚吧！"丁未远大吼一声。

然后，我真的滚了，并且是以百米冲刺的速度滚的。

我在马路上狂奔，身体开始燥热，汗水顺着我的背脊往下流。我真想就这样一直跑下去，跑得越远越好，离开这个纷纷扰扰的地方。

眼泪一直往下掉，我仰起头，好让泪水不再流出来，却一不小心被一块石头绊倒。

倒下去的一瞬间，天旋地转，世界仿佛在一瞬间坍塌了。

醒来之后，是在路鸣的家里。

我不知道，他是怎么找到我的，我也不知道他是费了多大的力气才将我弄回来的。此时此刻，看到他一脸疲惫，我满心都是感动。

"你一夜没睡吗？"我轻轻地问道。

他点了点头。清晨的阳光，从窗户外照射进来，刚好打在他的后面，仿佛神灵，神圣而美好。

我的眼泪再度夺眶而出。

他赶紧伸手将我的眼泪拂去，然后用手握着我的手。

他的手像一片巨大的树叶，轻轻地将我包裹，我仿佛能够感受到血液流过血管的声音。他低头看着我的时候，眼神也极尽温柔。

然后，他吻了我。

那个吻，轻得像一声叹息，却又重得像大雪倾城。

我像被电流击中一般，脑子短路了好几秒。

反应过来之后，他已经起身去为我拿吃的了。

我不敢再去回味那片刻的温柔，极力让脑子想点别的，视线在房间里逡巡。

我躺在床上，看着属于他的卧室——墙面是很干净柔和的白色，每一件家具都很考究，也很简洁，看得出来价值不菲。

07

丁未远现在已经变得看到我之后，会像看到仇人一样避开我了。而我，也再不会像从前那般低三下四地去找他求和了。

我们之间的关系，从一开始裂开一道小口，到现在已经变成了不可逾越的鸿沟。

麦子文来找过我几次，试图说服我去和丁未远和好。

但都被我生生拒绝。

直到现在，我仍旧不肯原谅丁未远对我说出的那声滚。以前再怎么吵架，再怎么不济的话，也不会像这声滚一样让我心如死灰。

虽然从前我也老让他滚，而且他还会开玩笑地说你让我滚远了，到时候就滚不回来了。

但我明白，这次跟以往任何一次都不同。

就好比有人拿刀在我心上割开了一道口子，再也无法愈合了。

我不再愿意去想从前我们快乐的时光，那些如幻影般的日子被我刻意封存起来。

我每天都和路鸣在一起。

他待我极好，就像他之前承诺过的那样，他可以给我幸福。

走在学校里，也有人指指点点，大意是说我是个重色轻友的人。但又有什么关系呢？我从来都不是个在意别人眼光的人。

我只知道，现在的我没有了丁未远的友情，依旧可以过得很快乐。

我也越来越发现，我对路鸣的感情变得深重。

起初，我以为那只是和丁未远赌气，加上路鸣的确用心良苦。

而和他相处下来，我才知道，我是真心有些喜欢。

路鸣喜欢邀我去他家做客，把我介绍给他的每一个朋友，甚至还在朋友面前叫我"老婆"！

一开始我不习惯，后来也就慢慢适应了，看着他宠溺我的样子，仿佛看到了今后我们生活在一起的时光。

那种像亲情一样的祥和气氛，逐渐充盈了我的整颗心。

高二结束前，我和麦子文认认真真地谈过一次。

谈到关于友情，关于爱，关于生死。

在他租住的那间小屋里，我们席地而坐，风扇的声音"扑哧扑哧"作响，电视里有广告的声响。

"迟歌，你真的不再和丁未远做朋友了吗？"麦子文开了一罐啤酒喝着。

"其实事情发展到这一步，也是我意料之外的，路鸣对我真的很好，只是丁未远把他想得太坏了。"

"我私底下也跟他说过好多回，但他就是不肯低头认错，就当他是小孩子不懂事吧。本来我哥和凌羽的事就让我对世界看得很淡漠了，加上丁未远又这么一闹，我更是觉得生活没有太大的意思。"他缓缓地说。

这好像是我印象中第二次听到麦子文提到活着没意思。麦子文这个人的心思很细，很多事情容易想太多，这是大家都知道的。

小时候，我就觉得麦子文好像跟丁未远和他哥有些不同，因为他比起他们，更加细腻，更加敏感。有时候，我甚至觉得他像我的一个姐妹。

当然，这些我也从未对任何人说起过。

"我们都会慢慢长大，都会有各自的生活的。"我说。

"其实我更希望有一部时光机，然后我们都回到小时候，那时候多开心啊，无忧无虑的，什么都不用想。唉，那时候真好，时光一去不复返啊！"麦子文感叹起来。

那一夜，我们聊了很久，聊到最后，我的心都是干涸的。

像是久未灌溉的农田，干成了一条条的裂缝。

我答应麦子文，过些时日，等丁未远冷静了，我就去和他好好谈谈。

暑假，我再次去了成都，而这一次，我是和路鸣一起去的。

那些风景没有太大变化，只是身边早已不是当时的人。上一次来是兴奋和激动，而这一次，更多的是平静和喜悦。

我们逛街，吃小吃，坐在路边喝茶，享受成都的慢生活。

很巧的是，在一个茶馆里我竟然碰到了玛丽，就是去年跟团去峨眉山认识的外国友人。她先认出我，大老远就喊我的名字："迟歌，迟歌！"

我循声望去，看到她，她比去年要胖了些，头发剪短了，笑容依旧很亲切。

"这是你男朋友吗？呵呵。"她笑着问我。

我点点头，向他介绍路鸣，并且和她一起吃了晚饭。

聊起去年的时光，总觉得恍如隔世，好像昨天才发生过一样。

玛丽告诉我，她这次要去西藏。我是不可能一起去的，因为我心脏不太好，受不了高原反应。

她要了我的电话和地址，说到时候会给我寄明信片。

送别了玛丽，我决定和路鸣再去一趟峨眉山。

这一次因为是夏天，所以满山都是葱郁的绿色。到达峨眉山山脚，我们没有选择坐索道上山，而是改为步行。没有了导游的束缚，我们慢悠悠地享受着自由闲散的时光。

上山的路并不崎岖，都是蜿蜒的公路。我们有一搭没一搭地说着话，时不时拿出相机为对方拍照。

路过每一座庙，我们都会进去拜拜。看着路鸣像个虔诚的僧人跪在地上，我就在旁边偷偷发笑。

这一路的风景，都被我们收留在眼里。可当最终爬上山顶，看着云霭浮动之时，我却有种不知身在何处的感觉。

此时，路鸣也不知去向，大抵是跑去买吃的了。

我在路边坐下来，就这么静静地坐着，看着那些浮动的云。风吹在脸上，有些冰凉，也许是冷空气作祟，我的心脏开始微微地疼。

疼痛让我思考，回忆带来一阵阵的心酸。

往日的山水，往日的人烟，我却再也找不到曾经踏过的足迹。

我还记得去年，在人群中看到那个酷似丁未远背影的男生。第二天丁未远就出现在了我眼前，像一个奇迹一般，我激动得一个晚上都没睡着。

而今时今日，他在做什么？我都不得而知。

我想打个电话过去，却害怕他不肯接听，最终作罢。

路鸣及时将我从回忆的深渊里唤了回来，他买了两根烤熟的玉米棒子，笑嘻嘻地递给我。看着他干净的笑容，我的心五味杂陈。

下山的时候，恰逢又遇一场暴雨。

夏日的雨与冬日的雨也是有区别的，天地间一片混沌，轰隆隆的雷声时不时地就在耳边响起。

回程的车上路鸣靠在我边上睡了过去。我看着窗外，一片模糊，眼睛有微微的干涩。而回头的瞬间，我看到的却是丁未远的侧脸。

Chapter 07

雌雄同体。

　　路鸣突然惊醒过来，看着满脸泪水的我，紧张地问道："迟歌，你怎么了？是不是哪里不舒服？"

　　听到他的声音，我才如梦初醒般回过神来。

　　眼前的人的的确确是路鸣，根本不是丁未远，甚至连一点丁未远的影子都没有。

　　那么刚才为什么我会看到丁未远的脸呢？

　　也许只是回忆作祟。

　　"刚做了个噩梦，吓醒了。"我的声音带着半分颤抖，不想让他有多余的想法。

　　路鸣伸出手将我的头揽过去，"别怕，有我在。"他轻轻地说。

　　我就那么靠着他的肩膀，心却始终无法平静。

　　雨下得太大，前方竟然有山体滑坡，所有的车都被堵在了路上。司机提前接到了电话，所以我们在一个中转站下车休息。看样子得等雨停了，然后等抢险施工人员来把泥土和石头清走了之后才能继续前行。

　　因为堵车，所以附近的餐馆人满为患。

　　路鸣一直问我饿不饿，因为想到下午就可以到达成都市区，所以我们也并未买多余的干粮，每人只要了一瓶水。

我跟着他进了一家便利店，是建在加油站旁边的。因为往来的都是长途跋涉的司机，所以里面的东西品种也很单一，都是些能够充饥的食物和生活小用品。

一人买了一桶泡面，站在便利店门口看着这漫天大雨，一边吃泡面一边听便利店里放着的流行歌。

吃完泡面，雨仍旧没有要停下来的意思。

有人在便利店里玩起了扑克，这样糟糕的天气，加上突发状况，店员也没有多说什么。不过这样也算是增加了他们的人气，因为前来光顾的人络绎不绝。

路上的车子已经连成了长龙，人也渐渐堆积起来。

我们靠在屋檐下发呆。

路鸣或许真的是有些疲惫，平日里爱说话的他，此刻格外的安静。因为我们之前上山下山全部是步行，所以体力都消耗得差不多了。

我数着雨水顺着屋檐滴在地上溅起的一朵又一朵水花，数到九十九的时候，路鸣突然转头问我："听说丁未远恋爱了，你知道吗？"

"什么？"雨声太大，我怀疑我听错了话。

"丁未远好像恋爱了，不过我也只是听说。"他又重复了一遍。

"呵呵，管他呢！"我挤出一个笑容。

但我的心却再也无法平静，脑海中浮现出丁未远那张嬉皮笑脸的脸，身边还站着一个如花似玉的姑娘，那样子要多滑稽有多滑稽。我尽量想象他们一点都不般配，把各种不堪的画面都想尽了，但最后，我还是不得不承认，丁未远身边站了一个姑娘。

借着上厕所的机会，我拨通了丁未远的电话。虽然心里忐忑和犹豫，但我还是想第一时间揭晓答案。

不然，我的这颗心是不会安定的。

电话响了好几声，没人接听。我在心里咒骂起来：这个小气鬼，到现在还不肯和我说话，难道真要我在你面前苦苦哀求，你才肯原谅我吗？

正当我准备挂掉的时候，手机提示电话接通了。

"丁未远，你要死啊，怎么这么久才接电话。"我故意用这样的口吻跟他说话，以掩饰我内心的慌张。

"呃……丁未远现在不在……你是谁啊？我等会让他回拨给你。"是一个女生的声音，而且声音听上去还很甜美。

我捏着手机的手开始颤抖起来，慌忙说道："没事、没事，就这样啊……拜拜！"挂掉电话之后，盯着屏幕看了好几秒。电话簿里丁未远的名字被我设置成丁丁，以前丁未远问过我，干吗要弄成丁丁，好像很没有分量的感觉。

其实，我没有告诉他，丁丁两个字很像两把雨伞，并排在一起表示不离不弃。当然这是我一个人的理解，至于他怎么想的，我不得而知。

片刻之后，我又拨通了麦子文的电话，"丁未远那家伙是不是真的恋爱了啊？"我的语气很轻松，全然没有之前的颓丧。

"你也知道了啊？呵呵，他还说让我保密呢！"麦子文轻快地说道。

"我也就问问。"说出来，才发现自己有点做贼心虚。

"对了，你什么时候回来呢？感觉好久都没有看到你了。"

"再过几天吧……"话还没说完，手机就因为没电自动关机了。

握着手机，我愣怔了好久。

丁未远真的谈恋爱了，可为什么我内心里有一点点失落呢？

想起以前玩过家家的时候，丁未远老是要扮演爸爸的角色，而只有我能扮演妈妈，所以每次我都极不情愿。那时候丁未远一副不屑的表情说："哼，以后我会找很多人来做妈妈的！"

虽然那只是一个不懂事的孩子的赌气之词，但如今回想起来，心中却有一股淡淡的哀愁。

我也曾对丁未远说过："以后你的女朋友，可要先通过我的考核哦。那种凶巴巴的女生不能要，还有，如果她会吃我的醋，也不能要。"

想起这些，我的嘴角浮起了一丝笑意，但笑着笑着，却发现有水珠滚落到我脸庞，温热的带着一丁点咸味。

路鸣在外面大声地叫着我的名字，出去之后，我才发现我竟然在厕所待了差不多快半小时。

"我还以为你出什么事了,电话也关机了!"路鸣的脸上写满了紧张。

"刚跟我妈打电话聊了会天,后来就没电了。"

"下次一定要记得充电,快点,前面的路好像疏通了,一车的人都在等着我们呢!"

再次坐上车,大家都在七嘴八舌地聊天。

很快,路鸣就睡过去了。

此时,雨已经变得小了,有风灌进来,带着一些泥土的清香。在这若有若无的香气中我也沉沉地睡了过去。

02

一下火车,我就和路鸣匆匆告别,然后拦了个的士,直奔回小区。我没有第一时间回家,而是去了丁未远的家。

我把门敲得噼啪作响,我知道,这么早他肯定还在埋头大睡,但我不管了,我已经迫不及待想要拷问他了。

过了好久,我才听到里面有拖鞋的声音,然后门缓缓打开了。

站在我面前的不是丁未远,而是一个活脱脱的女生,说女人还不恰当,却是一个貌美如花的女生!似曾相识,好面熟的一张脸!

我吓了一跳,心里想着,丁未远这不怕死的家伙竟然将女生带回家里来了,胆子到底是有多大啊。

"请问你找谁?"女生温言软语地问道。

"那个……请问丁未远在家吗?"在她面前,我觉得自己太没底气了,连说话的声音都有些颤抖。

"他还在睡觉呢!你找他有什么事吗?"

"你是谁啊?"我不知道哪里来的勇气,说完之后就径直进了屋。

"我是他女朋友杜柠,请问你是哪位?"

"我是他的青梅竹马,蔚迟歌。"

两个人就这么盯着对方,好像眼睛里都快喷出火来。

这个时候，丁未远的及时出现化解了一场火山爆发。

"呱呱，你怎么这么快就回来了？我给你介绍，这是杜柠，我刚交的女朋友。我还说到时候一起去火车站接你呢，没想到你这么快就回来了，是驾着风火轮回来的吗？"丁未远一脸欠揍的表情，说话噼里啪啦的像是打字机。

我没心思跟他扯，仍旧盯着那个叫做杜柠的女生，在心里早就将她千刀万剐了。

当"狐狸精"三个字从我脑海中跳跃出来的时候，我下意识地站到了丁未远面前。

"你不能跟她在一起！"我回头看了一眼丁未远。

"为什么？呱呱！"丁未远满脸不解，"杜柠可是个很好的女生呢！"

"我又不是十万个为什么，总之我说你们不能在一起就是不能在一起。"

杜柠见我来者不善，就一个人知趣地回了卧室。

我和丁未远坐在沙发上，像是要进行一场紧张的谈判，周围的空气似乎都凝固了。

"你从实招来你们时候在一起的？"

"也没多久，具体时间我也忘了。"丁未远直接躺在了沙发上。

"这怎么能忘呢，这可是重要的纪念日啊。"说出这句话之后，我才醒悟我来的目的是要拆散他们的，于是又接着说，"趁早分了吧，这样的女生不靠谱，你看她的眼睛又细又长，要是在古代保准是个狐狸精！"

"我看你才是狐狸精，那叫有灵气，你懂个什么啊！"

"那你是真的喜欢她？"

"当然咯，不然干嘛带她回家啊。"

听到回家两个字，我的脑子顿时飞速转起来，很多不雅的画面在我眼前像放电影般飘过。"那，那你爸妈知道么？"

"当然，他们都很喜欢她呢！"丁未远露出一副得意十足的样子。

我彻底晕了，丁未远的爸妈啥时候这么开放了？他现在还只是个高中生啊，谈个恋爱还情有可原，这带回家的事，要是放在我家早被我妈打死了吧。

"我觉得你不喜欢她！"

"为什么？"

又来了，看来真把我当成十万个为什么了。"我觉得是这样的。"我想了半天，也没说出一个理由。

按理说，杜柠那样的女生是人见人爱的典范啊，别说丁未远了，要是我是男生也一定会追她吧。

可我的心不准我这样假设，我只能想方设法打消丁未远想要继续跟她在一起的念头！

"你不是说过要跟我们三个在一起的么！"我开始搬出两根救命稻草了。

"那你还不是跟路鸣谈恋爱了。"

"我……我……我那是谈着玩的。"

"呱呱，别逗了，我们都不是小孩子了，恋爱还有谈着玩的么？"

我忘记我是怎么和杜柠撕扯起来的了，只记得她的力气还真不小，别看她身材瘦瘦小小的，使起劲来感觉能推倒两个我。

当然了，我也不是省油的灯，从小和丁未远他们摸爬滚打惯了，再用上吃奶的力气，也算是势均力敌了。

丁未远那个没良心的竟然站在旁边看好戏。

他不出手帮杜柠，也没出手帮我，就这么静静地坐在沙发上看着我们，看着我们互相残杀、两败俱伤。

最后还是路鸣出现，将我和杜柠分开了。

我看着路鸣，心里就跟吃了爆竹一样，"啪啪啪"全炸开了花。我要怎么跟他解释，我来这里的目的呢？

不甘？

不忍？

还是舍不得？

在下火车的时候，他本来执意要送我回家，我骗他我爸会来接我。没想到，我现在却出现在了丁未远的家里。

路鸣是一路跟踪过来的吗？

"走吧，我送你回家。"路鸣轻声说。

"哦。"我点点头，心里很是不安。

就在我们走到门口的那一刻，我竟然听到了杜柠说了声："真不要脸！"

我的怒火再度被燃起，也不顾路鸣的拉扯，冲到她面前起手就是一个耳光。打完之后，我自己也愣了，估计是用力太猛，她的脸上顿时出现了五个手指印。

她"哇"一下就哭了，并且适时地躲进了丁未远的怀里。

可她越是这样，我越是不解气，准备对她再次开火。

丁未远死死地护着她，我也拼了非要将她拉出来，就在我们拉扯得不可开交的时候，我听到了路鸣叫我的声音。

"迟歌！"

我没理会。

"迟歌，迟歌！"他还在叫。

我一回头，重心不稳，一个踉跄就往地上栽去了。

地上为什么那么柔软呢？我一抬头，看到的是路鸣的脸！我竟然靠在他的怀里睡着了！！！

"迟歌，你醒了啊，是不是做噩梦了？刚才你一直在乱动，还在叫着什么狐狸精。"

我猛地一下坐起来，揉揉眼睛，眼前的确是路鸣，我们还在回成都的大巴上。

原来只是一个梦！

还好只是一个梦！！！

我再度为自己捏了一把冷汗。

03

回到永乐城之后，我仍旧没有见过丁未远，他也没有来找过我，但我却时常想起那个梦。

睡不着的夜里，我反复地回想那个梦。我觉得不对劲，那个女生的轮廓明明是我很熟悉的，可是任凭我想破了脑袋，我也想不出她是谁。

直到我去找麦子文，才恍然大悟。

我出门的时候，天气还好好的，可刚走到麦子文住的地方楼下，就变天了。乌云像马戏团舞台上垂下的幕布，将整个城市笼罩得暗淡无光。

我敲了敲门，没人应，难道他出门了么？可之前我们还在电话里约好的啊。

我又拨通了麦子文的电话，他告诉我他在楼下花圃里种花。

说是花圃，其实不过是一个破败不堪的院子，因为一楼的住户已经搬走多年，所以院子也一并空了出来。

之前麦子文就说过，想到院子里去种点花草，陶冶下情操，没想到他还真的如实行动了。

我跑下六楼，站在院子门口看着麦子文的身影，他正蹲在一盆花的前面，似在给花修枝。

我喊了一声，他便回过了头。

这一回头，我就内心忽然哆嗦了一下。

昏昏沉沉的天色，他的脸显得不太真实。

可这张脸，分明就是我在梦里见到的杜柠那张脸啊。

这怎么可能？

"迟歌，你咋了，干吗不进来呢？"麦子文的声音唤醒了我。

"哦，没事，花种得怎么样了？"我踏进院子，站在他的旁边。

他一边修着花一边说话："我是种着玩儿的，不太会，之前都死了好几盆呢。"

"对了，你知道杜柠么？"不知为何，我忽然问出这样的话来。

"杜柠？"他有些诧异。

"我就是帮路鸣的朋友打听打听，好像在找这么一个女生。"我赶紧编了一个理由。

"杜柠不认识，倒是知道杜喜。"

"杜喜又是谁？"

"就是喜欢丁未远的那个女生呗。"

"哦，他最近怎样啊？"我顺势问道。

"日子过得潇洒呢，天天跟杜喜约会，别提有多风光了。"

难道是冥冥之中有注定么?

连梦里的女孩都姓杜。

可是为什么她却有着麦子文的轮廓呢?既然有他的轮廓,那么我不会应该认不出啊。一定是梦境太错乱了,或者是我记错了什么,我这样说服自己。

八月初的时候,路鸣告诉我说,他去办了张游泳卡,叫我一起去游泳。因为是盛夏,游泳馆的人非常多,而且这个游泳馆是市里最好的,所以什么都很正规,池子也挺大的。

换好游泳衣,我和路鸣就下水了。

路鸣是个游泳能手,水里的他像一只海豚,轻巧的转身,以及全速冲刺。

我泡在水里,看着路鸣游远,不由得有些失落,想起和丁未远一起学游泳的时候,他半步都不会离开自己,而路鸣呢?却全然不顾我。

越想越气,猛地扎进水里,将头埋进水里的时候,周遭都是蓝色的。那一秒,我的心跳加速,好像所有的水都幻化成魔鬼的爪子,向我扑来。

一瞬间吓得乱了方寸,要命的是这个时候居然小腿抽筋,而此时我连叫路鸣的力气都没有。就在我觉得自己快没了呼吸的时候,一双有力的大手将我从水里拖出了水面。

那双手,仿若上帝之手,让我从死亡的边缘逃了出来。

"蔚呱呱,你没事吧?"一个男生的声音响起。

睁开眼睛,那张脸真的是太熟悉不过了。

"丁未远!"我都快哭了。

"你是不是被吓傻了啊,躺在地上干啥?"说完之后,丁未远转身就要离开。

我"嗖"地一下从地上爬了起来,然后大声喊了句:"丁未远,你给我站住!"

没想到我的话对他来说还是有威慑力的。

他的停住了脚步,回过头来,一脸严肃地说:"你已经没有生命危险了,还有什么吩咐吗?"

"我有点呛水,你得在旁边看着我。"

后来,丁未远告诉我,他是来这里做兼职救生员的。什么时候他技术都好到可以靠这个赚钱了?这其中的变化,我不得而知。

但作为一个救生员，他必须得按我说的做。

于是我就泡在水里，什么都不做。

丁未远就在岸边看着我，估计他心里早就把我剥皮，然后开膛破肚了吧。

"要不要叫丁未远晚上一起吃个饭。"路鸣问我。

"好啊。"

"那我去跟他说咯。"说完，路鸣就出了泳池，站在岸边和丁未远说起话来。

因为离得不是很近，所以我也听不到他们说了些什么。不过看两人的脸色还是蛮愉悦的，应该不会遭到拒绝吧。

没一会，丁未远就转身走向更衣室那边了，路鸣回头朝我比了个OK的手势。

路鸣请我们吃韩国料理，到了之后，丁未远说他还有个一朋友要来。

我和路鸣坐在一起，丁未远坐在对面，他时不时地拿出手机看看，好像一刻都不能错过手机来电。

"你叫的谁啊？"我问。

"你又不认识，问那么多干吗？"

"不认识就不能问问啊，真是的。"我没好气地低头翻看菜单去了。

十分钟后，丁未远的手机响了，然后他跑出了餐厅，领了一个女生进来。

"这是杜喜。"丁未远说。

"路鸣。"

"蔚迟歌。"

我们各自说了自己的名字。

其实不用问我也知道丁未远叫的人会是杜喜，但心里却还是想听到不一样的答案。

如今杜喜已经来了，我也不能坐以待毙。我一直打量着她，跟我梦里见到的那个女孩，完全是两种风格的，很中性，眉目间透着俊朗，个子还挺高的。

我发现她是个左撇子，在吃饭的时候，胳膊老是会碰到丁未远的胳膊。

吃完料理，杜喜还故作体贴地给丁未远擦嘴巴，看得我有点反胃。本想打击一下丁未远的，但这毕竟是初次跟杜喜见面，所以还是给她留点好印象吧。

总之这顿饭吃得相当别扭，应该不会再有下次了吧，我在心里想着。

04

经过我的打听，发现杜喜根本就不是我们学校的学生，而之前那些追求丁未远的女生，最终不过都是过眼云烟。

而这个杜喜和丁未远又是怎么认识的呢？

问丁未远是不可能得到满意答案。

所以只能从麦子文那里下手了。

抽了一个周末，我约好麦子文一起去看电影。其实跟路鸣谈恋爱之后，就很少和麦子文他们有什么活动了，加上跟丁未远关系闹僵更是没有机会。

但不管怎么说，麦子文和丁未远现在还是走得近一点。

看什么电影并不重要，所以我们是到了电影院才买票的。随便选了一场，我们就端着爆米花进场了。

仍旧是烂俗到底的剧情，导演想在后半部分来个无间道，却不知道是因为编剧脑袋短路了，还是考虑到胶片不够，总之刚刚来到高潮，就草草收场了。

我一边骂着导演一边跟着麦子文往外走。

"我有点饿了，不如去吃点东西吧。"我提议道。

"嗯，正好我也有点饿了。"

我们去了附近江边的大排档，点了汤包和龙虾，我还执意要了两瓶冰冻啤酒。

"怎么现在变成酒仙了？"麦子文笑着说。

"今晚特别想喝。"

打开啤酒，冰凉的气体就扑鼻而来。我们也没有要杯子，一人举着一瓶就开喝起来。

我心里清楚，喝酒不过是想给自己壮壮胆子。因为有些话，在我清醒之时，真的很难问出口。

果然半瓶啤酒下肚，我就开始有些飘飘然了。

"你有事没？"见我脸色发红，并且说话有些结巴之后，麦子文连忙问道。

"没事，要不把丁未远也叫出来吧？"

"他应该不会来的。"

"也是，肯定跟杜喜在一起。"我很佩服自己，都喝到这个时候了，我还能清楚地记得她的名字。

"很有可能。"

"对了，他们是怎么认识的啊？"借着酒意，我开始切入主题。

"好像是在一个摄影会认识的吧。"

"摄影会？丁未远啥时候开始喜欢玩摄影了？还真是与时俱进，懂得装文艺啊。"我开始抬杠起来。

"我也不知道，反正他是这么告诉我的。"

"杜喜不是我们学校的吧？"

"嗯，是四中的。"

"四中我知道，里面有很多垃圾学生。当然我不是说杜喜，我也只是听说的……"我的舌头越来越捋不直了。

我去了一趟四中，但不是去找杜喜的，而是去找乔榛。

之前因为学校领导的干涉，乔榛和清捷都转到四中去了。因为四中不是重点高中，所以学校的管理制度也没那么严格。

他们转学之后，我们之间就甚少联系，只是过节的时候才会互相发个祝福短信。

但为了摸清杜喜的底细，我还是决定去找乔榛。虽然我不确定我们的交情是否还在，但不试一试又怎么知道结果呢！

四中在城郊，离我们学校还是有点距离。按照事先乔榛给我说的路线，连问带找，终于来到了四中的大门口。

乔榛等在门口处，远远就看到了我，她大声地喊着我的名字。

她变胖了一点，看来心宽体胖果然是真的啊，头发也留长了，现在看着更有女人味了。

"大老远的跑过来到底有什么事嘛？"乔榛问道。

"其实也没有什么大事情，我只是想找你打听一个人。"

"谁？"她有些诧异。

"杜喜你认识吗？"

"不认识，但是听说过，好像还是学校里的名人呢，在学校开过摄影展。你打听她干嘛啊？"

"待会慢慢跟你讲吧。"

乔榛把我带到了一家奶茶店，里面的冷气很充足，进去之后才稍微凉快了一点。

"你就在这里做兼职啊？"

"嗯啊，虽然放暑假没什么生意，但好在老板是个很随和的人，工资还是一分都没降。"乔榛说着，给我做了一大杯奶茶。

此时店里没有客人，所以我俩就像是在自己家里一样，随意地聊了起来。

"那你说说你打听杜喜的目的吧？"乔榛倒是比我还要着急一些。

"她现在是丁未远的女朋友。"

"不会吧？我一直以为丁未远喜欢的是你呢，怎么会跟她在一起了。"乔榛的嘴张得老大，那夸张的表情，一点也不亚于憨豆。

"看来你也这么觉得，实话告诉你，其实我自己都差点这么觉得呢，但是他根本就不喜欢我呀。"

"呵呵，看来青梅竹马最终都不会白头偕老啊！"乔榛呵呵笑起来。

"那你跟路鸣是怎么一回事？"她用双手托着下巴，做足一副八婆的姿态。

"你怎么知道的？"

"我就不能知道啊，虽然我不在一中了，但你们发生的事，我还是略有耳闻的。"

那个下午，我把这一年多来发生的事情，大致都讲给了乔榛听。一来是觉得乔榛跟我们以后也不会有太多的交集，所以并不担心她会说给别人听；二来也是因为自己的情绪压抑了太久，找个人倾诉出来或许会有所缓解。

当我将所有的事情都回忆了一遍，我才发现，其实我心里多多少少对丁未远还是有埋怨的。在跟路鸣在一起之前，我总觉得丁未远对我的好是理所应当的，就像小时候一样，他什么都得惯着我，我也没有觉得有什么不妥。

而当我跟路鸣恋爱了，丁未远的好就一下消失了，起初不习惯，到后来也慢慢适应了。但心中偶然想起，还是会觉得不公平。

凭什么呢？

不是说好是一辈子的朋友吗？

那么我们之间的友情就要葬送在爱情之外吗？

"放心，开学之后，我一定帮你打听的。"和乔榛道别的时候，她又强调了一遍。

05

伴随着酷暑的加重，暑假很快也过完了，又不能每天就这么宅着了。我一边抱怨，一边又充满了期待。因为开学之后，乔榛就可以帮我打探消息了。

开学第一天，乔榛就给我打来了电话。

"迟歌，我跟你讲，那个杜喜在我们学校还有个男朋友的，而且众人皆知。"

"你确定？"

"当然了，下周她又会在学校开个摄影展，要不你过来看看。"

"行！"

这真是一线情报啊！要是我现在跑去告诉丁未远，他肯定也不会相信我说的话，甚至还有可能还会说我血口喷人。

那么我只能先搜集证据了。

我开始在脑海里构思我要怎样将杜喜的卑鄙行径揭露给丁未远看，还翻出了家里好久没用的数码相机。那么我就可以拍下他们亲热的画面，直接丢给丁未远！

事实胜于雄辩，那个时候，他就应该没什么好说的了吧。

可是当我将一切都想得无比周全的时候，我才猛然醒悟，我这么做，仅仅只是想让丁未远难堪，遭受打击吗？

而做这些事情的本意却好像又不是这样的啊。

我越想越觉得可怕，难道我竟然喜欢丁未远？

这个想法进入脑海的时候，我犹如被雷劈中，整个人都快四分五裂了。

从前我思考的是他到底喜不喜欢我，而现在我却在担心我是不是喜欢他？

这真是一个好笑至极的玩笑啊！

无论如何，我还是要先把证据拿到手再说。

一周之后，我再次去到了四中，这次和乔榛一起来接我的还有清捷。

他们站在大树底下，宛若一对璧人。

"你们真是越来越般配了啊！"我笑呵呵地说。

"嘿嘿。"乔榛不好意思起来。

"走吧，摄影展已经开始了。"清捷说了声。

我跟着他们来到了一栋大楼里，一二楼是图书馆，三四楼是实验室，五楼是一个空旷的大教室，因为新修了教学楼，所以这里已经荒废了。

因此正好可以举办一些画展、摄影展之类的，场地也够大。

进去之后，到处都悬挂着照片，有人物摄影、风景摄影，还有些我看不出所以然的东西。

清捷在一旁嘀咕道："你们觉得好么？"

乔榛看了看我说："都是文艺青年爱好的！"

我和清捷不约而同地笑了起来。

每张照片的右下方都写了杜喜两个字，看来真的是她没错了。

来看摄影展的人也不少，原来大家都有着一颗文艺的心呐。

下午四点多的时候，杜喜出现了，跟着她来的还有一个男生。远远看去，那个男生起码有一米八，不用想也一定是运动健将。

有学生围过去向杜喜咨询一些摄影的技巧，那个男生就站在一边，掏出一根烟点上了。

我们站得有些远，但我还是能够看得清她的那张脸，的确是上次丁未远带来的女生。

"是她吧？"乔榛问。

我点点头。

"要不要用手机拍几张照片？"乔榛看着我，"我是说拍她和那个男生一起的。"

我这才想起我是带着数码相机来的，赶紧从包里掏出相机，找了一个比较隐秘的位置。恰好那些学生也逐渐散去，等他们站在一起说话的时候，我按下了快门。

走出大楼，乔榛和清捷说要送我去坐车。

我一再推辞，他们才做出让步，并嘱咐我路上小心点。

我一个人沿着校道往学校大门走去，他们背驰着回学生宿舍。穿过操场的时候，我还掏出相机看了一会儿。这下证据确凿，适当的时候应该会震住丁未远的吧！

当我还没走到校门口，就听到有人在叫我的名字，那声音有些迟疑，仿若带着一些不确定性。

我回头，是杜喜。

这次，她是一个人。

"咦，你怎么到我们学校来了？"她笑意吟吟地问道。

"我来找一个朋友。"事实上我也的确是来找了乔榛。

"我刚才在摄影展上看到你了，你对摄影也有兴趣？"她的语气很平淡。

"哦，正巧陪朋友去看的。"

"我听丁未远说你们之前关系很好呢，现在怎么变成这样了啊？好可惜！"她露出一副遗憾的表情。

可惜？我看你还可怜呢！心里虽然这么想，但嘴上说的却是："我们之间是有一些误会，其实关系还是很好的。"

"嗯，那就好，我有事。先走了啊，下次要是再来的话，可以先给我电话嘛！"说完，她就转身走了，没走几步又回过身来，"对了，下周我过生日，你也一起来吧，到时候我让丁未远叫你！"

看着她离去的背影，我整个人犹如一条晒干的咸鱼。

这个女生果然不简单啊！笑里藏刀、刀刀见血！

晚上，丁未远突然在Q上出现了。这个灰暗了许久的企鹅头像，一下变得鲜活起来，我都怀疑是不是我眼睛出了问题。

【呱呱，你什么时候开始做侦探了？】他发来这样的消息。

我心想，完了，肯定是那个杜喜告诉他在她们学校看到我了。

【什么侦探？】我反问道，虽然泄露了行踪，但我不能乱了阵脚。

【你少装了，等会在小区门口见吧，我要当面审问你这个侦探。】后面还附带了一把溅血的刀的表情。

我还没打字,他的头像就迅速暗淡了下去。

十分钟之后,我在小区门口见到了丁未远。

"你干吗老是跟我过不去呢?"大老远地他就开始说起来。

"我怎么了我?"我一脸无辜。

"之前吧,我不让你跟路鸣在一起,但是你死都不听我的,还是选择跟他在一起了。现在我跟杜喜在一起了,你就要开始报复我了,这样很好玩吗?"

"谁想要报复你啊,我也只是为你好!"我快被他气死了。

"你看你看,连措辞都一样,当初我不也是这么说的么。你就不能有点创意,换个样啊?"

"我只想问你,丁未远,你还相不相信我?"

"一半一半吧。"他瘪瘪嘴。

"那个杜喜,其实有男朋友。"

"你就编,继续编,你怎么不说她孩子都有了!"丁未远一下气急败坏,"我跟你说蔚呱呱,不要血口喷人!"他愤怒地走了。

我说吧,连台词都跟我设想的一模一样!

他简直没救了!

06

杜喜的生日派对,我也去参加了。实在忍受不了丁未远婆婆妈妈地拿我没人情味来说事:什么我有了路鸣就忘了他,什么见不得他好啊,什么嫉妒杜喜啊。

去就去吧,又不是去送死!

当然,我也叫上了路鸣陪我一起去。

杜喜果然是个文艺青年,就连聚会的地点也选得跟别人不同。不是去酒吧喝酒,也不是去KTV唱歌,更不是去大排档吃饭,而是要去一个黑黢黢的房间里面玩游戏。

丁未远说:"那是暗房,你懂么?洗照片的地方!"

"我看是病房吧!一群神经病。"我白他一眼。

暗房其实很小，只能容纳十个人左右，而且里面还堆了一堆乱七八糟的东西，所以更显得狭小。

他们事先买好了食物和酒水，人到齐了之后就开吃了。

我很意外的是，那天在摄影展上出现的男生，也就是乔榛告诉我是杜喜男朋友的人也来了。

她可真是胆大包天，竟然在丁未远的眼皮底下，公然带着自己的地下情人。

但我转念又一想，他们在一起不是众人皆知么？说不定丁未远才是地下情人呢！

反正我是怎么看他们怎么不顺眼。

那个男生为杜喜做这做那，丁未远那个瞎子一点都看不出来么？我都想冲过去给他几个耳光，好让他清醒一点了！

啤酒之前只买了一箱，可那个大个子简直就是个酒桶，"嗖嗖嗖"就全没了。丁未远说他出去买，我要跟着一起去，他也没拒绝。

"你脑袋是不是进水了，怎么一点头脑都没有啊？你看不出来，那个大个子男生不对劲么？"我急急地说道。

"没什么不对劲啊，挺好的啊，我看是你自己不对劲吧。"丁未远根本没空听我说话，抱着啤酒"吭哧吭哧"地喘着气。

我恨不得将乔榛拉出来对峙，然后让乔榛告诉他所有的真相！

但固执如他，到时候也一定会说是我收买了乔榛吧。

看来眼下，我得拿出我的杀手锏了。

再度回到狭窄的小破屋，我才不想称这里为暗房呢，密不透风，真是糟糕透了。

啤酒一瓶一瓶地被打开，他们个个都喝得很带劲，只有我一个人心事重重，却找不到一个人诉说。

吃到一半的时候，我说有些闷想出去吹吹风，然后逃离了那个鬼地方。

我给乔榛打了个电话，想问问她是否应该把照片给丁未远看。

"肯定要给啊，反正我是最受不了这种人的！"乔榛在那边愤慨道。

"我也想给，但是如果那样的话，丁未远岂不是太没面子了？"我说出了自己的担忧。

"比起欺骗，面子又能算什么呢？何况这算哪门子的面子！"

乔榛说的没错，与其让丁未远被蒙在鼓里，还不如让他及早抽身，虽然都会痛，但那样至少会轻很多吧。

我还想跟乔榛继续讨论下去的时候，路鸣出来了，我赶紧挂了电话。

"好些了没？"路鸣走过来，关切地问。

"嗯，好多了，进去吧？"

进去之后，就有人提议要玩国王游戏，因为之前没玩过，所以我也只能云里雾里地跟着大家瞎起哄了。

有人抽到了国王，然后要求杜喜和那个大个子男生接吻。

所有人都在旁边拍手起哄，连丁未远都把手拍得"噼啪"作响，眼看他们就要吻上了，我突然站起来，大吼一声："停！"

全场的人都愣住了，齐刷刷地把目光投向了我。

"呱呱，你干吗啊？玩游戏而已！"丁未远说。

"我实在是看不下去了！丁未远，你这个傻瓜！"我从包里翻出一个信封丢在地上。信封里装着的是那天我在摄影展上拍到的他们比较亲密的照片。

丁未远看着杜喜，她有一瞬间的愣怔，随即笑着说："其实我跟贺伟曾经的确在一起过，但我们性格真的不合适，所以早就分手了，现在我们只是朋友！"

"是的，我们只是朋友！"叫贺伟的大个子男生也说道。

"我就说嘛，杜喜怎么可能欺骗我呢！"丁未远看了看我，"你呀，以后就别再疑神疑鬼了，谁没有过一两个 EX 啊，那是不是后来的人都不活了呢？"

我被说得一愣一愣的，尴尬至极。

还是路鸣的一句话，才化解了这场尴尬，他起身说："对了，刚接到短信，我家里有点急事，要跟迟歌先走了。"

出来之后，我的眼泪就止不住地往下流。

"我说你呀，这样做值得吗？"路鸣不但没有安慰我，反而在一旁说些风凉话。

我没有理会他，只顾着一个人瞎哭。

"皇帝都不急，你一个太监有什么好急的？真是搞不懂！"

"你管我！"我终于忍不住爆发了，"丁未远是跟我从小一起长大的，我当然不希望他被骗，我都是一片好心，我这样做碍着你了吗？"

"可是人家也不领情啊，你这是热脸去贴冷屁股啊！"

"我乐意，千金难买爷乐意！"

我和路鸣就这样你一句我一句地争吵起来了。起初还只是在说气话，到最后，就变成了歇斯底里的嘶吼。

"我看你就是喜欢丁未远！"

"神经病！"

"你是不是喜欢他啊？"

"神经病！"

"你肯定喜欢他！"

"喜欢又怎么了？你哪点比得上他？"我被问烦了，那么不如就顺着他的意思说好了。

他噤声了，真是搬起石头砸自己的脚。

我们不欢而散。

走到小区门口的时候，麦子文打来电话说丁未远喝多了，现在正在他住的地方楼下，他一个人抬不上去。

我又急匆匆地跑到麦子文那里。

两个人费了九牛二虎之力才将丁未远抬上楼。

那个时候，我才知道，什么叫做烂醉如泥，简直就是如巨石般沉重啊！

麦子文后来告诉我，那晚丁未远和杜喜吵了一架，具体原因丁未远也不肯说。但我想，肯定跟那些照片有关，看来丁未远还是有救的。

他还是从内心相信我说的话的。

当我问起丁未远的时候，他矢口否认，就连和杜喜吵架一事，他都避而不谈。

到底内心得有多强大，才能将自己的苦楚掩于唇齿，埋于心间呢？

07

麦子枫是在十月国庆假期之后回来的，整个人都消瘦了一整圈，眼睛都深深地凹陷进去了。即便如此，他见到我们的第一句话还是："你们有没有凌羽的消息？"

他这一趟去找凌羽的出行，几乎耗费掉了所有的积蓄。

然而仍旧没有凌羽的半点消息。

麦子文苦口婆心地对麦子枫说了好久，他才肯留在家里，不再继续去寻找凌羽的下落。

与此同时，麦子文也退掉了自己的租房，搬回了家里。

麦子枫这次回来之后，突然变得沉默了许多，整个人都一副郁郁寡欢的样子，很多时候和我们说着说着就突然发起呆来。

起先是丁未远先说起来的，"麦子枫不会疯了吧？"

"你个乌鸦嘴，不要瞎说！"我赶紧打断了他的话。

转头看了看麦子文，他的脸像僵尸一般绷得紧紧的，看不出任何一丝的表情。

"子文，不会有事的，我们也帮忙打听一下凌羽的消息吧，应该会问到下落的。"我安慰他道。

"是的是的，现在互联网这么发达，怎么可能找不到呢！"丁未远也跟着说。

"我其实更希望她不要再回来，不要再出现在我哥的生活里，我哥他现在这样全都是她害的。"

"唉，看来爱情真是害人呐！"丁未远突然感叹了句。

"你也好不到哪儿去，你跟那个杜喜怎么样了？"我看了看丁未远。

"挺好的，比你们也差不了多少。"

"你可以让她也一起打听一下凌羽的下落啊，她不是小有名气么，人脉肯定比我们广得多。"

"她也就是在学校有点名气，学校里的人怎么可能认识凌羽嘛！"

"那可不一定，总之，你也跟她说下吧，人多力量大。"

日子过得静如湖水。

凌羽的下落始终无人得知。

麦子枫仿似患上了抑郁症，整夜整夜的失眠，就那么坐在电脑前什么都不做，盯着凌羽的照片发呆。

我和丁未远经常去他们家，想要开导下他，但是都没有效果。

我们能做的就只是陪着他坐一会，他变得不怎么说话了，一根接一根地抽烟，越来越消瘦，呈现出一种病态的狰狞。

"要不要去医院看看？"私底下我问麦子文。

"我也提过，可我哥说他没事。唉，我也不知道怎么办才好。"说完麦子文就长长地叹了口气。

秋天的时候，我和路鸣分手了，接着，他便从我的身边消失了。

他终因自己的多疑，将我的整个防线击垮了。

在他的心里，我就是喜欢丁未远的，无论我怎么跟他解释，他都不肯相信。

不过好在他也对我说了实话。

"迟歌，我跟你在一起，其实也就是跟自己下了个赌注，因为在此之前，没有我追不到的女生，也没有我办不成的事情。你也知道，从小我就是要风得风要雨得雨，唯独缺少父母的爱。所以一旦我认准了的东西，我一定会想方设法，不择手段地去得到，这样我的内心才能够安稳。"

"可是即便我追求到了你，我们在一起了，我还是不开心的。我总觉得你会离开我，因为你心里一直放不下丁未远，我一早就看出来了。我告诉自己，你们只是朋友，你们有着多年的友情基础，哪怕你对他好，也只是出于深厚的友情。话虽这么说，但我还是过不了心里的那一关，我就是认定你是喜欢他的。"

"你还记得洛承欢么？其实我很爱她，但她有太多毛病了，总觉得什么都是理所应当，霸占我的一切，连我的手机都会随时检查。你在这个恰当的时机出现，又那么善解人意，我被你的那些闪光点吸引了，我以为你才是我要找的人。可是久而久之，心底有个声音告诉我，我不过是在为自己的懦弱找了个借口。"

"谢谢你陪我的这段时间，你是个不错的女生。"

听完路鸣的这番话，我犹如喝了十箱啤酒，满脑子都是眩晕的，我甚至觉得世界都暗淡无光了，像是末日即将来临一般。

那个黄昏，我出奇的平静，平静到我自己都觉得可怕。

我以为我和路鸣分手之后，我会大哭一场，或者会做出什么傻事，然而我却只是一个人去了之前麦子文种花的那个小花圃。

如今这里已经掉了一地的枯枝败叶，凄凄惨惨戚戚。

我买了几罐啤酒，并不是想喝得烂醉如泥，那样实在是太难看了，我只想喝一点点让神经麻痹一下。

这段时间以来，太多的事让我措手不及。

就像做了一个梦，而现在是梦醒时分，怅然肯定是有的，失落也是一定的。

但好在梦醒之后，太阳还是会照常升起，我还活在这个世界上。

这样想着，我已经很满足了。

靠在花坛边，啤酒带来的冰凉一直浸到胃里。

才喝了一瓶，我就抱着一棵芭蕉树吐了。边吐我边在想，酒精都淋到芭蕉树的枝干上去了，慢慢会浸到它的根里，那么它是不是也会跟我一样掉醉呢？

我们果然低估了杜喜的人际关系，没过两周，她就告诉丁未远，她知道凌羽在哪里，其实也不是她知道，是贺伟知道。

贺伟喜欢打台球，经常到学校外的一个台球室玩。他在那里认识了一帮兄弟，而这其中的一个兄弟，正是上次和麦子枫打架的其中一个。

那个人一开始也不肯说出实情，因为怕麦子枫会找他算旧账，毕竟当时住院动手术还是花了不少的费用。

当麦子枫发誓不会再追究，他才吞吞吐吐地告诉我们，其实凌羽一直都没有离开永乐城。

"那她具体在哪儿呢？"麦子枫仿佛看到了希望，拉着那个人的手，几乎是带着哭腔问出来的。

"具体的地方我也不知道，上一次见她还是一个月前，那个时候她和老K来过一次台球室。"

"老K又是谁?"麦子枫问。

"就是上次和你单挑的,大家都不知道他的真名,所以都叫他老K。"

有了这些信息,麦子枫才稍稍安心了许多。

现在至少知道凌羽还活着,并且还跟我们生活在同一个城市。她不愿意出现,肯定也有她的苦衷吧,我想。

回去的时候,那个透露信息的人一直嘱咐我们千万不要说是他告诉我们的。

我们都点了点头,但麦子枫还是忍不住又拜托道:"如果有她的消息,你一定要第一时间告诉我,我一定会答谢你的。"麦子枫当即就塞了一张一百的给他。

或许是因为金钱的诱惑,那个人在三天之后就打来电话说他知道凌羽住在哪里了。但是只能让麦子枫一个人去找她。

麦子枫欣喜若狂地又塞了三百给那个人,捏着那张写有地址的字条,当即就决定去找凌羽。

我们拦住了麦子枫,大家都知道,他单枪匹马地去肯定是凶多吉少。

而且现在凌羽是否肯见他还是个问题。

如果去了,凌羽不出来,那个老K肯定不会轻易放过麦子枫的,加上麦子枫的手才刚刚愈合,肯定不能再出什么意外。

"我只是想去看看,不会做什么的。"麦子枫苦苦地哀求道。

"你这样去,我们肯定不会放心,要么我们大家一起去,要么就再等等,让那个人去跟凌羽谈谈再说。"麦子文坚决不同意他哥的一意孤行。

我们几个人轮番劝阻,麦子枫才答应了麦子文的要求。他和麦子文先回家了,而我留下来陪丁未远跟杜喜他们一起吃饭。

关于我和路鸣分手的事,我从未跟丁未远说起过,他也没有问过我,但我心里清楚,他肯定知道。

学校也就那么大,一点点风吹草动很快就会吹到每个人的耳中。

吃完饭,我说想走回去。

丁未远没拒绝说:"那就走走吧,正好我们可以讨论一下麦子枫的事情。"

夜色微凉,风渐冷。

空中有几颗忽明忽暗的星子，月亮倒是没了踪迹。

我们并排走着，多久没有像这样一起压马路了？

"你还好吧？"他忽然转过头来看了我一眼。

"我挺好的啊，又没喝酒。"我忙不迭地说。

"我不是问这个，我是想问你跟路鸣的事。"

"分了呗，没什么大惊小怪的，芝麻大点的事不值一提。"我笑嘻嘻地说。

"你是不是内伤太重，忘记自己失恋的事了？"

"你才内伤，我是真没事，不信你摸摸看，我的心还扑通扑通地跳着呢！"我扯住他的右手就往胸前放。

然后下一秒，两个人就愣住了。这举动实在暧昧过了头啊！我没有喝酒，但为何却做出了醉鬼的举动？

"呱呱，你今天是不是忘吃药了？"说完，他就弹了一下我的额头，然后朝前飞奔而去。

"丁未远！！！"我愣了一秒，反应过来之后，开始拔足狂追。

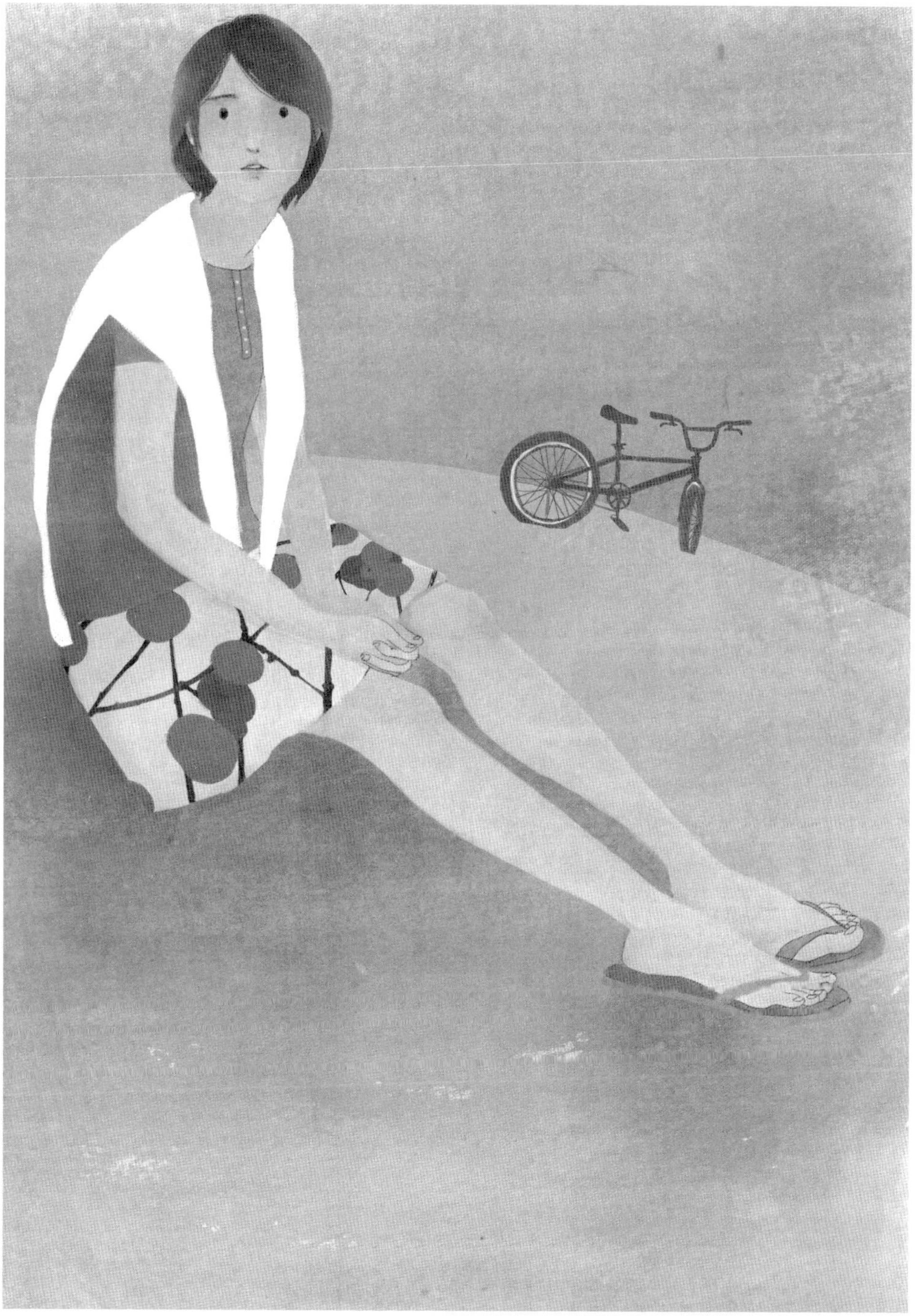

Chapter 08
双对的快乐，拆成两人的寂寞。

01

天还未亮开，枕头下的手机就震动个不停。因为前一晚没怎么睡好，所以刚开始我还以为发生了地震，等我反应过来是手机在震动的时候，想死的心都有了。

哪个缺心眼的这么早给我打电话啊？极不情愿地拿起手机，屏幕上是"麦子文"三个字。

接通电话，那边便焦急地说着："不好了，我哥不见了。我猜是去找凌羽了。"

"你给丁未远说了吗？"

"他电话关机了，我现在在去凌羽住所的路上，你等会通知下丁未远。"

挂了电话，我再无睡意，一屁股就坐了起来。洗漱完毕之后，我妈才起来准备给我做早点。

"迟歌，你今天怎么起来这么早？太阳从西边升起来了啊。"

"学校有事！"我提起包就匆匆出了门。

来到丁未远家他果然在睡觉，敲门敲了半天，他才睁着一双睡眼惺忪的眼给我开了门。

"你发疯了吗？"他有些起床气。

"没事睡觉关机干嘛，快点啦，麦子枫不见了。"

听我这么一说，丁未远的双眼霎时睁得老大，"等我一下，马上好。"他只用了三分钟便搞定了一切。

太阳刚刚升起，城市也渐渐复苏过来。

跑到街边准备打车的时候，我们才发现，我们根本就不知道凌羽住在哪里啊，怎么去找？上次那个字条，也一直是麦子枫拿着，我们连一个字都没看到一眼。

"你赶紧给麦子文电话吧。"丁未远催促道。

越是紧张的关头越是让人心烦，麦子文的电话竟然不在服务区，拨了好几遍，仍旧如此。

"凌羽到底是住得有多偏僻啊，连手机都没信号！"丁未远感叹了句。

"算了，只能等麦子文的电话了，我们先去吃点早餐吧。"

这也是上高中以来，我们第一次有这么充裕的时间吃早餐，平时都是在路边摊上随便买个包子，边跑边充饥。

我们去了一家小面店，丁未远从小就喜欢吃面，而我也跟着他这么多年耳濡目染，喜欢上了面食。

一人一小碗面，一份豆浆，丁未远吃得津津有味，脸上洋溢着幸福、满足的表情。

大抵是昨晚两个人把话说开了，所以隔阂也减少了不少。

我想起昨晚我们一起在马路上狂奔，夜风微凉，路灯把我们的影子拉得很长。有一瞬间，我觉得我们像两只飞奔在田野里的猪仔。

跑到累了，就随意在路边席地而坐，借着星光可以看到丁未远整个脸的轮廓。那个时候，我才发现，丁未远的下巴已经开始冒青色的胡茬了。这是一个男生长大变成熟的标志，同时也代表他不再是当年那个只会胡闹的小孩儿了。

当时兴许是看得太入神，丁未远敲我了下我的头，我才回过神来。

"我脸上有什么东西吗？"

"有啊，好多东西。"

"什么东西？"丁未远用手摸了摸脸，疑惑地看着我。

我"咯咯"地笑了起来，没再说话。我没告诉他，我看到的是我们从小到大在一起的那些青葱时光留下的点点痕迹，像经年的琥珀闪耀着动人的光芒。

到了学校麦子文的手机都还是不在服务区。丁未远问我："他们不会出了什么事吧？"

"能出什么事啊，都这么大的人了。"我安慰道，但心里还是隐约的不安。

上英语课的时候，丁未远突然举手说肚子痛，风一般地跑出了教室。

难道是吃了早上的面条，他肠胃又不好了？

我口袋里的手机震动了一下，是丁未远发来的短信：麦子文刚给我电话了，我出去一下。没什么大事，你放心。

原来是去找麦子文了，可为什么不叫上我呢？真是不够义气。

整个上午，我都无精打采的。盯着手机发呆，希望丁未远能够给我短信，汇报一下他们的行踪。电话打过去，却没人接听，真不知道他们三个人在做什么！

等到放学，手机安安静静没有一个电话，也没有短信。

我往学校外面走的时候，丁未远站在门口喊我，"我没有被老师抓到吧？"

"大家都当你透明的！找到麦子枫没？"

"找到了，那个人给的是假地址，找过去是一个报废的仓库，根本就没法住人。白白给了几百块钱！"丁未远恶狠狠地说着。

"那麦子枫人呢？"

"现在回家了，不过找到他的时候，他神智都有些不清，坐在仓库门口，迟迟不肯走。"

"唉……"

02

我们一行三人又去了四中，去找那个给麦子枫假地址的混蛋。

在台球室等了快一个小时，也没见着那人。台球室的老板告诉我们：别等了，估计骗了钱就跑了吧。

没办法，我们又只好去找杜喜，让她问问贺伟。

在乔榛兼职的奶茶店里，每个人脸上都神色凝重。贺伟在门外打电话，杜喜和丁未远相对而坐，一句话也没说。

我在吧台后面帮乔榛打下手。

"他们是不是吵架了？"乔榛小声地问我。

"谁啊？"

"丁未远和杜喜啊。"

"谁知道呢。"

"我觉得是，你看他们两个人各怀鬼胎的样子就知道。"

我们的声音极小，但估计丁未远听到了什么，径直走到了吧台前面，朝我们做了个鬼脸说："两个长舌妇又在八卦什么？"

"女人之间的事，你也感兴趣？"我挤眉弄眼地说。

"就是、就是，你赶快过去陪杜喜吧，来这儿凑什么热闹！"乔榛也帮腔道。

丁未远灰溜溜地回到了自己的座位上，但仍旧没有和杜喜说一句话。

杜喜则一直低着头玩着手机，仿佛把我们都当成了空气。

贺伟找了好多朋友仍旧联系不上那个混混，我们只好作罢。此时天色渐晚，他提议让我们吃了饭再回去。

乔榛因为要看店去不了，所以只是我们四个人的晚餐。

贺伟说不远的地方有家烤肉店还不错，强烈推荐我们去品尝。一行四个人分两个一组，朝烤肉店进发。

我和丁未远走一起，贺伟和杜喜走在前面。

他们两个貌似没讲什么话，只顾埋着头走路。

倒是我和丁未远，一路上都在互掐。路过一个广场的时候，竟然有卖花的小孩拉着丁未远的衣服，要他买花送给我。

"哥哥、哥哥，姐姐这么漂亮，你就买一支送给她嘛！"

"哥哥没钱哦！"丁未远吐了吐舌头。

那个小孩还在喋喋不休地缠着他，没想到杜喜竟然退回来帮丁未远付了钱。

那一刻，我们三个人都有些尴尬，但花已经递过来了，我也不好意思拒绝掉。

接过花之后，杜喜又走到前面和贺伟一起。我转头看了看丁未远，他也正在朝我叹气。

"她不会是生气了吧？"我小声地问。

"不知道。"

"要不，你把花拿去送给她？"我顺势伸出了手。

"你有病吧，就当是我买给你的好了。"

也是，不要白不要，丁未远可还从未送过我花呢！虽然这是杜喜出的钱，但她不也是丁未远一家的么？

但我还是有点搞不懂，为什么卖花的小孩不拦住前面的他们，而直接就看准了我们呢？

难道我们很般配？

这个念头冒出来的时候，我自己也吓了一跳。脸颊有些微微发烫，我都不敢扭头看丁未远了。

"这叫好吃？"丁未远对着满盘子的肉气愤难当。

"不好吃吗？"贺伟反问了句。

"哎呀，你这个人怎么这么挑剔呢，我就觉得很好吃啊。"我用筷子敲了下丁未远的头，"有得吃就不错了，话多，快吃。"

但说实话，这烤肉真的难以下咽，要不是贺伟请客加上强烈推荐，估计我和丁未远早就立马走人了，并且会把这家店永远地拉入心中的黑名单。

吃完烤肉出来站在门口，杜喜说："我们还有点事，先回学校，就不送你们了。"

我摇头摆手地说："不用这么客气啊，你们先去忙吧。"

他们刚走出几步，我就撞了撞站在旁边呆若木鸡的丁未远的胳膊"你真的不送她回学校？"

"真，的，不，送。"

"霸气！"

"那我们潇洒去吧。"

"潇洒你个头，走吧，快点回去看看麦子枫！"

回去的公交车很空，车上几乎没几个乘客。我们坐在最后一排，风从窗口灌进来，吹在脸上痒痒的。酒足饭饱之后，突然就有了困意，我也不知道，我是什么时候睡过去的。反正当丁未远叫我准备下车的时候，我整个头是靠在丁未远肩膀上的，而且还流了好多口水。

丁未远一脸嫌弃地看着我："你是没吃饱，还是梦到不该梦的东西了？"

"你不要命啦？"我几乎是追着他跑下车的。

03

麦子枫把自己关在了卧室里，任凭我们怎么敲门都不开。

我们三个坐在客厅，大眼瞪小眼毫无办法。

"我哥一回来就把自己关在里面了，也不知道在干嘛。"麦子文叹了口气之后说。

"估计是想冷静下吧。"我说。

"但老这样下去也总不是办法啊，完全不明白他在坚持什么！"

"也许过段时间就好了。"丁未远拍了拍麦子文的肩膀。

"你们先回去吧，我看着他就好了。"

"嗯，有什么事就给我电话。"

从他们家出来，小区里有几个小朋友在放焰火，焰火升腾而起的瞬间，丁未远突然说："迟歌，你记得小时候过年我们一起放焰火吗？那个时候你总是很怕，不敢靠近，后来慢慢才将脸凑近一点。火光中的你，其实还蛮可爱的。"

"你怎么了？搞这么煽情干嘛？"

"我也是触景生情嘛！"

"不过以前你们老吓我，现在我可不怕了，哼！"

把我送到楼梯口，我正准备往里走，丁未远又叫住了我，"我有件事一直没跟你说。"

他的眼睛里闪烁着光芒，直直地看着我。

"啥事？弄得这么神秘。"

我以为他会告诉我，他跟杜喜已经分手了，因为都看得出来他们最近很生疏，上次乔榛还和我打赌说百分之百他们已经拜拜了。我虽然也是这么认为的，但丁未远没有亲口告诉我，我仍旧相信他们是在一起的。

"其实，我和杜喜……"

"好了、好了，我知道了，不用搞得这么悲情，不就是分手嘛，谁没分过。你看我跟路鸣分手之后，我还不是过得好好的，过了今天你又将是梁山好汉一个。"我赶紧安慰他。

"其实，不是分手。"他吞吞吐吐地说。

"那……是？"

"我们是在演戏，演给你看的，其实我喜欢的是你！"

拜托，不要这么跳跃好吗？我的心脏完全承受不了啊，血液已经在身体里沸腾了啊！

我转身就走进了楼梯口，没给他再说下去的机会。每踩亮一楼的声控灯，我的心也跟着扑腾一下，仿佛唯有在黑暗中，我才能够将自己的眼泪藏身。

眼泪是在他说出口的那一秒夺眶而出的，我不想他看到我的眼泪，只能转身走掉。

进门之前，我探头看了下楼下，他还站在那里。我不知道他此刻在想些什么，反正我已经不能淡定了。

那一夜，我辗转好久仍旧无法入睡。满脑子都在想着丁未远对我说的话。他说他们是在演戏，那么演戏是给我看的吗？

为什么好端端的一个人，一开始不敢站出来说喜欢我呢？非要拐这么多弯，才有了说出口的勇气？

那这段时间以来，我所受的委屈算什么呢？

在此之前，我以为我们心照不宣地互相爱慕着彼此，但自从路鸣出现，他整个人就暴躁不安了，这不是我希望看到的。

我渴望的是一个有担当的恋人，能够在任何时候站出来，说"我就是他的"的人。

丁未远不是，他像一个丢盔弃甲的逃兵，把自己避得远远的，直到我们心中都有了伤疤，才肯说出自己心里所想。

那么，这样的喜欢，又能有多少真心实意的成分呢？

丁未远告诉我，杜喜是他在游泳馆做兼职的时候认识的，两个人详谈甚欢，志趣相投，很快就成为了朋友。

贺伟确实是她的男朋友，为了帮丁未远出一口气，是他策划了那一出戏。

"你这样做有没有考虑过我的感受？"我对丁未远咆哮。

"那时候，谁让你跟路鸣走那么近。"

"一开始我是不是告诉过你了，我跟路鸣只是朋友。我后来跟他在一起，也全是你逼的！"

"你怎么这么不讲理啊，你跟人家谈恋爱了，还怪罪到我头上了？"

"本来就是你啊！"

我跟丁未远又大吵了一架，之前的种种全部浮现在了眼前，想起那些隐秘的伤痛和暗夜里的委屈，我就觉得难受。

到现在，他还不肯承认自己的懦弱！

"对不起，我收回那晚的话。"分别之后，丁未远给我发来短信。

看着手机屏幕，我突然有些想笑，不知为何，心里反倒轻松了许多。

"我也从没把那话当回事！"我回他。

再没了下文，所谓的希望，到头来却让人如此难过。

现在想想路鸣，他受到的伤害应该比我更大吧？

我的痛苦还可以跟他们分享，而他呢？只能一个人默默地承受。

我忽然就原谅了路鸣，对于那段短暂的爱情，我也释然了。

原来每个人都是自私的，路鸣是，丁未远是，我也是。

04

麦子枫开始每天早出晚归，不是去工作，而是满城找凌羽。他甚至印了很多寻人启事，贴到商场门口、电线杆上、公交站台。见到疑似凌羽背影的女生，他都会冲上去，抓住别人一阵追问。

好几次，都吓得女生在街上当场大叫，骂他神经病。

无论我们怎么劝阻，他都不肯听，仍旧满大街地跑。

即便这样还是没有任何凌羽的消息。

其实这个城市并不大,但一个人要躲起来不肯见另一个人,也是轻而易举的事情。这就是所谓的缘分,也许你把城市的每一个角落都挖遍了,那个人也可能杳无音讯。

"要不你打电话给你爸妈说一下,让他们劝劝他呢?"看着满脸无奈的麦子文,我实在于心不忍。

"这事要是告诉他们,估计他们会更担心。他们在外面工作也很忙,何况我哥也绝不同意我这样做的。"

"都这个时候了,你还护着你哥!"

"说实话,我都想杀了凌羽了,真是恨透她了!"麦子文下意识地握紧了拳头。

麦子枫的身体状况越来越差,才几个月的时间,整个人瘦得跟一根柴似的,每天吃饭都只吃那么一点点,看得直叫人心疼。

一个月之后,麦子枫终于因为身体情况太差而进了医院。经过检查才发现,他患上了严重的抑郁症,并且伴有轻微的神经衰弱。

有时候他睡觉半夜会突然惊醒,大声叫着凌羽的名字。而那个时候,麦子文只能默默地站在一边,看着麦子枫痛哭流涕。

我和丁未远还是心照不宣地过活着,没事的时候就去麦子文家里陪陪他们,同时也四处打听着凌羽的下落。

在家休养了几天,麦子枫拖着虚弱的身体,仍旧坚持要出去找凌羽。每当看到他落魄的背影,麦子文都会偷偷抹眼泪。

麦子文也瘦了好多,每次见到他,他脸上的表情都是疲惫不堪的。

好多次他哽咽着跟我说:"迟歌,我真的想替我哥承受这份痛苦,看到他每次在家里丢东西,歇斯底里嚎叫的时候,我的心就如刀割一般,那种痛是无人能懂的。"

我看着麦子文,他已经高出我一个头了,可他还是像个孩子般纯静。如若不是他哥这段悲惨的遭遇,我想他的脸上一定会有很多的笑容,那样的他也一定会像个天使。

麦子枫出事的那天，我的左眼皮一直乱跳。丁末远还打趣我，"左跳财，右跳灾，估计你要捡钱了。"

我笑他迷信，也没多说什么。

上午还没放学就接到麦子文的电话，说麦子枫出车祸了。

我手里的手机直接掉到地上，丁末远问我怎么了？

我愣了好几秒，什么也没说，拉起他的手就往外面跑。

"你倒是告诉我发生了什么啊？"他一个劲地问我。

"麦子枫出车祸了，现在在医院。"

他听到之后，比我更着急，赶紧跑到外面拦了车。

坐在出租车上，我一句话都不敢说，连呼吸都变得小心翼翼。我怕打破这种沉默，因为谁也不知道，麦子枫现在是个什么状况，谁都不愿意提起。

回头看了下车窗，玻璃里的自己脸色惨白，半天都没有找到自己的眼睛。

一下车，我们就直奔急诊室。那一段路，在几个月前我们也走过，但此时此刻却变得格外漫长，像是永远没有尽头一般。

我以为这次他也不会有什么大碍，会跟之前一样只是虚惊一场。

然后当我们到达之后，才看到蹲在地上抱着头痛哭的麦子文。

麦子枫是在街上被一辆卡车撞飞的，卡车突然失灵，冲上了斑马线。那个时候，麦子枫正在过马路，根本来不及回头，就直接被撞出去好远，被送到医院来之后，经过抢救，还是停止了心跳。

看着躺在推车上的麦子枫，他的脸那么瘦，仿佛就只剩下骨头了，紧闭着双眼，那么沉静，像一个睡着的婴儿。只是他再也无法睁开双眼，看看这个世界。

而他心心念念的女子，再也不会出现在他瞳孔里。

在他生命的最后一秒，他想起的会是谁呢？也许，谁都想不起吧，那么痛苦，还要与死亡抗争。

我的眼泪止不住地往外涌，丁末远的眼眶也是红红的。

等我们出去找麦子文的时候，他已经不在了。我怕他做傻事，所以一直给他打电话，打了很久他才接听，说："我没事，只是想一个人静一静。"

05

麦子枫的爸妈赶回来的时候，已经是第二天了。

他的妈妈一直拉着他的手说："子枫，我对不起你啊！是我没有在你身边把你照看好啊，你快醒过来啊。你走了，让妈怎么活啊？"

他爸爸虽然没有当着大家的面流泪，但脸色一直都很沉重，一边要安慰老婆一边还要处理儿子的后事。

倒是麦子文在他爸妈回来之后就再也没有掉一滴眼泪，也许是不想让他爸妈担心吧。

麦子枫被安葬在城郊的墓园里，那天傍晚麦子文迟迟不肯离开。

山上吹来的风有些冷，我们三个人围成一圈坐着，气氛格外沉默。

墓碑上麦子枫的照片是他以前拍的，那么阳光，如花一样的少年。如今，他却只身去到了另外一个世界。

那里会冷吗？

他还会想起我们曾经快乐的时光么？

在那里，他是不是就会忘记凌羽，忘掉那些深深的伤痛？

离开的时候，夜空里繁星点点，有一颗星子特别亮。我想，那应该就是麦子枫化成的吧，他在头顶看着我们，他一定不会忘记我们的。

麦子枫走了之后，麦子文变得沉默寡言，请了好几天假在屋里待着。

我和丁未远轮流去陪着他，他也不说话，灵魂像是从身体抽离了一般，只剩下一具躯壳。

凌羽的出现已经是一周后了。当时我和麦子文在家里，听到有人敲门，以为是丁未远来了，结果开门，才发现是凌羽。

她站在门外，看到我们之后，眼泪瞬间就滚落了出来。

"你走吧，我不想看到你。"麦子文"啪"一下就将门关上了。

我知道，那天凌羽在门外站了很久，我陪着麦子文在房间里静静地坐着。

后来，凌羽留了一封信在门口，大致是说对不起麦子枫之类的。现在看来，这些都已经毫无意义。人都已经不在了，所有的道歉还有什么用？

要是早一点出现，哪怕只是跟麦子枫说不可能在一起，我想这样的悲剧也不会发生。

接下来的几天，凌羽每天都会来，麦子文坚持不肯见她。

后来有一天，我从麦子文家离开，在小区里，凌羽叫住了我，她是专程在外面等我的。

"其实我不出现是因为我希望麦子枫忘了我，我真的不知道他会那么傻。我觉得自己配不上他，根本就不值得他爱，所以我才故意躲起来……"

"我现在过得并不快乐，和老K在一起也不过是图个生活安定。他赌博输了或是喝醉酒不高兴了就拿我出气，但我都一直忍着，因为我觉得这是上帝对我的惩罚，之前犯下了错总归需要赎罪的。"

"我现在只是很遗憾没能见到麦子枫最后一眼，其实有几次我在街上看到过他。我知道他是在找我，那些寻人启事，我都偷偷撕下来保留着。我没有脸见他，我怕我会毁了他的一生。"

"迟歌，我不知道你能不能明白我的感受，我也不奢望你能明白。我只是觉得真的很对不起他，我希望死的人是我……"

凌羽哭着对我说了很多话，她瘦小的肩膀一直在不停地抖动，我伸手抱了抱她。

当她伏在我的肩头，狠狠地抱住我的时候，忽然有一瞬间，我觉得我能够体会她现在的痛苦。

我想麦子枫在天堂里应该也不会怪她吧？毕竟是自己那么深爱的人，换做是谁，都不忍心责怪。

我让凌羽以后不要再来了，我会替她向麦子文转告歉意的。

分别的时候，她拉着我的手，两眼噙泪，"迟歌，如若有来生，我愿意做牛做马报答麦子枫的，但今生我只能负他了。"

看着她离去的背影，我忍不住掉下了眼泪。我其实很想告诉她，事已至此，所有的自责都无济于事，与其背负罪恶感虚度，不如好好地活着。

我想，这也是麦子枫此生最大的心愿吧。

但这些道理只能靠自己去领悟，每个人都有自己的生活轨迹，谁也无法改变，我们能做的就是按照自己内心的想法去生活。

晚上，收到了凌羽发来的信息："过几天，我就会离开永乐城了，因为在这里一天，我的心就无法安定一天。走之前，我会去墓园看麦子枫最后一眼的，你们也要好好的。"

06

麦子文的父母没有再离开了，因为，还有高三最后一年了，他们希望能够在家照顾好麦子文。

倒是麦子文有些不适应，毕竟他和他哥相依为命惯了，忽然有两个人成天在你耳边唠叨，难免有些受不了。

但他也不能说什么，父母心里的伤痛肯定比他深得多。他们不表现出来，那是因为他们是大人，不像我们能够想哭就哭想笑就笑。

麦子文的成绩自从麦子枫走了后就直线往下掉，甚至他还跟我说想辍学了。

"你疯了吗？你是要气死你爸妈吗？"我警告他。

"现在学什么都学不进去，完全没有心思。"

"那你也得把高中混完，再说了，我们不是说好要一起考同一所大学吗？"

"我也只是随口说说啦，放心，我不会食言的。"

有了他这句话，我还是比较放心的。从来，麦子文都是一个讲信用的人，他底子本来就不差，只不过有那么多事接踵而至，让他无心学习。我想，过段时间他就会追赶上来的吧。

周末，我们都会去墓园看一下麦子枫，带上一些吃的还有酒，我们坐在那里陪他一起。

每到那时候，麦子文就会变得格外絮叨，坐在墓碑前，像个唐僧一般开始念经。从我们小时候讲起，那些童年的趣事，那些难忘的经历，那些欢笑和泪水。

有时候听着听着，闭上眼睛仿佛真的就回到了过去，回到了那个我们四个人满地跑的年纪。

我还记得小时候我和丁未远总是吵架，麦子枫常常帮我欺负丁未远，私底下又去跟丁未远说：别跟小姑娘计较，我们是男子汉。

现在想起来，就觉得有些伤感。

"你害怕死亡吗？"麦子文忽然问道。

"当然怕，死了多无聊啊。"说完之后，丁未远才觉得不太对劲，于是补充道："不过天堂应该也跟我们生活的世界一样吧，可以吃好吃的，可以上网，可以看电影吧？"

麦子文轻轻笑起来，"你就知道吃啊玩的，我觉得其实死亡也没什么可怕的，不就跟睡觉一样吗？只是睡着了会醒，而死了就永远不会再醒了。"

"别老想这些了。"我拍了拍麦子文的头。

我在花圃里找到麦子文的时候，他已经喝了好几瓶啤酒了。在此之前的几天，他都怪怪的，直到今天我才听他妈说，他已经好几天都是半夜才回去的。

我走过去坐在他身旁喊他："子文，你还好吗？"看来我们还是有默契的，我就知道他一个人来了这里。

"嗯。"他点点头。

"干吗一个人跑来喝酒都不叫我们啊？"我问。

"我就想一个人待着，谁都不想见。"

我以为他还在为他哥难过，所以没再继续问下去。将他的头靠在我的肩上，然后摸着他的头说："不高兴就哭出来，憋在心里会难受的。"

那晚的月色很美，花圃里的花都开了，我们就那么坐着，他还咿咿呀呀地哼起了曲子。直到他的眼泪滚落到我的肩头，打湿了我的衣服，我才知道他在默默地流泪。

我仍旧摸着他的头，像是在哄一个受了委屈的孩子。

突然，他直起身子转过头来问我："你觉得我跟我哥长得像吗？"

"像啊，简直是一个模子刻出来的。"

"我也觉得我们很像，可是我前几天才知道我们不是亲兄弟。我现在的爸妈，其实只是我的大伯和大妈。"

"……"我的嘴张得都可以塞下一个鸭蛋了。

"那晚我起来上厕所，听到我爸妈在卧室说话，因为门没关紧，所以就被我听到了。"

"你是不是听错了？"

"不会听错的，每个字我都听得清清楚楚！"

"也许他们是开玩笑的呢？"

"你觉得可能吗？而且他们还说我亲生父母好像要回国来接走我。"

"你不是从小就想出国吗？现在不是机会来了。"我想缓和下气氛，故意开起了玩笑。

"我才不要离开永乐城，我不会离开我哥，也不会离开你们的。"他伸手抱住了我。

我也抱紧了他，那一刻，我多么心疼他。我知道，任谁遇到这样的事都会不开心，但凡事也总会有解决的时候，只要我们都还健健康康地活着，没有熬不过去的难关。

"子文，我们也不会离开你的。我们一辈子都会在一起！"夜空下，我这样告诉他，同时也是告诉自己。虽然麦子枫走了，但他依然活在我们的心里，我最快乐的时光，也都是同他们一起度过的。

07

高三的时间过得很快，虽然辛苦，但好在麦子文的成绩慢慢跟了上来。上一次月考，他已经跻身到年级前一百了。

那晚麦子文告诉我的事，我没有告诉任何人，包括丁未远，因为答应他，要替他保守秘密。而他也说，自己会把现在的父母当成亲生父母，就当什么都没发生过一样。

麦子文脸上的笑容也渐渐浮现出来，整个人也变得精神多了。

这是我们都希望看到的，在天堂里的麦子枫看到此情此景应该也会很高兴吧。

丁末远还是一副吊儿郎当的样子出现在我身边，我们谁也没有再提起过那晚他对我说喜欢的事情。

这是属于我们两个人之间的秘密。

偶尔想起那晚他的样子，像只迷路的小鹿那般忐忑不安，我都想笑。我甚至在想，如果那一晚，他再主动一点，再诚恳一点，不知道结果会不会有所不同。

但这些都不是现在应该想的，我们都需要为我们曾经的约定而奋斗，那就是一起考上同一所大学。

我跟路鸣在网上偶尔联系，上次在心里原谅他之后，我们做回了朋友。谁说分手之后不能做朋友？我们现在就相处得挺好的。虽然隔着网络彼此嘘寒问暖，但我相信，那份感情是真心的。

我其至还会跟丁末远提起他，说他最近长胖了，又看上了哪个女生，又玩了什么游戏。

丁末远都哈哈带过，没有半点想要知道他消息的意思。

也许在他心里，那个结始终还没有解开。

女生跟男生不同，女生经常容易生气，容易闹别扭，动不动就要绝交、分手，但那股劲很快又都会过去，只要哄一哄或者另一方道个歉心就软了。

而男生则很少会做出这些举动，但一旦做了，就不容易变回来。

不过人总要长大，对一些事情也会慢慢看开的。等到释然的那一天，回过头看，估计还会嘲笑当年的自己有多么傻吧。

杜喜和贺伟也会叫我们一起出去玩，或是看电影，或是吃火锅。他们两个现在甜蜜得很，每时每刻都腻在一起，恨不得长到一起变成连体婴儿。

每一次聚会，丁末远都有些不自在，毕竟当时他还跟杜喜扮演过情侣，现在看着杜喜跟贺伟亲热，估计心头也不是滋味吧。当然这也只是我的臆想。

"怎么，难受了？"回去的路上，我开玩笑似的问他。

"难受你个头。"他白我一眼。

"那怎么刚才一直闷闷不乐的？"

"你管得着吗?"

"我就是想管!"

"没门!"

"那你给我开一扇门好不好?"

"滚滚滚滚滚!"丁未远被我闹烦了,埋头专心走路。

我们走一路掐一路,弄得旁边的人以为我们是情侣在拌嘴。

我很享受这种轻松自然的日子,有什么就可以说什么,不刻意避讳什么,也不用隐瞒什么。

这是不是就是他们所说的友达以上,恋人未满呢?

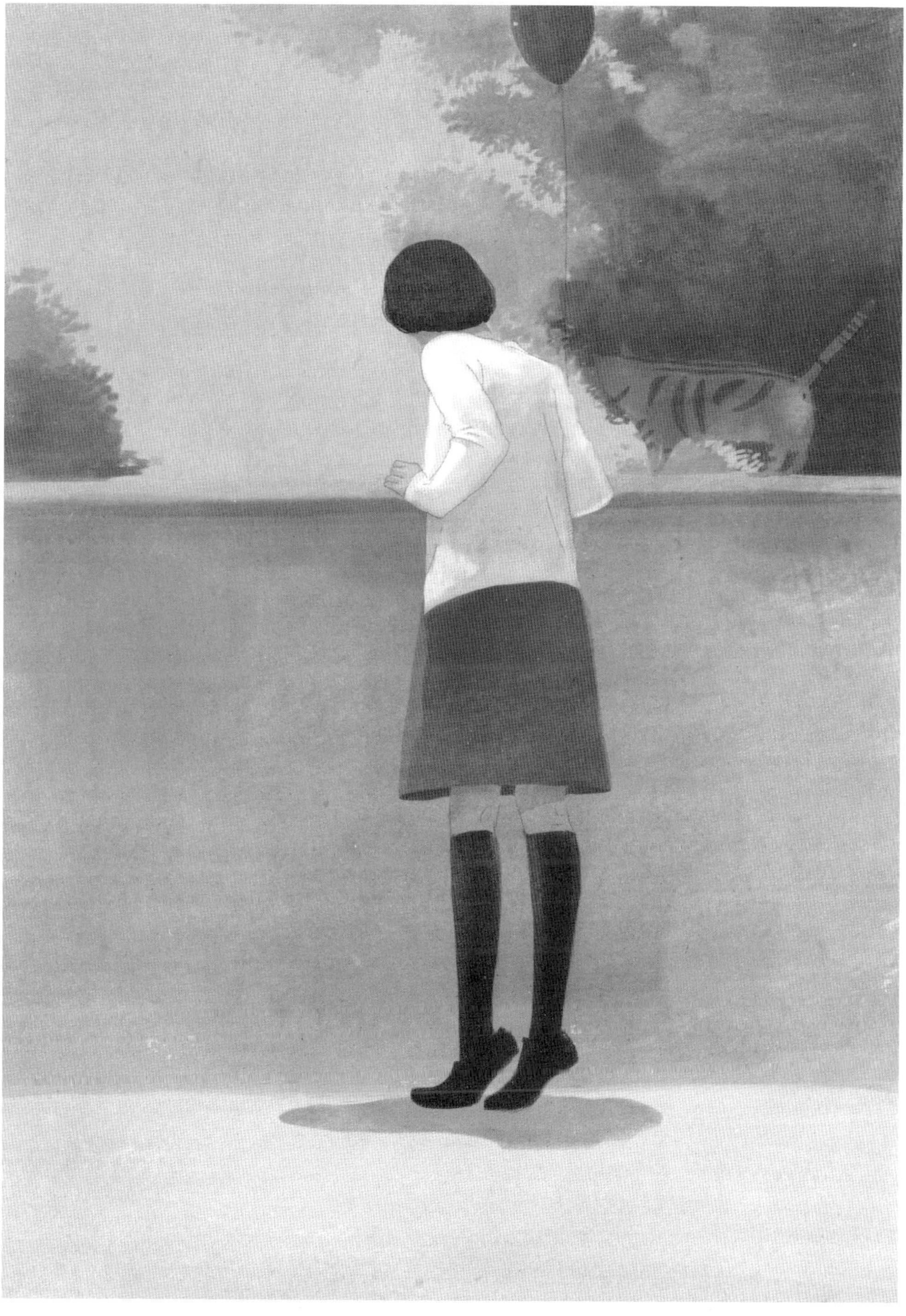

Chapter 09

听见关心的你开灯，听见开心的你关灯，我天生不会用眼睛爱人

01

路鸣出现在学校门口的时候，引起了一大帮女生的尖叫。他是骑着一辆拉风的机车来的，像驾着流云而来的骑士。

本来我就是个不爱凑热闹的人，加上又有那么多女生在欢呼雀跃，听到就够了！于是我绕开她们继续走路。

但是路鸣却吹了一声响亮的口哨，高喊着我的名字！

这一喊，所有的女生都转头看向了我，那些眼神里有羡慕、有嫉妒甚至还有仇恨……

"我胡汉三又回来了！"他扔掉手里的烟，朝我走过来。

不知道为何，我有种想掉头跑掉的冲动。想起之前他在操场上向我表白，就够让人头痛的了。

这次他又要耍什么花招？

"蔚迟歌，我想通了，我还是放不下你，请接受我的爱。"他单膝跪地，双手摊开，掌心里是一个精美的锦盒。

不用猜里面肯定是一枚戒指，但我压根不感兴趣。

"神经病！"说完我就转身欲走。

"喂，你等等啊，太不给面子了吧。"他慌忙站起来，跑到我的身后。

我转过身瞪着他，一字一句地说："路鸣，你听清楚了，如果你再做出这些无谓的举动，我们连朋友都做不成！"

"不要这样嘛！我是真的喜欢你。"

他以为我还会上第二次当吗，之前口口声声说喜欢的是洛承欢，现在又来喜欢我，所以我是替代品吗？

"门都没有！"我冷哼一声，"还有，如果你再跟着我，我就马上报警！"

见他没再跟上来，我心里的石头才落了地。

对于他这种豁得出去的人，你也必须得豁出去，不然他就占了上风，自己会无路可走的。

我在小区门口碰到了丁未远，他正坐在旁边的花坛边上摇头晃脑地哼小曲，见到我之后发出了一阵长长的笑声。

"哟哟哟，灰姑娘回来了？"

"谁是灰姑娘？"

"不就是你嘛，刚刚王子不是来接你咯？怎么着，他没有带水晶鞋来，你就不肯上他的车？"

"得了吧，丁未远，我看你是吃多了撑的！"

"我还真没吃饭，今天我家没人做饭，要不你请我吃？"他跳下花坛，拍了拍手，"不然，我请你吃也行。"

"谁怕谁啊，走呗！"

我们去了小饭馆，丁未远噼里啪啦点了好几个菜。

"你是中了五百万呢，还是捡了金砖？"我拿过菜单，划掉了一些大鱼大肉。

"我买不起钻戒，但饭还是请得起的嘛。吃！随便吃！"他露出一副暴发户的嘴脸。

我呸了一声，"你就那么讨厌路鸣？"

"我不讨厌他，我只是讨厌他和你在一起。"

"啊。"我顿了顿，"我们又没在一起。你看你，又胡思乱想了吧。我再跟你说一遍，不要把你的思维方式强加到我的身上。"

"行了、行了，不说了，今天我们不醉不归！"他打断了我。

果真是不醉不归，今天的丁未远才喝了半瓶啤酒，脸就红成一片。他还嚷嚷着说："呱呱，我感觉我有点心跳加速呢，是不是要倒了啊？"

"你就不能说点吉利的，不能喝酒就不要喝，每次都逞强。"我抢过他手里的半瓶啤酒。

饭毕，我是扶着丁未远出来的。他的手搭在我的肩上，压得我差点喘不过气。

"我就想你关心我一下嘛。"丁未远打了一个酒嗝，"嘿嘿。"

"臭死了！"说完，我的心跳却忽然变快起来。

我把丁未远送到了楼下，他死活不肯上楼，一屁股坐在地上耍起小孩子脾气来。

"你亲我一下嘛！"他突然说。

我的脸一下就红了，他是真的醉了，还是在借酒耍酒疯？我一时半会还不能确定，于是弯腰下去，用手摸了摸他的额头问："丁未远你脑子没坏吧？"

"你亲我一下我就告诉你！"

"你再这样我就不管你了啊。"

"亲这里，亲这里！"丁未远用手指对着自己的嘴唇动了好几下。

我实在看不下去了，但他坐在地上我又弄不动他。我确信他是喝多了，于是只好给麦子文打电话，让他赶紧过来把他送回去。

麦子文火速赶来的时候，丁未远都靠在墙上睡着了，还打起了一阵阵的小呼。

"怎么又喝多了？"麦子文一边去扶丁未远一边说。

"今天他没喝多少啊，不知道咋醉成这样！"

"以后少让他喝酒！"麦子文似乎有些埋怨的口气。

"哦。"我点了点头。

把丁未远送回家安顿好之后，我俩才关门离开。下楼的时候，麦子文问我："丁未远刚发短信说路鸣又重新回来找你了？"

"啊……嗯……是的。"我一边说话一边在心里把丁未远诅咒了一万遍，怎么不喝死他啊，还会打小报告！

"你不会又心软了吧？"

"怎么可能！"

"那就好，不然也太恶心了！"

02

后来当我说起那天丁未远喝半瓶啤酒就醉得不省人事时，丁未远打死也不承认他有那么衰，还一口认定我是穿越了。

麦子文也只是笑，弄得好像真的是我瞎编似的。

"那我没有说错什么话吧？"丁未远眼巴巴地望着我。

"你那天可乖了，就跟个睡美人似的，哈哈哈。"我当然不会把那晚他说的话说出来，他不害羞我还害羞呢。

见我笑得这么欢，丁未远有些不自在。不过他越是这样，我越是想笑，恨不得他跪在地上求我才好。

等到丁未远走了，我才问麦子文："你爸妈下周回国吧？"

"嗯。"他若有所思地点了点头。

"你准备怎么办呢？"

"反正打死我也不会跟他们出国的。"

"你好好跟他们说，不要闹脾气。"

"我巴不得他们飞机失事，最好永远都不要见到。"他越说越气。

"千万别这样想，再怎么你也是他们的儿子啊。"

"他们还记得我这个儿子啊，之前丁嘛去了。我是皮球吗？想踢给谁就踢给谁！"

在这之前，麦子文的爸妈，哦不，是麦子枫的爸妈已经将他所有的身世告诉了他。那个时候，他们因为工作忙，长时间聚少离多，麦子文的妈妈就提出了离婚，一个人离开了他们。他爸爸又长时间在外地工作，所以根本没时间照顾麦子文，就把麦子文托给麦子枫的爸妈抚养。

后来麦子文的爸爸出了国,并且开了自己的公司,回国的时候偶遇了前妻。两个人重修旧好,本来说要带走麦子文,那个时候麦子文已经有七岁了。

麦子枫的妈妈说怕麦子文突然去了一个新的环境会不适应,而且跟着他们也过得很好,等到以后再说,所以他们每年只是抽空回来看看麦子文。

难怪小时候每年都会有人给麦子文带很多国外的玩具回来,那个时候大家都很羡慕他,争着要玩那些玩具。

但谁也没想到,他们却是麦子文的亲生父母。

麦子文的爸妈回来的那天,麦子文一夜都没回家。我和丁未远找遍了所有他可能去的地方,都没有他的踪影。

他的电话关机,全家人都很着急,他妈妈甚至还报了警。

第二天,麦子文打电话给他大妈,说如果他爸妈不走的话,他就不会回来。没办法,怕麦子文在外面出意外,他们第二天就走了。

后来我问麦子文:"你真的恨你爸妈吗?"

他低着头不说话,半响之后,抬起头看着我,眼眶是潮湿的。

"恨,恨他们把我生下来却抛弃了我,我除了身体是他们给的,但我的灵魂、我的思想都跟他们没有任何关系。"

"其实那晚你妈妈一直哭得很伤心,说希望你能原谅他们。"

"原谅,他们总在说原谅,如果世上每一件错事都能够原谅的话,就不会有那么多悲剧了!"他的情绪变得激动起来,"本来我哥走给我造成的刺激就够大了,要不是他在临死前跟我说要坚强地活下去,我也不会活到现在。我早就看淡了这个世界,什么亲生父母,我一点都不想看到他们!"

麦子文的眼泪顺着脸颊往下淌,灯光昏暗中,他像是折了翼的堕落天使,那么可怜。

很多时候,我都在想,要是麦子文从小就跟着自己的亲生父母一起长大,那么他就不会跟我们有那么多相处的时光。

那么是不是就不会经受后面的这些伤痛呢?

如果他能够一直快乐，我宁愿我们从未认识过。

但时光不会倒流，我们也回不到过去。

唯有一步一步向前走，庆幸的是，他身边还有陪着的我们。

03

路鸣又来找了我好几次，无外乎是深情地表达他对我的爱有多么的深重。不过这些话现在听来全然没有了当初的感动，甚至会觉得恶心。

俗话说吃一堑长一智，我蔚迟歌在哪里跌倒的，就会在哪里爬起来。

现在的路鸣对我来说，不过是记忆中的一个微不足道的点，连形状都没有。要是他不做这些，或许当我今后回想起来，他还算是浓墨重彩的一笔。现在，是他自己把他在我心中的样子毁掉了。

后来见我有些反感，路鸣就开始采用其他手段，比如今天叫人给我递一封情书啦，明天让人给我送盒巧克力啦，再来就是让广播台为我点一首歌啦，俗气透顶。

那些情书统统被我烧了，那些吃的也被我随手扔进了垃圾桶。广播里播放他为我点的歌的时候，我就塞上耳机听我自己的五月天。

有时候我会跟丁未远说："我是真心受不了路鸣了，简直就是从精神病院跑出来的！以前觉得，他若安好便是晴天。现在是他若安好便是晴天霹雳，太吓人了！"

"他可是你的EX哦！"

"我那时候眼睛瞎了。"

"你怎么这么没良心呢，好歹人家喜欢过你，还说要带你环游世界呢！"丁未远挖苦起人来一点都不是盖的。

"以前是我幼稚行了吧，你就想看到我低头是吧？"

"话不能这么说，我说你是应该的，但你不能说他。你有什么资格说他，爱情不就是你情我愿的吗，那时候我看你也挺满面春风乐在其中的嘛！"

"丁未远，你有完没完，怎么跟个女人似的！"

"我要是女人，我就去追路鸣了，哈哈哈哈哈！"一长串笑声之后，丁未远拔腿就跑，因为我的魔爪已经伸向了他。

我没想到丁未远会去找路鸣单挑。我记得上次在 KTV，他们也打过一架，那个时候我跟路鸣还没在一起，我还可以想象他们是为了我而战。

现在我都跟路鸣分手了，他还去找他，不是傻子是什么？

当麦子文在电话里说丁未远和路鸣在打架的时候，我以为自己听错了。他们怎么会打架？不是已经老死不相往来了吗？

当我赶到学校后山的时候，路鸣已经不见了，麦子文正扶着丁未远往山下走。

"丁未远，你又在发酒疯吗？"我朝他吼道。

"你先别说话！"麦子文呵斥了一声。

"蔚迟歌，我没有发酒疯，我也没有发羊癫疯。我就是看不惯路鸣骚扰你，他凭什么啊？老虎不发威他当我是 hello kitty 啊！"

"可你不用拿自己的生命开玩笑啊。"

"他不是总以为自己很帅吗，我就是要降降他的威风。"

看着他满脸是血的样子，我的心拧成了一条麻花，整个人都有些发抖，走近一看，才发现他的额头破了好大一个口子，伤口旁边的血都已经干了，

下山的途中，他一直在惨叫："我不会破相吧？要是破相没人要了，蔚呱呱你得负全责！"

"你不要乱动了，赶紧去医院包扎一下。"

在小诊所里，丁未远一直在呱呱乱叫。别看之前那么威风，清洗伤口的时候，他痛得就跟个孙子似的。

我的心就在他左一声疼右一声痛的叫唤声中，收了又紧、紧了又松。

我算是领教了什么叫做伤在别人身痛在自己心的感觉。

那次单挑，路鸣也好不到哪儿去，总而言之就是两败俱伤。不过，丁未远还真把他的威风磨灭了一大半，他不再来找我了，整个人像是人间蒸发了一样。

丁未远额头上包着厚厚的纱布，伤口缝了九针，见我一次就哀嚎一次："蔚

呱呱，你要对我的人生负责！"

"谁让你去打架的，你找谁去！"我故意这么说。

"你这个没良心的，我都是为了谁啊？作孽啊，真是好心没好报！"他装出一副受尽屈辱的样子，恨不得都要挤出几滴大眼泪珠子来。

"少挤眉弄眼了，小心以后会留疤。"我一本正经地说道。

"男儿有疤才叫性感，你懂什么。"

"懒得理你，你自己去拆线吧。"

"我错了，好呱呱，还是你陪我去吧。"

"赶快走，少啰嗦。"我丢给他一个白眼。

04

大家都以为路鸣是知难而退了，却没想到暴风雨之前的平静并未持续多久的时间。有天放学，我和丁未远刚走出学校大门就看到了路鸣的身影，他身旁还站了好几个彪形大汉。

我拉着丁未远的手就想退回到学校里去。

丁未远没动，看了我一眼说："呱呱，别怕，有我在！走。"

拐进巷子的时候，果然如我所料，路鸣跟了上来。

丁未远停下了脚步转过身，对着离我们五米之远的路鸣说："还想十一场？"

路鸣叼着烟笑得阴险，扔掉烟头之后上前走了几步，说："今天就是来教训你的。"

"路鸣，不要冲动！"我也往前站了一步，说："有什么话好好说，不用动不动就武力解决！"

丁未远一把将我拉到了他身后，"只要我丁未远在，就不准你动呱呱一根汗毛！"

"我欣赏你的霸气，不过刀子可没长眼睛。"说完他从衣服里掏出一把长长的刀。

我顿时倒吸一口凉气，手心里一直冒冷汗。

"我问你，迟歌，你到底喜欢他哪一点？"

没等我开口，丁未远就抢先说道："不要费那么多话，有种就出来跟我一对一单干！"

气氛越来越凝重。

但路并没有再上前一步，双方就这么僵持着。

时间一秒一秒地挨过，大约过了十分钟的时间，我看到路鸣的身后有人群走近，才稍微松了一口气。

麦子文赶到的时候，丁未远和路鸣也没有动手打起来。

他也带了一些人过来，在人数上已经占了优势，所以路鸣他们一伙没敢轻举妄动。就像是港片里那些黑帮一样，大家都凶神恶煞的，但个个都像是脚上钉了钉子，一步也不动。

最后路鸣那边的离去才宣告这场不战之战结束。

等到他们消失不见，丁未远双腿一软差点瘫倒在地上，好在麦子文一把扶住了他。

"妈呀，吓死我了，还以为会活不过今天了。"

"我看路鸣也只是想吓吓你们，他要是敢动刀子，我就把名字倒过来写。"麦子文说。

"对了，你刚刚带的那帮群众演员都哪儿找的？演得还挺逼真的，气势一点都没输掉。"

"他们可都是真正混社会的人，是老K的兄弟。"

说起老K，丁未远才恍然大悟，"看来姜还是老的辣，不过，你怎么找到他们并且把他们叫过来的？"

"是凌羽叫的。"

"她不是离开永乐城了吗？"

"又回来了。"

麦子文是我站在丁未远身后，偷偷摸手机发短信叫过来的。不过我没想到，他会叫来那么一大帮人。

后来他告诉我是在来的途中，恰巧碰到了凌羽，因为怕寡不敌众所以才告诉了凌羽。正好凌羽跟老K的一帮兄弟在一起，他们就一起过来了。

为了感谢凌羽的拔刀相助，麦子文还特意请凌羽吃了顿饭。通过这事，他对凌羽的恨也淡了许多，或许时间真的是一剂良药，心中的伤痕慢慢也被抚平。

那顿饭上，他们不可避免地谈起了麦子枫。凌羽告诉麦子文，她没有跟老K在一起了，现在一直是单身一个人，之前离开永乐城去了沿海，在那边找了一份超市收银员的工作做着，虽然每天上班下班，但心里始终是空的。

心中始终还是放不下麦子枫。

于是她领了工资就连夜赶了回来，一个人跑到麦子枫的墓前大哭了一场，那些所有的悔恨都随着眼泪流掉了。

她在墓前发誓一定会好好地活着，但不会再谈任何一场感情，因为她的心已经死了，或者说她的心只是属于麦子枫的。

她会一直待在永乐城，会陪着麦子枫一辈子。

当初她离开永乐城还有一个原因，就是要和老K彻底断掉，因为没有爱，所以也无需停留。很快老K就重新交了女朋友，凌羽对他来说，本就是个可有可无的备胎。

回到永乐城之后的凌羽进了一家工厂上班，每天的工作很枯燥也很辛苦，但她一点都不觉得委屈，反倒有些开心。因为那家工厂离墓园不远，闲暇的时候，她就可以过去看看麦子枫，陪他说说话。

就像我之前想的那样，凌羽终于走回了正轨，而麦子文也放下了心头的恨。

那些纠葛犹如这初夏的讨厌雨，停留的时间并不太长，很快又可以看到灿烂的阳光。

看到现在的凌羽，在天堂里的麦子枫应该可以安心了吧。

05

高考前的一段时间，下了很长时间的雨。

整个城市像是发霉了一般，每一丝空气都是潮湿的。

我们都在为了最后的战役冲刺，再过不到五十天，我们就会脱胎换骨，迎来崭新的人生。

路鸣最后一次来找我，永乐城大雨倾盆，他在电话里说："迟歌，我最后只想见你一面。"他的声音有些哽咽，感觉跟这个城市一样潮湿。

我犹豫再三还是心软了，想着反正他马上要离开永乐城去上海了，就当是为他饯行吧。

我背着丁未远和麦子文，一个人去见了路鸣。

在他第一次带我去的那间咖啡馆，我们找了个僻静的位置相对而坐，咖啡馆里放着舒缓的音乐，隔着玻璃窗望出去，透过雨帘外面的风景像是泼墨。

"迟歌，上次的事对不起。"他饱含歉意地说。

"都过去了。"我喝了一口咖啡。

"其实那天我只是想吓吓丁未远，我也知道这样做会让你更加反感我，但是你也知道男生的自尊心很强，我不愿意输给他。"

"要是你当时冲动失手了怎么办？你有没有考虑过后果？"

"对不起。"他低下了头。

"你什么时候去上海？"

"周末走。"

"还回来吗？"

"不知道，也许回来，也许不。"

他说完，我们彼此之间又沉默了很久。

"你恨我吗？"他抬头看着我。

"你觉得呢？"我反问他。

"应该是恨的吧。"他的声音有些低沉。

"我从没恨过你,以后也不会。"我轻轻地笑了。

"谢谢你,那你能帮我办最后一件事吗?"

"什么事?"我有些好奇。

他从背后的包里拿出了一个密封好的纸盒子,"这是我还给洛承欢的,因为她不肯见我,所以我想让你替我转交给她。"

"我都不知道她家在哪儿。"

"我会把地址写给你的,求你了!"

最终我还是答应了帮他这个忙,虽然我不太想见洛承欢,但这好歹也是路鸣离开永乐城前最后的一桩心愿。要是我不帮他,他岂不是要带着遗憾离开?

何况这也不是什么难事,我只需要把这个放在她家门口,按响门铃之后离开就好了。

和路鸣告别之后,我在大雨中走了很久。雨水淋湿了我的全身,身旁有路过的人惊讶地看着我,甚至有好心人问我需不需要雨伞,我都摇头拒绝。

我只是想让大雨浇醒我自己。这次和路鸣真正地告别之后,我是否就可以全心全意地去喜欢丁未远?

那个在我身边兜兜转转了十余载的少年,为我受过伤、流过泪,曾经对我表白过,但却被我当成了透明的少年。

以前我觉得他懦弱、胆小、知难而退。

可如今,他为了我可以连生命都不顾。

他已变成了我喜欢的样子,高考之后,我就可以亲口告诉他:丁未远,我喜欢你!

我没有把我去见路鸣最后一面的事情告诉丁未远,所以那个盒子我也只能一人去交给洛承欢。

按照路鸣写给我的地址,我坐上了去城北的公交车。

洛承欢家在老城区,那些房子都是好多年前修的,街道也是错综复杂。我找了好久，才找到那栋大楼。

她家在三楼，我一步一步爬上台阶，然后来到那扇绿色的大门前。

按照事先想好的那样，我把纸盒子放在了门口然后按响了门铃，在听到有人来开门之前我赶紧跑下了楼。

心里想着，总算和路鸣算清了所有的瓜葛，我不自觉便露出了笑意。

刚走出大楼，我就听到后面响起一阵嘈杂的声音，然后就有人按住了我的肩膀。

回头，是两个穿着警服的男人。

其中一个警察手里拿着我刚刚放在洛承欢家门口的那个纸盒子，问我："这里面是什么？"

"不……不……不知道。"因为害怕，我说话的声音都在颤抖。

"跟我们回警局一趟吧。"那个警察说。

我被那两个人带着走出了那条街道，上了一辆警车，虽然我不知道发生了什么，但内心却异常忐忑。

他们是不是认错人了？

或者说那个纸盒子里难道装的是炸弹？路鸣想要炸掉洛承欢的家？

一路上我都在胡乱地猜测，但始终都想不明白到底发生了什么。

两个警察在车上一句话都不说，我问他们到底发生了什么，干嘛抓我？

那个拿纸盒子的警察才开口说："等回了局里再说，我们现在还没确认。"

听他这么一说，我的心里更加纠得紧了。

没确认？

难道纸盒子里真的是装的炸弹？

这也太吓人了吧！

06

在警局里，我看到有人戴着手套很小心地将那个纸盒子拆开了。里面塞满了很多报纸，报纸中间有两个透明的塑料袋，里面是白色的东西。

然后那个人告诉我，那是白粉。

我的脑袋"啪"一下全懵了。

回想之前路鸣说的那些话，再看看眼前的这些东西，我觉得我的世界观都快被颠覆了。

"我真的什么都不知道，是别人让我送的。"我向他们解释。

"那你的同伙现在在哪里？"

"我没同伙！"

"那就是你一个人？"

"不是，是别人让我送的。"

我感觉我越解释越混乱，到最后我"哇"一下就哭了。

那个时候，我才意识到，我是真正地恨路鸣。想起他问我是否恨他的时候，我还回答说不恨，以后也不会恨，我就后悔。

现在我会恨他一辈子！

我把路鸣的手机号码给了警察叔叔，可是他们说打过去是空号。

我又说知道路鸣的家在哪里。

但是等我们到了那里，却发现他家早就搬走了。

我觉得我的整个人生都完了，全毁在了路鸣的手上。

麦子文赶到警局的时候，我已经被一个胖子警察问了无数遍了。

对话无外乎是——

你的同伙在哪里？

我没有同伙。

这种永远没有结果的话题持续了大半个小时。

问明了情况之后，麦子文突然对那个胖子警察说："是我让他送的。"

"你疯了吗？"我大吼一声。

看我反应这么大，那个胖子就把我带到另一个房间去了。

半小时后，有人告诉我说可以离开了。我去找麦子文，他们却不让我进去，说他还需要调查。

我不敢告诉爸妈，当然也不敢给麦子文的大伯大妈说，后面赶来的丁未远一直在骂我:"你怎么这么不听话啊,说了不要跟路鸣联系,你还联系。"

"我完全没想到他是这种人啊!"

见我又快哭了,丁未远才意识到刚才的失态,说:"我不是要怪你,只是担心你。"

"那现在我们怎么办?"我哭着说。

"先等等看再说,关键是我们解释他们也不会相信的。"

"要不要打电话问问凌羽,看看她认不认识做白粉生意的人,兴许能找到一些线索。"

半小时后,凌羽过来了,此时麦子文也被放了出来。因为他们暂时也没有确凿的证据,看我们是学生,不像是贩卖白粉的,所以先放我们回去,但会随时联系我们,以确保抓获罪犯。

我们把所有的情况给凌羽讲了一遍,然后她说:"以前听老K经常说起一个人是卖白粉的,在永乐城的圈子里还挺出名。"

"姓什么啊?"我问。

"好像是姓洛吧,对对,叫洛承磊。"

洛承欢。

洛承磊。

看来八九不离十洛承磊就是洛承欢的哥哥,不然路鸣也不会让我把东西送到洛承欢家里去,但是聪明如他们,肯定不会在现场的。只是当时缉毒大队的人布下了陷阱,想将送货的人抓个正着,没想到却抓到了我。

可是路鸣为什么会和白粉有关呢?

难道他也是被别人利用的?

在没有确切消息之前,我也只能这么推测。

"警察再联系子文,那不是他大伯大妈都会知道,他们一定会担心死吧。"丁未远忽然担心地说道。

"本来就跟我们无关,我怕什么啊?"麦子文说。

"就是,我们是清白的!"我也跟着说。

"只是我怕他们会告诉你爸妈,到时候他们又会从国外飞回来,然后肯定会把你接走的。"丁未远瘪了瘪嘴。

"我先回去帮你们打听下,如果能尽快抓到罪犯,你们就没事了。"凌羽若有所思地说道。

07

第二天我们就在报纸上看到了凌羽自首的消息,等我们在警局见到凌羽的时候,她已经被拷上了手铐。

无论我们怎么向警察申辩解释,他们始终不相信我们所说的,还告诉我们凌羽连同伙的名字都说得出来。

我们只能眼睁睁地看着凌羽被关进了监狱。

麦子文发誓说要找到路鸣,可是我们又能上哪儿去找呢?

几天之后麦子文收到一封信,是凌羽从监狱里寄出来的。那个时候,我们才知道,凌羽是怕麦子文受到牵连,所以替他挡了一刀。

子文:

不用为我担心,我反正都是一个人,在哪里过都是一样,而你不同,你马上要参加高考,你还有更美好的人生。

你哥都为我失去了生命,我为你做的这些又算得了什么呢?

还有,我不在的时候,多替我去陪陪你哥,他一个人在那里一定很寂寞。

凌羽

捏着信纸,麦子文的眼泪一颗一颗地往下掉。

他说之前一直觉得凌羽没心没肺,原来她比我们任何人都重情重义。

"我一定要找到那些贩卖白粉的人!"麦子文面无表情地说。

半个月之后,洛承磊被抓,据他供认路鸣也是被他利用的。

然而凌羽却再也没有走出监狱。

就在收到她的信的第二天，凌羽就在监狱里自杀了，是割腕死的。没人知道她是怎么把刀带进监狱的，据说她死的时候很安详，没有一点痛苦的表情。

我们都知道，她不是不能等到出来的那天，而是她太想见到麦子枫了。

阴阳相隔的痛苦，或许只有她自己才知道有多么难受。

这样也好，他们在天堂里可以在一起了。

雨季结束，高考如约而至。

麦子文还是放弃了高考，他说他要留在永乐城哪里都不去，他要陪着麦子枫和凌羽。

我和丁未远也最终没有报考同一所大学，他北上去了沈阳，我南下去了广州。

我们之间也终因麦子文而断掉了联系，十年的感情灰飞烟灭。

在丁未远心中，麦子文放弃高考是因为凌羽的死，而凌羽的死又是因为我送去的那个盒子——要是我没有去见路鸣，那么这一切的一切都不会发生。

我们彻底闹僵的那个晚上是麦子文告诉我们已经决定了不参加高考的那天，丁未远把所有的情绪都发泄在了我身上。

后来他解释说，可能是因为当时情绪太激动，因为不想看到麦子文从我们身边走散。

但是当他说出那些话的时候，每一个字都像一把刀在我心上割开一道伤口。

本来凌羽自杀我就有些内疚，然而丁未远还将这个矛头指向我。

"蔚迟歌，要不是你，我们不会分开的！"丁未远咆哮。

"我心里也不好受！"

"你就那么放不下路鸣，还背着我们偷偷去见。你去上海找他啊，去啊！"

我低头没说话，眼泪从脸庞悄无声息地滴落到衣襟上。

"你干嘛不说话？早知道是这样，我就不会去跟路鸣单挑，我的额头也不会留下这道伤疤！"

"好了，别说了。"麦子文在一旁劝解。

"让他说，说到他满意为止！"我也吼起来。

"啪",一个耳光落在我的脸上。

丁未远的手在空中僵了三秒。

我的脸已经感觉不到任何疼痛了,心里的城池的已经在那一秒坍塌,"丁未远,我再也不想看到你了!"我转身就走。

我在马路上奔跑起来,身后是轰然倒塌的世界。

在那一天,我的心也已经死了。

所有的记忆都在那一天化为了泡影,以后的人生,我都不再愿意去想起,因为一旦想起,胸口就会隐隐作痛,那是一段刻骨铭心的伤。

我能够忍受他骂我,但是我不能够忍受他的猜测,猜测我对路鸣念念不忘。

而那个耳光,是他留给我的成人礼礼物。

我会铭记于心,永久珍藏。

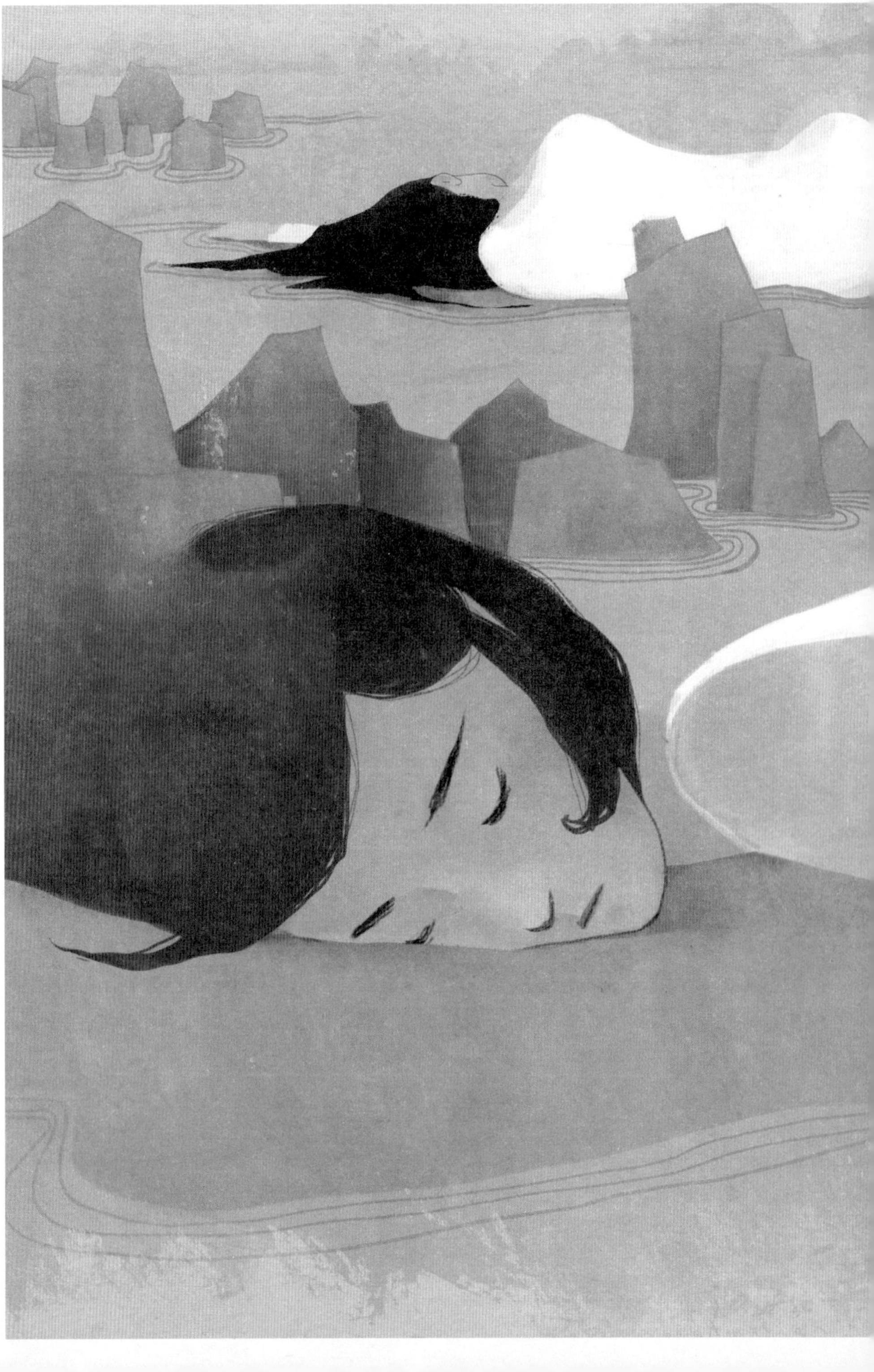

Chapter 10

如果还可以,爱你到世界末日,我都不犹豫。

01

高考之后的那个暑假,漫长而枯燥。

我偶尔和麦子文见面,但谈话中都刻意避开了丁未远。

连我妈都觉得奇怪,说平时我们几个成天腻在一起,现在怎么君子之交淡如水了。

我没向我妈解释什么,她大抵也知道我们之间肯定有了过节,还好她尊重我的隐私,所以从来没有仔细过问。

麦子文现在准备接手一家桌游吧,想要继续他哥生前的心愿。是的,我记得我们都还小的时候,麦子枫就说过,以后一定要在永乐城开一家最有名的桌游吧,认识永乐城最好玩的人,当一辈子的老板,过着与世无争的小日子。

后来虽然他的桌游吧开起来了,但终因那些变故而转让出去。

麦子文找他爸要了一笔钱,用高价将之前的"top one"又收了回来。

他和他爸妈之间的关系也缓和了一些,至少愿意见他们了,但还是不愿意跟他们一起出国。他们也不勉强,说只要他过得开心就好了。

我记得当时他和他爸妈在机场分别,当他们过安检之后,他的眼泪才默默地流了出来。

只是如今的"top one"再也没有了当年的气氛，幸运的是麦子文在那里遇到了小丸子。小丸子是在那里打工的暑期生，剪着可爱的丸子头，所以大家都叫她小丸子。

小丸子喜欢看漫画，听周杰伦的歌，最喜欢玩的桌游是跳棋，我们认识的任何一个人都下不过她。

麦子文也是在和她玩跳棋的过程中，屡战屡败、屡败屡战，最后拜在了她的石榴裙下。

每次我去找麦子文的时候，小丸子都会从吧台后面弹出小脑袋，笑嘻嘻地喊我："迟歌姐姐，你来啦！"

我看着她这样天真无邪的样子，恍若看到了几年前的自己。

只要有小丸子在，场面总是很热闹，她天生就是一个制造气氛的高手，欢笑声不绝于耳。

这样也好，我们离开之后，麦子文身边还有个人陪着，不会显得那么孤单。

直到我离开永乐城踏上去广州的火车时，我也没有再跟丁未远说过一句话。

在此之前，我和他在小区里也碰到过好几次，但我们都形同陌路，各自低着头匆匆而过。

来送我的是麦子文，在进站前，他给了我一个大大的拥抱。

"迟歌，我希望你不要恨丁未远！"他还是提到了他。

我给他一个微笑，没有做声，然后提着行李转身进了通道。

其实如果再迟疑一秒，我的眼泪就会夺眶而出。

但我只把背影留给了麦子文，他永远不会知道。这些眼泪除了是献给离别，还有一些是献给心中那个曾经深爱过的少年。

我不知道丁未远是何时离开永乐城的，这都与我无关。我只记得很久之后，麦子文无意中说起，那次丁未远离开之前，抱着他哭了很久很久。

两个人都喝了酒，一讲起往事，当然会因一些记忆而感触良深。

他告诉我，丁未远一直很内疚，一直想找机会向我道歉，但直到我离开了他也没有迈出心中的那道坎。

你看吧，他还是这样。

有时候不得不相信，人的性格是与生俱来的，后天根本就改不了。虽然有时候做出一些和性格完全相反的举动，但那可能只是无意识的，连他自己都不清楚。

就像当时他对我表白，或许也只是无意识的吧。

不过在深夜的火车上，我却梦到了丁未远。

梦里的他还是十来岁的样子，站在我家楼下喊我的名字，呱呱、呱呱，像极了一只扰人的乌鸦。

当时我们也是闹了别扭，因为他把我的洋娃娃弄脏了，我赌气哭了然后把他从我家赶了出去。

后来他就在我家楼下叫我，直到把我叫得烦了，我才跑下楼接受了他的道歉。

见我眉头舒展，他在我额头蜻蜓点水般亲了一口，然后飞快地逃跑了。

我站在原地呆若木鸡，那是我未曾预料到的，我吓得大哭起来。

哭着哭着我就醒了，泪水都打湿了枕头。

现在回想起来，觉得那个梦可真美好，美好得让人觉得一碰就会消失不见。

02

大学四年，我鲜少回家，除了寒假过年，暑假我都待在学校的。

这是因为我怕回去见到了丁未远而尴尬。

然而麦子文告诉我，丁未远回家的次数比我还要少。

看来他任何时候都不想输给我啊。

和我同校有个叫顾帆的男孩，因为都来自永乐城，所以我们自然就成为了朋友。他在学校外面租了房子，经常叫我到他那儿去煮火锅吃。

架一个酒精炉子，一口锅，我们就可以开始下菜了。他喜欢吃土豆，我却一口不沾。

他非常不解："我觉得全世界的人都喜欢吃土豆才对啊，而且我活到现在还没听说过有人不喜欢吃土豆的。"

"这有什么好稀奇的，大千世界无奇不有，我不过是其中一怪罢了。"

"我上次还百度了，都没有发现有人不吃土豆。"

"真的假的？"我有些吃惊。

"不信你自己去看咯。"

虽然每次我都想着要去查一查，但最终都忘记了。

大二的时候，我们班组织去湘西写生，顾帆不知道在哪里买通了关系，竟然也跟着我们班去了。

事先他完全没有跟我说过，直到大家在车站会合我才看到他的身影。

我遵循的是轻装上阵，一切从简的原则。

而他是大包小包恨不得把整个家都背在身上。

我打趣他："你这是要搬家呢？"

"我是以防万一。"

车子在半路抛锚了，又是山区，前不着村后不着店的，钱包里的人民币和银行卡根本都派不上用场。

正当我一筹莫展之时，顾帆像是看穿了我的心思，拍着胸脯对我说："别怕，我的东西都带了双份，分一半给你就行了。"

我当场感动得想要抱住他，然后在他的脑门上亲一口。

在湘西的一个月，顾帆处处照顾我，简直就像是陪同我来的保姆。

班上有几个男生开玩笑："蔚迟歌，你这是五星级待遇呢。"

顾帆在我身后乐呵呵地笑，我的脸一下就红到了脖子根。

从湘西回来之后，顾帆过二十岁生日，当时一帮人在他的租屋里开派对。那晚的主题是每个人都要模仿他，不管从说话、穿着还是行为，总之要找到像他的点。

他的朋友们个个都很放得开，有在衣服里塞枕头的，有说话故意结巴的，还有学他走路一跳一跳的。

轮到我的时候，他们都以为我什么都没准备，我指着额头右边的某处说："这是顾帆的伤疤，哈哈，欢迎来揭。"我贴了一张创可贴。

顾帆右额头有一道大约两厘米的印子，是以前摔过的。

当我说完这个玩笑之后，才发现心里很不是滋味。

我一下就想到了丁未远，想起他为了我跟路鸣打架把额头磕破了缝了九针。那段时间，他一直嚷着要我对他负责。

可是现在我却拿伤疤开起了玩笑。

派对后半段我一直都很沉默，顾帆问我怎么了？

我也只是摇摇头。

那晚当所有人都喝得东倒西歪陆续离场之后，我也准备起身回宿舍。

顾帆说要送我下楼。

"你都喝成这样了，能分得清东南西北吗？"我有些担心。

"我没醉，放心。"

刚走到楼下，顾帆就一下拉住了我的手，"迟歌，我喜欢你。"

我吓得赶紧挣脱他的手，狂奔起来。

我知道顾帆对我好，但是心里就是对他没有任何感觉，他就像是我的一个哥哥一样。

"当时上学的时候，我知道你，还知道路鸣和丁未远。你们的事我都知道。"顾帆说，原来他竟是我们一个高中的。

"可是你还爱丁未远，为什么不去联系他呢？"

这个问题我无法回答，我也真的不知道为何每日每夜都在思念他，却害怕跟他说话，害怕面对他。

"一定是他做了很伤害你的事情。"

是那一记耳光么？

我已经想不起当时的感觉了。

"那么到底是为什么不联系呢？"顾帆还在喋喋不休地问。

他这一点其实很像丁未远，脑子里永远装着那么多的为什么。

这也是当初为什么我会和顾帆走近，然后成为朋友。

其实我也曾试图努力让自己喜欢顾帆一点,但是无论如何都做不到,越是这样的时候,就越觉得内心空荡荡的。

所以我不敢再往前跨一步,只能退后,一步一步地退,退回原地。

03

暑假的时候,麦子文带着小丸子一起来广州玩。

我带他们逛街、吃小吃,还去爬了白云山。

有天晚上在珠江边上,我们坐着喝茶,他给我讲他和小丸子的趣事。小丸子天性贪玩,一个人到附近溜达去了。

那个时候,麦子文才告诉我,其实之前有一阵子他非常害怕我跟丁未远在一起。每当看到我们两个人亲昵一点,他心里就会失落。

甚至我和路鸣谈恋爱的时候,他的内心是喜悦的,因为那样我就不可能和丁未远再走近了。

曾经一度他怀疑自己是不是喜欢上了丁未远,因为他不想任何人跟丁未远走得太近包括我。

但后来,慢慢发现那种想要独占的欲望并不是喜欢,只是他一直把丁未远当成了弟弟。

像麦子枫疼爱他一样。

他也想将这种感觉施加给丁未远。

特别是当麦子枫出了车祸之后,那种感觉尤为强烈。

麦子文还告诉我,当时我坐火车来广州的时候,其实丁未远一直都在火车站外面。因为怕我生气不想见到他,所以一直不敢进来。只得拜托麦子文先探探口风,问我是不是还在生气,如果没生气的话,他就马上跑进来。

但当时麦子文什么都没提。

直到我上了火车,汽笛长鸣,丁未远冲进来的时候一切都来不及了。

丁未远眼巴巴地望着空空如也的进站通道问麦子文:"她真的走了吗?真的

不肯见我吗？"

麦子文一句话没说。

沉默将他内心的忐忑掩盖得很好。

那天晚上，丁未远在我家楼下坐了整整一晚，直到天色发白才回去了。

没人知道那一夜的星光有多寂寥。

也没人知道那一夜的他，心有多么悲凉。

原来一个人太想一个人，真的会走入他的梦中。

所以那晚我梦见了儿时的丁未远，那虚幻的美好也足以让我哭红双眼。

"迟歌，我是不是太自私了？"麦子文的眼眶早已湿润。

"我们每个人都是自私的。"我低头喝了一口茶。

"那个时候是真的担心你们谈恋爱，感觉自己就落单了，所以想方设法要阻拦你们，虽然嘴上不敢说也没做什么，但心里就是不舒服。"

"呵呵，那种心情我懂，毕竟从小我们都是在一块的嘛，冷落了谁心里都会有失落感的。"

"嗯，你能明白就好。过了这么久我才敢告诉你，你千万别告诉丁未远，他一定会觉得我是变态的。"

"他现在过得好吗？"这是这么久以来，我第一次主动提起他。

"好像在学校交了个女朋友，据说过年还要回永乐城。"

"这样啊。"

送走麦子文和小丸子之后，我的生活又恢复了平静。

我不再跟任何陌生人接触，也不再参加任何活动，整个人像是被蒸发干水分的稻草奄奄一息。

好多个大雨的夜里，我掏出手机，按出丁未远的号码，想要拨过去，听一听他的声音。但是我始终都不敢按下拨通键。

也许，他去了沈阳，早就应该换了号码。

可这就像是一道魔咒，我永远也解不开。

那一年冬天,我没有回家过年,自然我也不会见到丁未远和他的女朋友。

大年三十那天晚上,麦子文在电话里跟我寒暄了一阵,问我广州过年的气氛是否热闹?

我说跟永乐城差不多。

然后听到他说,丁未远就在他旁边,要不要说句话。

嘟——

通话断了。

是我按掉的,然后我关掉了手机。我不想在所有人都团聚的这一晚,听到他的声音。他肯定还会让他的女朋友跟我通话,并且告诉她,电话里的人是蔚呱呱。

我太了解他的性格了。

到死都不会变。

我永远记得那个夜晚焰火升腾而起炸开的声音,还有宿舍楼六楼吹进来的风的温度,以及眼泪趟过嘴角残留的味道。

我在心里告诉自己:蔚迟歌,你和丁未远是真的有缘无分,你不要再痴心妄想等着他来找你求和了,如今人家的身边已经站了别人,再也没有你容身地方了,你就死心吧!

新年的钟声敲响,一片欢腾。

没人知道,在南国的某个角落,有一个哭成了泪人的女生,她细数着他曾经爱过的少年种种的好,她要将它们全部想起,然后过了今夜,她将统统忘记。

那一晚,我流干了所有的眼泪,然后在暗夜里将碎成一地的心,一点一点拼凑了起来。

虽然不再完整,但却变得更加坚固。

我仿佛看到了一个全新的自己。

04

毕业之前,我的画作被一家日本的公司相中,他们觉得我的画有一种与生俱来的灵动，花了天价将它们买走。

一夜之间，我变成了大款。

看着银行卡上的数字，这是多少人梦寐以求，想都不敢想的数目，但当我拿着它的时候，平静得就像是拿着一张过期的报纸。

我打了一些钱给家里，妈妈被吓得赶紧给我打了个电话过来，"女儿啊，你是不是中彩票了？"

"我说是我的画卖来的钱，你相信吗？"我哈哈笑起来。

"当然相信，我家女儿就是最棒的！"妈妈满意地挂掉了电话。

我可以想象，从今以后，我将会成为永乐城街头巷尾的一个谈资。我妈肯定会给她班上的同学讲她是如何将她的女儿培养成百万富婆的！

我也可以想象我爸在他们单位逢人便夸自己养了个孝顺的女儿时，脸上所露出来的会心微笑。

这些都是我应该回馈给他们的。

我妈经常给我打电话，让我多回家看看，但都被我拒绝了。

我宁愿花钱让他们过来看我。

那座城，是我这辈子都不想再踏入的地方。

在二十四岁的时候，我接到了日本公司的聘书，几乎没有犹豫，我签下了合同。

在此之前，我去了一趟郑州，那是清捷的家乡。

大学毕业一年之后，乔榛跟着清捷回到了郑州，用之前的积蓄，他们开了一家花店，那也是乔榛多年来的梦想。

彼时他们的婚礼，我当然得去参加，而且还是去当伴娘的。

几年不见，乔榛变美了，也许是有了爱情的滋润。清捷比上学那会黑了许多，不过这样看上去更有男人味。

婚礼并没有太隆重，来的也都是些亲朋好友，我作为伴娘一直跟在乔榛身边，那一天是我见到最美的她。

果然女人一生中最美的时刻还是穿婚纱的样子，难怪那么多女人在拍婚纱照前拼了命的减肥，哪个女人不想自己更美丽一点呢？

乔榛时不时地问我:"迟歌,我脸上的妆花了没?我穿婚纱的样子好不好看?"

"没有,好看,没有,好看……"我都快成了复读机了。

当新郎和新娘在台上发表感言,回忆当初是怎么认识的时候,自然而然就提起了我们当时读过的高中。

我在人群中恍惚了一下。

当他们在台上接吻的时候,我的眼眶变得温热,眼泪慢慢流了下来。

这真是让人幸福得掉泪的时刻,我曾无数次地幻想过自己穿上婚纱的样子,想象着站在我旁边的丁未远能够给我戴上戒指,然后亲吻我。

那是在我的脑海中上演过千万遍的戏码。

我甚至连发表感言都想好了,我要感谢我的爸爸妈妈……最后我要谢谢我的爱人丁未远,是他让我做了最幸福的女人。

掌声响起来的时候,我才从幻想中回过神来。

我动了动嘴角,在心里又嘲笑了一遍自己的傻。

不是说好不再想起的么?

怪只怪场景太相似,有种身临其境的感觉。

那天乔榛非要跟我喝酒,我说我现在都不喝了,她不敢置信地说:"你当年可是千杯不倒哦。"

"什么时候我说过?"

"哎呀,不管了,反正今天我们必须喝开心。"

"好好好,那我就破例一回。"

回到宾馆,我已经醉得不行,连裙子都没来得及换,就直接倒在床上睡过去了。

又是冗长的梦境,混乱不堪。

我站在一个十字路口,四周车水马龙,如迷路的小孩,不知道该何去何从。抬头看到前面是绿灯,我想快步跑过去,却没想到刚走几步,就有车飞驰而来。一念之间,有人推了我一把,恍恍惚惚,我看到一张熟悉的脸庞。

是丁未远。

醒来之后，吓得满身是汗。

掏出手机，赶紧给麦子文发了个信息，问他在做什么？

【现在是凌晨三点，你失眠了吗？】麦子文回过来。

我才反应过来，距我睡着也不过半个小时的时间。

这一下完全清醒了，于是我问【怎么你也还没睡？】

【在陪小丸子看球赛。】

【她还喜欢看球赛？看不出来呢！】

【关于她，你不知道的还有好多，以后等你回来再慢慢告诉你。】

【呵呵。】

【对了，丁未远上次有问起你，我把你的电话给了他的，他有没有联系你？】

【没有。】

【唉，都这么久了，你们还没放下屠刀立地成佛么？好了，我要陪小丸子去吃宵夜了，你早点休息哦。】

看着手机在黑暗里发出的光，头有些晕，胃里翻滚得厉害。下一秒，我就起身冲进卫生间找马桶去了。

05

在我离开广州赴日本之前，我和丁未远其实有见过一面。当时接到丁未远电话的时候，是出发前晚，但因为他我第二天直接去机场，然后飞往了沈阳。

北方的城市干燥寒冷，一下飞机，我整个人就直接从夏天来到了冬天，因为衣服穿得太少，被冻得直发抖。

丁未远因为塞车晚到了半小时，就在这半小时里，我到洗手间补了一个妆。在镜子里，我才发现自己的那张脸尤为吓人，或许是被冻的，也或许是因为前一晚一直没睡好，总之，连我自己都觉得极其陌生。

见到丁未远的那一刻，他站在人群里，灯光太亮，刺得我的眼睛有轻微的疼。我在原地站定了一秒，心里是排山倒海般的波动，调整好情绪我朝他走过去。

他仍旧笑得跟从前没什么两样，还是叫我呱呱，摸了摸我的头说："你怎么穿这么少,要风度不要温度啊?"

我的喉头仿佛被卡住一般,说不出一句话,只顾着往前走。

"你赶着去投胎呢?等等我啊。"丁未远在后面叫着。

机场大巴上,丁未远一直在问我怎样变成富婆的,是不是被人包养了?

不愧是他,也只有他才会这么直接。

"你的画能卖那么高的价钱?以前从没见你有过这天赋啊!"他不可置信地说道。

其实现如今的样子,我连自己都不曾想到过。我不过就是在学设计的同时萌发了画画的念头,然后胡乱之作竟然被人当成了天才。

这个世界从来都不是公平的。

丁未远将我带到了他的住所,十八楼的小公寓,屋子里挺整洁的,不像是他的作风。果然我刚一坐下就在沙发上看到了一张打开之后还没有用的面膜。

"这是你女朋友的吧?"我问。

"妈呀,她怎么又干这种事,上次是丢在厨房,这次直接搞到沙发上了。"丁未远赶紧过来将面膜丢进了垃圾袋。

"她人呢?"

"昨天刚回老家。"

"不会是因为我要来,所以特意走的吧?"

"你以为你是谁呢?其实她是要回去办户口的事。"

听到这儿,我就没有再问下去的兴趣了,不用猜,也知道无非就是婚前的一些准备。

见我没说话,他坐到了我旁边,"不是你想的那样,主要是工作需要,你懂的。"

我一时有些窘迫,于是顺水推舟地问了句:"那你们准备啥时候成婚,也好让我们做朋友的放心啊。"

"就那么希望我跌入婚姻的坟墓?"丁未远一脸的不满。

"这不是你梦寐以求的么?"

"实话告诉你吧,我自己心里都没谱,走一步是一步了。"

那晚，丁未远带我去吃了一家很有名的烤肉，比起我们之前在永乐城吃过的烤肉，确实要好吃太多，但不知怎么的，总觉得少了些什么，才吃一会儿便觉得没了胃口。

从烤肉店出来，夜幕缓缓垂下，我们沿着街走了很久。每一个路口，都那么相似，但因为有目的地，所以我们并不会迷路。

可是人生中的路口，却让我们一次次迷失其中，找不到去往终点的路。

在他家楼下，我突然对丁未远说："不如我们买点啤酒吧，长夜漫漫，谁睡得着啊。"

"也好啊。"说着，丁未远就钻进了旁边的便利店，一会儿就提了一打啤酒出来。

坐在他家客厅的地板上，他还翻出了之前我们喜欢看的《哆啦A梦》DVD，一边看一边喝酒聊天，电视里放的什么其实已经没那么重要了，那些剧情我闭着眼睛都可以想起，但听着那些声音，还是会不自觉地去感怀。

我们说起了永乐城里的点点滴滴，往事都变得云淡风轻。

06

后来到半夜，我俩都喝高了，站在阳台上对着外面大声地唱歌，十八楼的风刮得呼呼作响，两个人像疯子一般手舞足蹈。

其实我内心里是有一点点失落的，因为我在他面前再也不会是那个什么都敢说的小女孩了，会有一个人代替我站在他身边，陪他走过今后的漫长岁月。

"进去吧，太冷了。"丁未远说。

进到屋里之后，我们又互相开起了对方的玩笑。

"你怎么越来越像猪了。"我摸着丁未远愈加发福的肚子。

"你才是猪！"他伸手还击我。

正当我俩哈哈大笑的时候，客厅的门突然开了，站在门外的是他的女朋友。

那真是一个让人尴尬到想死的瞬间。

丁未远从沙发上弹起来，变了个人似的去到门口，提过她手里的包，然后又是捏肩又是揉背的，"老婆大人辛苦了！"

彼此介绍完之后,她就说太累去洗澡了。

那晚我没有住在丁未远家,而是去了附近的一家酒店。

丁未远坚持要送我出去,却被我硬生生地拒绝了。我不想因为我让他们吵架,更不想因为我让他觉得难堪。

现在的我早就不是当年那个什么都要丁未远为我做的女孩了。

丁未远将我送到电梯口帮我摁了电梯,在那不到半分钟的时间里,我们都没再说一句话。

电梯来了,我走进去,对他说了声拜拜。门关上后,他的脸永远地定格在了一秒钟之前,没有任何表情,像极了一张照片。

电梯一直往下。

我的心一直往下。

沉到最深处,再也起不来。

很久之后,我回想起那个瞬间,还是会觉得恍如做了一场梦,只是梦境太短,连回味都像是一声叹息。

第二天一早我就乘最早的班机离开了沈阳。当太阳从云层后面爬上来的时候,我想丁未远估计还在睡梦中,他的枕边睡着他未来的老婆。

在登机之前,我将手机里的电话卡抽出来扔进了垃圾桶。那段与他的记忆,就永远地留在了这个城市,伴他一起成为过往。

这是我们真正的诀别。

之前的每一次,我都为自己留了后路。见到了他的女朋友之后,我的心,在那一刻,就尘埃落定了。

这是我意料之中的结局。

也应该是我们最后的结局。

再见,我曾经爱过的少年。

再见,那段美好的时光。

丁未远,你以后漫长的岁月里,都不再会有我的踪迹。我们曾经交汇过的时光,不过是天空中的浮云，风一吹过，就淡而无痕。

07

夏天的东京，暴雨常常很盛大，我仍旧没有带伞的习惯，所以总是被淋成落汤鸡。

秋天才过了一半，我就像一只小松鼠般在自己的小公寓里囤积了很多食物。惧怕寒冷的我，更愿意缩在自己温暖的窝里。

现在的我已经成为了一名自由插画师，放弃了公司里的争权夺利，也不再在同事面前八面玲珑。现在的生活状态，我非常满意。

只是偶尔，真的只是偶尔，会有一点点想念尘世的喧嚣，但更多的时候，我享受这种恣意的寂寞。

前段时间，麦子文给我发邮件说会跟小丸子一起到东京旅游，具体时间还未定，让我做好接待的准备。但我最终还是没有将手机号码告诉他，因为我怕连见到他会勾起自己那些尘封已久的回忆。

东京这么大，如果我们有缘遇见，那么就不醉不归吧。

冬天的时候，我一个人去了富士山，当然我带了最喜欢的 Eason 的 CD。

《富士山下》之所以会成为一首脍炙人口的歌，林夕的词起了很大一部分作用。其中有提到这样一个关于富士山的定论——其实，你喜欢一个人，就像喜欢富士山。你可以看到它，但是不能搬走它。你有什么方法可以移动一座富士山？回答是，你自己走过去。爱情也如此，逛过就已经足够。

是啊，爱过就已经足够。

回程的途中，车窗外白雪皑皑，我在车上睡了醒、醒了睡，仿佛过了一个世纪那么长。

昏昏沉沉中，我以为我回到了很多年前的那个冬天。

也是这么白茫茫的一片，我和丁未远在峨眉山，其实我没有告诉任何人，那个时候我在金顶的佛祖面前，许下的心愿是：希望他健康，并且和他一辈子在一起。

佛祖没能实现我的全部愿望，但至少他健健康康地长大了。

我要懂得知足，否则，佛祖会怪我贪心。

现在想起来，才觉得自己当时多么年少无知，一辈子，不过也像是一个梦罢了。

而这一梦，竟然也就恍惚过了这么多年。

终

　　飞机上的广播响起,再过十分钟,飞机就将降落。
　　我缓缓睁开眼睛的时候,发现视线早已模糊,舷窗外有忽明忽暗的灯火,而我的心再一次地拧紧。
　　遇难的麦子文是不是就是和我从小一起长到大的麦子文?
　　时隔三年和丁未远再见,见到的那一瞬间,我应该报以微笑,还是沉默?
　　他有没有变样?他身边是否还是那个她?
　　这些现在我都不得而知。
　　但唯一肯定的是,我即将回到永乐城。

　　而曾经我最爱的那个少年。

　　我会用一辈子的时间去记得。
　　然后用一辈子的时间去忘记。

——END——

后记 只因当时太紧张

其实这本书应该更早跟你们见面的,但因为我的懒惰,加上种种变故,所以现在才让你们看到。

先在这里说声抱歉。

我已经忘记了敲下最后一个字的时候是怎样的感觉,尽管它发生在刚刚还不到半小时的时间里。或许是因为对这个结局期待太久,所以等到真正结束的时候,反倒没有想象中的轻松,我知道,你们会问麦子文会不会真的失事?而蔚迟歌和丁未远再见面会不会重修旧好?

然而这些其实连我自己都不知道。

我现在想告诉你们的只是,其实不爱有千万种,而爱只有一种。

因为相爱,所以我们选择走到一起,成为彼此的牵挂。

但是更多的时候,我们都只是在怀念,怀念从前那些逝去的时光。

记忆中的小镇,夏天会刮很大的风,兜头而来的暴雨常常将自己淋得像一只落汤鸡,外婆家的木楼,踩在木板上的时候会咯吱咯吱响,总是会在天还未亮就打鸣的公鸡,以及在那时候觉得是最好吃的蒸鸡蛋。

我的童年大概就是这个样子,现在去外婆家只觉得枯燥,并且了无生趣。但天知道,在那时候却是我的天堂。

人生大抵都是如此。

　　等到我们长大，离自己的家乡越来越远，以为永远不会再回去的地方，永远不会再联系的人，总会有那么一些命运中无形的线，将你们牵扯起来。

　　而你心中，最柔软的地方，住着的也永远是你年少时候爱过的人。

　　我已经忘记我高中时候偷偷喜欢过的那个人的样子，毕业之后只有仅有的几次联系，随后便杳无音讯。也不觉得有挂念，想起的也只会是那段时光，像夏日里雨水带给我们的潮湿，浑身透着黏糊糊的触感。

　　人人都在说2012年是末日之年，然而我并不期待。在此前的一年，发生了太多的事情，各种倒霉的事都发生在了我身上，有那么些时候，觉得人生暗淡无光，仿佛迷失在茫茫深海。但总有那么一个人、一些事能够让你在黑暗中去探索那未知的光。

　　上帝说要有光，便有了光。

　　接下来要做的只是将这光亮一直延续，照亮我们漫漫旅途的黑夜。

　　写《迟歌》大部分时间是在深夜，同住的室友都还没睡。他们在客厅看电视聊天吃东西，我窝在卧室，开着电脑，噼里啪啦地打字，看着故事里的人物逐渐鲜活，有了各自的该有的模样，内心其实是满足的。

　　我不是一个善于情节构造的人，所以我总是被他们的故事带跑，等到回头来看，才发现原本并不是这么设置的。

　　这也许可以说成是他们有了自己的灵魂，他们知道故事应该怎样发展。

　　写作的时候，我很严肃，常常是不苟言笑，面无表情。然而关掉WORD，我又变成了另一副模样。在豆瓣、在微博，我常以谐星著称。我爱咆哮，但偶尔也装深沉；我喜欢家常便饭，但偶尔也迷恋披萨的口感；我喜欢 my little airport，但嘴里却常常哼起凤凰传奇。

  我觉得喜欢的方式可以有很多种，但爱却只能是唯一。
  那么谁才是蔚迟歌的爱？或许你们心里都已经清楚。但是，下一秒会发生什么，谁又能够知道呢？
  所以我们只能抬头看头顶的天，爱身边的人。
  如果面对你爱的人，你会不会如同丁未远那样紧张？
  我相信很多人都会。
  没关系，失败了就重头再来。
  总会有功德圆满的那一天的。
  加油。

  感谢这一年陪在我身边的人，感谢填饱我肚子的食物，感谢坚挺的人民币，感谢我的笔记本，感谢买这本书的读者，还有你。
  假如真的末日来临，有你陪在我的身边，我一点都不害怕。

苏小城
2012年1月12日，武汉

图书在版编目（CIP）数据

迟歌/苏小城著．—上海：上海人民美术出版社，
2012.6
ISBN 978-7-5322-7967-8

Ⅰ．①迟… Ⅱ．①苏… Ⅲ．①长篇小说—中国—当代
Ⅳ．①I247.5

中国版本图书馆CIP数据核字(2012)第119134号

迟歌
Chi ge
苏小城/著

出品人	乐 坚　金 城
责任编辑	潘 虹
绘　图	李书轶
策　划	杨建楷
设计制作	曾妮妮

出版发行　上海动画大王文化传媒有限公司
　　　　　上海人民美术出版社
　　　　　（上海长乐路672弄33号D座5楼）
策划出品　广州漫友文化科技发展有限公司
经　销　　全国新华书店
制版印刷　深圳市精彩印联合印务有限公司
开　本　　636mm×965mm 1/16
印　张　　14
版　次　　2012年6月第1版
印　次　　2012年6月第1次印刷
定　价　　22.80元
书　号　　ISBN 978-7-5322-7967-8

版权所有·翻印必究